Eva Ashinze

Tod in Winterthur

Moira van der Meer ermittelt

Eva Ashinze

Tod in Winterthur

Moira van der Meer ermittelt

Kriminalroman

orte Verlag

1. Auflage, 2017

Umschlaggestaltung: Janine Durot
Satz: orte Verlag, Schwellbrunn
Gesetzt in Times New Roman
ISBN: 978-3-85830-222-9
www.orteverlag.ch

Einmal ritt die Schlange auf ihrem Pferd, im Sattel zusammengerollt, wie es ihre Art war. Als sie an der Spinne vorbeikam, die die Strasse entlanglief, sagte diese: «Entschuldigung, Herr, aber so reitet man nicht.» «Nicht?», fragte die Schlange. «Kannst du mir dann zeigen, wie man reitet?» «Mit Freuden», sagte die Spinne.

Die Schlange glitt an der Flanke des Pferdes herab aus dem Sattel zu Boden. Die Spinne sprang in den Sattel, sass ganz gerade und galoppierte höchst elegant die Strasse hinauf und hinunter. «So reitet man richtig», sagte sie. «Sehr gut», sagte die Schlange, «wirklich sehr gut. Steig bitte ab.»

Die Spinne sprang herab, und die Schlange glitt an der Flanke des Pferdes wieder hinauf in den Sattel, in dem sie sich wie zuvor zusammenrollte. Dann schaute sie auf die Spinne hinab und sagte: «Wissen ist sehr gut, aber Haben ist besser. Was nutzt einem reiterisches Können ohne Pferd?» Und ritt davon.

Märchen der Haussa, Nigeria

1

«Sie wollen was?» Ich glaubte, mich verhört zu haben.

«Ich möchte, dass Sie meine Eizellen finden.» Die Frau mir gegenüber sah mich gelassen an. So, als sprächen wir über das Wetter. Über Klatsch und Tratsch aus den europäischen Königshäusern. Über irgendetwas Alltägliches. Aber sicher nicht über Eizellen. Verschwundene Eizellen. Sie schien zu spüren, dass ich der Angelegenheit skeptisch gegenüberstand.

«Hören Sie sich unsere Geschichte erst einmal an», sagte sie. Sie beugte sich vor, und ihr runder Bauch stiess beinahe an die Tischkante. «Bitte. Und danach entscheiden Sie, ob Sie den Auftrag übernehmen wollen.»

Claire Corazolla hatte per Mail um einen Termin bei mir in der Kanzlei ersucht. Sie hatte geschrieben, es handle sich um eine delikate Angelegenheit, die sie und ihr Mann gerne persönlich mit mir besprechen würden. Claire war eine feingliedrige, elegante und offensichtlich schwangere Blondine um die Vierzig. Sie trug dezente, aber teure Kleidung, am Ringfinger ihrer schmalen Hand funkelte ein grosser Diamant und entsprechende Pendants zierten die Ohrläppchen. Ihr Mann, ein grosser schlanker Mittfünfziger, war ebenso gediegen gekleidet, und sein Teint liess darauf schliessen, dass er zahllose Stunden draussen verbrachte, vermutlich auf dem Golfplatz. Herr und Frau Corazolla mussten sich verlaufen haben. Solche Klienten waren üblicherweise in den grossen Anwaltskanzleien auf der anderen Seite des Hauptbahnhofs von Winterthur zu finden. Auf der sonnigen Seite. In meinen Räumlichkeiten gingen mittellose Alleinerziehende ein und aus, die um Alimente kämpften, Kleinkriminelle und auch grössere Kriminelle in der Hoffnung, ich könnte sie vor dem Gefängnis bewahren, und Asylanten, die abgeschoben werden sollten. Meine Kanzlei war die letzte Anlaufstelle für die mittellosen Hoffnungslosen. Mandanten wie die Corazollas, Mandanten mit Geld, die waren hier äusserst rar gesät.

«Sie wurden uns wärmstens empfohlen, Frau van der Meer», fuhr Claire Corazolla fort. «Man hat uns gesagt, Sie seien die Beste. Niemand würde so für seine Mandanten kämpfen wie Sie.» Sie sah mich hoffnungsvoll an.

Obwohl ich dagegen anging, liessen Claires Worte etwas wie Stolz in mir aufkeimen. Ich war die Beste. Behauptete zumindest jemand. «Na, dann schiessen Sie mal los», hörte ich mich sagen.

Das liess sich Claire nicht zweimal sagen. Sie sah ihren Mann an. «Willst du?», fragte sie.

Er verneinte.

Also begann Claire zu erzählen. Claire und Manfredo lernten sich kennen und schnell lieben. Sie wünschte sich sehnlichst ein Kind, er wollte sie glücklich sehen, also wünschte er sich auch eines. Es klappte nicht. Nach einem Jahr erfolgloser Zeugungsversuche wandte sich das Paar an eine Fertilitätsklinik, die namhafte «Wunschkinder-Klinik». Bescheuerter Name, wenn man mich fragt. Auf jeden Fall war die Ursache schnell gefunden, es lag an Manfredo. Die Chance auf eine natürliche Schwangerschaft sei verschwindend klein, sagte man ihnen und schlug eine Befruchtung im Reagenzglas vor. Claire musste Hormone spritzen, dann entnahm man ihr reife Eizellen, siebzehn insgesamt. Diese Eizellen wurden von Hand befruchtet. Zwei der befruchteten Eizellen wurden daraufhin in Claires Gebärmutter eingesetzt. Claire und Manfredo hatten Glück, gleich beim ersten Mal wurde Claire schwanger. Das Baby sollte in gut drei Monaten zur Welt kommen.

«Und»? fragte ich ungeduldig. «Wo liegt das Problem? Hat man Ihnen eine falsche Eizelle eingepflanzt? Die Eizelle einer anderen Frau?» Das war schon vorgekommen und wurde in den Boulevardmedien entsprechend ausgeschlachtet: «Eizelle verwechselt: Weisse Frau bringt schwarzes Kind zur Welt» oder «Chaos-Klinik in Italien: Mehrere Eizellen vertauscht und den falschen Frauen eingepflanzt».

Claire und Manfredo sahen sich an.

«Nein», ergriff Manfredo das Wort. Es war das erste Mal, dass ich ihn sprechen hörte. Er hatte eine angenehme Stimme, die nun aber aufgewühlt klang. «Nein. Umgekehrt. Wir vermuten, dass unsere Eizellen einer anderen Frau eingesetzt worden sind.»

Ich war verblüfft.

Manfredo sprach weiter. «Von den siebzehn Eizellen, die man meiner Frau entnommen hat, wurden zehn befruchtet. Das hat die Biologin uns so gesagt. Die restlichen sieben waren defekt. Zwei Eizellen wurden Claire eingesetzt. Bleiben also acht.»

Ich nickte. So viel Kopfrechnen lag noch drin.

«Diese acht befruchteten Eizellen haben wir einfrieren lassen. Falls es beim ersten Mal nicht geklappt hätte, hätte Claire nicht die ganze Prozedur mit der Eizellenentnahme nochmals über sich ergehen lassen müssen. Es wären einfach zwei Eizellen aufgetaut und eingesetzt worden, verstehen Sie?» Manfredo sah mich fragend an.

Ich nickte wieder. Das war mir alles klar. Nicht klar war mir, worauf Manfredo hinaus wollte.

«Nun gut.» Claire übernahm. «Auf jeden Fall haben wir vor einer Woche das hier erhalten.» Sie streckte mir ein Papier entgegen. Ich nahm es und sah es mir an. Es war eine Rechnung der Fertilitätsklinik. Kryokonservierung von fünf Zygoten, Kostenpunkt CHF 400.

«Fünf Zygoten. Nicht acht. Was ist aus den restlichen dreien geworden?» Claire strich sich nervös eine Haarsträhne hinter das Ohr. «Ich habe natürlich gleich in der Klinik angerufen. Man hat mich abgewimmelt. Ich hätte mich geirrt, haben sie gesagt. Es habe nie zehn befruchtete Eizellen gegeben. Lediglich sieben.»

Ich wollte etwas sagen, doch Manfredo kam mir zuvor.

«Sie zweifeln, ich sehe es Ihnen an. Aber ich war dabei. Es waren zehn befruchtete Eizellen. Wir hatten extra nachgefragt und uns über die grosse Anzahl gefreut. Es waren definitiv zehn.» Claire und Manfredo sahen mich erwartungsvoll an. «Glauben Sie uns nun?»

«Ich glaube Ihnen. Ich glaube Ihnen, dass es ursprünglich zehn befruchtete Eizellen gegeben hat. Nun gut, jemand hat nachlässig gearbeitet, drei Eizellen sind zerstört worden. Wurden aus Versehen weggeworfen. Die Möglichkeiten sind vielfältig. Aber dass sie einer anderen Frau eingesetzt wurden, das erscheint mir doch etwas abwegig.» Ich zuckte die Schultern. «Weshalb sollte die Klinik ein solches Risiko eingehen?»

«Siehst du?» Manfredo wandte sich an seine Frau. «Sie hält uns auch für Phantasten. Ich habe es dir ja gesagt.» Er sammelte die Papiere ein und erhob sich halb von seinem Stuhl.

«Warte.» Claire hielt ihn zurück. Sie sah mich an. «Ich bin nochmals in die Klinik gegangen. Ich wollte mich persönlich mit unserem Arzt unterhalten.»

«Und?», fragte ich ungeduldig.

«Doktor Brock war nicht da, nur seine Vertretung, eine Frau Doktor Altmann. Wieder hat man mich abgewimmelt. Alles sei korrekt abgelaufen, hiess es. Man könne nichts für mich tun, hiess es. Aber danach, ich war bereits wieder am Gehen, hat die Biologin auf dem Flur meinen Weg gekreuzt. Sie wollte schnell an mir vorbei, aber dann ist sie doch stehengeblieben. ‹Es tut mir leid›, hat sie mir zugeflüstert.» Claire starrte vor sich hin, in Gedanken versunken. Dann hob sie den Blick, sah mich direkt an. «Was war das, wenn kein indirektes Schuldeingeständnis? Weswegen sollte sie mich bedauern, Mitleid mit mir haben? Die Behandlung war ja offensichtlich erfolgreich.» Claire deutete auf ihren dicken Bauch. «Da ist doch irgendetwas faul.»

«Selbst wenn etwas faul sein sollte», erwiderte ich. Was ich bezweifle, fügte ich im Stillen hinzu. «Selbst wenn, so wären Sie bei der Staatsanwaltschaft besser aufgehoben. Ich kann die Klinik anschreiben, allenfalls diesen Doktor Brock um ein Treffen bitten. Erstatten Sie Anzeige. Die Staatsanwaltschaft kann dann ein Verfahren eröffnen.» Ich überlegte kurz. «Natürlich könnte ich die Anzeige für Sie verfassen. Mehr kann ich nicht tun.»

Manfredo winkte ab. «Eine Anzeige wegen Diebstahls oder was? Wir haben keine Beweise, keine Zeugen. Machen Sie sich nicht lächerlich. Die Staatsanwaltschaft würde keine zwei Minuten für so etwas verschwenden.»

Claire stiess ihm den Ellbogen in die Seite.

Ich wollte aufbegehren und ihn zurechtweisen, obwohl er Recht hatte: Mit einer Anzeige wegen mutmasslich entwendeter Eizellen würden die Corazollas bei der Staatsanwaltschaft ins Leere laufen. Bevor ich aber etwas sagen konnte, läutete mein Handy. Ich sah kurz auf die Nummer. Es war Béjart, mein Bekannter bei der Polizei. Ich würde ihn später zurückrufen. Ich sah auf und direkt in Claires veilchenblaue, mit Tränen gefüllte Augen.

Sie griff nach meinen Händen. «Helfen Sie uns. Bitte.» Mit einer Hand wischte sie eine Träne weg. «Wenn Sie herausfinden, dass die drei Eizellen weggeworfen wurden, in Ordnung. Dass sie unsachgemäss behandelt wurden und nicht mehr zu gebrauchen waren, ebenfalls in Ordnung. Damit kann ich, damit können wir leben. Aber mit dem Gedanken, dass vielleicht irgendwo ein Kind von Manfredo und mir zur Welt kommt, ausgetragen von einer anderen Frau, dass dieses Kind in eine andere Familie geboren wird, von Fremden aufgezogen wird, damit kann ich nicht leben.»

Ich wollte etwas erwidern, aber Claire ergriff bereits wieder das Wort. «Stellen Sie sich vor, in zwanzig Jahren ist da eine junge Frau. Sie findet heraus, dass sie mit ihrer Familie nicht blutsverwandt ist, dass sie die Folge einer Unregelmässigkeit in einer IVF-Klinik ist.» Claire schlug sich die Hand vor den Mund. Sie rang nach Fassung. Dann fuhr sie sich mit der Hand über das Gesicht, setzte sich gerade hin. «Gehen Sie der Sache nach. Wir zahlen Ihnen einen Stundenansatz von 400 Franken.» Claire sah mir in die Augen.

Ich horchte auf. Das war beinahe das Doppelte meines üblichen Honorars.

«Ausserdem», fuhr Claire fort, «ausserdem möchten wir Ihnen einen Vorschuss überweisen. Wir hatten an 10000 Franken gedacht.»

Mir stockte der Atem.

«Wir wissen, dass Sie das wert sind.» Claires Stimme war leise, aber bestimmt.

Mein Handy gab einen Summton von sich. Eine SMS war eingegangen. Das kam mir gelegen, ich brauchte etwas Zeit, um mich zu sammeln. Um zu überlegen, ob ich den Vorschuss annehmen sollte. Ob ich den Auftrag annehmen sollte. Ich griff nach dem Telefon und sah mir die SMS an.

«Moira, ruf mich zurück», stand da. «Es ist jemand gestorben.»

2

Ich lernte Jan in einer regnerischen Freitagnacht kennen. Ich war mit einer Studienkollegin quer durch Zürichs Ausgehlokale gezogen, und schliesslich landeten wir in einer kleinen Bar am Kreuzplatz, unweit von meiner damaligen Studentenbude, einer wenig heimeligen Einzimmerwohnung an der Asylstrasse. Die Bar gibt es schon längst nicht mehr, das ganze Gebäude ist abgerissen worden. Damals war sie mein zweites, gemütlicheres Zuhause. In dieser Freitagnacht, es musste kurz vor Mitternacht gewesen sein, war die Bar spärlich besucht. Ich sass mit meiner Freundin an einem Tisch in der Mitte, Jan mit zwei Bekannten am Tisch vor unserem. Er warf mir immer wieder verstohlene Blicke zu, aber wenn ich ihn dabei ertappte, schaute er schnell woanders hin. So was passierte mir damals oft. Es war keine Seltenheit, dass mir ein Wildfremder in einem schummrigen Lokal verstohlene Blicke zuwarf. Meine Haut mit der Farbe von Milchkaffee, meine langen Beine und meine grünen Augen schienen die Männern unwiderstehlich anzuziehen. Trotzdem war es diesmal anders. Es war besonders. Vielleicht lag es an seinen stahlblauen Augen, die in seltsamem Kontrast zu seinem schmächtigen Körper standen. Vielleicht lag es an seinem flüchtigen, schüchternen Lächeln.

Irgendwann fasste er sich ein Herz und prostete mir mit seinem Bierglas zu. Ich sah, welche Überwindung ihn dies kostete. Das musste belohnt werden. Ich sagte zu meiner Freundin, ich sei gleich wieder da, stand auf und ging auf ihn zu. Seine Augen weiteten sich ungläubig.

«Ich bin Moira», sagte ich und streckte ihm die Hand entgegen.

«Ich bin Jan», sagte er und schüttelte meine Hand. Er sah mich lange an. «Du bist schön», sagte er.

«Ich weiss», antwortete ich. Dann setzte ich mich neben ihn. Wir unterhielten uns. Wir sprachen über das Studium – er studierte Kunstgeschichte, ich Rechtswissenschaften. Wir sprachen über Kunst, über Bücher und vor allem über uns selbst. Jan war klug. Irgendwann verabschiedete sich meine Kollegin und auch seine Bekannten gingen ihres Weges. Irgendwann kam der Inhaber der Bar und kündigte die Schliessung an.

Für den Weg von der Bar zu mir nach Hause benötigten wir über eine Stunde. Wir waren klatschnass vom Regen, spürten aber weder Nässe noch Kälte. Danach waren Jan und ich für ein paar Monate zusammen.

Dann brach ich in einer Nacht-und-Nebel-Aktion meine Zelte in Zürich ab. Ich verfrachtete meinen ganzen Krempel in das Haus meiner Mutter an der Seidenstrasse in Winterthur und bereiste für einige Monate die USA. Ich lebte in San Francisco und arbeitete illegal in einer Sandwichbude, Seite an Seite mit chinesischen Immigranten. Es zog mich nach Las Vegas und schliesslich ins Death Valley. Ich schien nach etwas zu suchen, was ich verloren hatte. Etwas, von dem ich selbst nicht wusste, was es war. Natürlich fand ich es nicht. Ich fand nicht einmal zu mir selbst. Meine Reise war vergeblich gewesen. Es schien, als hätte sie einem einzigen Zweck gedient: Jan zu entkommen. Jans Liebe zu entkommen. Liebe kann sanft sein und erbauend. Liebe kann dem Liebenden aber auch den freien Willen nehmen. Ihm das Gefühl geben, im freien Fall zu sein ohne Aussicht auf eine sanfte Landung. Ich schien Liebe nicht gut zu ertragen. Vielleicht, weil ich sie nicht gewohnt war.

Ich hätte Jan im Voraus informieren können. Ich hätte ihn anrufen können. Oder ihm einen Brief schreiben. Ich tat nichts davon. Als ich irgendwann in die Schweiz zurückkehrte und mein Studium wieder aufnahm, war Jan neu liiert. Ich gönnte es ihm. Ich freute mich für ihn. Ehrlich. Ich zog in eine Wohngemeinschaft in Winterthur und fuhr da fort, wo ich vor Jan aufgehört hatte: Ich arbeitete daran, mich Stück für Stück in meine Einzelteile zu zerlegen. Wobei Alkohol keine unerhebliche Rolle spielte. Das war vor fünfzehn Jahren. Ich war damals fünfundzwanzig Jahre alt.

Ein paar Jahre später traf ich Jan zufällig im Salzhaus. Er trug noch immer enge Jeans und ein weisses Hemd, wie ehedem. Wir waren beide gekommen, um eine Band zu sehen, Element of Crime. Vor Beginn des Konzerts standen wir an der Bar und unterhielten uns über Belanglosigkeiten. Unser Gespräch war angestrengt, die frühere Vertrautheit war uns abhandengekommen. Jan hatte mir das abrupte Ende unserer Beziehung noch immer nicht verziehen. Nach wenigen Minuten betrat Norah das Salzhaus. Ich kannte sie von früher, sie war eine Freundin meiner Schwester gewesen. Sie kam vom Eingang her auf uns zu, gross und schlank und blond, ein Hingucker.

«Moira», sagte sie und nahm meine Hand. «Ich habe dich von Weitem erkannt. Es ist eine Ewigkeit her.» Sie musterte mich. «Wie geht es dir, Moira?»

«Gut», sagte ich. «Es geht mir gut, Norah.» Dann stellte ich ihr Jan vor. Ich konnte es in ihren Gesichtern, in ihren Blicken sehen, bevor sie selbst es wussten. Ich liess die beiden allein. Ein Jahr später waren sie verheiratet. Seither habe ich die beiden kaum noch getroffen.

3

Claire und Manfredo Corazolla verliessen meine Kanzlei. Bald würden sie um 10 000 Franken ärmer sein. Ich hatte den Auftrag angenommen und sie in aller Eile entsprechende Formulare ausfüllen lassen. Wie ich genau vorzugehen gedachte im Fall der verschwundenen Eizellen, das wollte ich mir später überlegen. Ich wollte im Moment nur eines: Béjart zurückrufen. Es war kurz nach elf Uhr, als ich endlich seine Nummer wählte. Er ging sofort ran.

«Guido? Was ist los?» Meine Stimme klang belegt, mir war beklommen zumute, und mein Herz schien nur mehr unregelmässig zu schlagen.

«Es tut mir leid», sagte Béjart. «Ich habe schlechte Nachrichten.»

«Wer?»

«Jan Krüger. Ich glaube, du kanntest ihn.»

Ich blieb seltsam ruhig. So, als hätte ich Bescheid gewusst.

«Moira? Moira?»

«Ich bin noch da», sagte ich.

«Ist alles in Ordnung?»

«Mir geht es gut.»

Béjart schwieg einen kurzen Moment. «Komm hierher. Komm zu Jans Haus. Seine Frau… Sie hat gesagt, ich soll dich anrufen.»

«Norah», unterbrach ich ihn.

«Ja, Norah Krüger. Norah könnte deine Unterstützung gebrauchen.»

Nun schwieg ich. «Ich komme», sagte ich dann.

«Gut», antwortete Béjart. «Und, Moira, das Haus ist auch der Tatort.»

Keine halbe Stunde später traf ich bei Jan und Norah ein. Sie bewohnten ein Haus mit grossem Garten und Swimmingpool, obwohl sie kinderlos waren. Aber das war vielleicht anders geplant gewesen, damals, als sie das Haus kauften. Anfangs der 1970er-Jahre war es von einem namhaften Architekten erbaut worden; nun galt es als Designklassiker. Nicht hässlich anzusehen, aber nicht mein Geschmack. Zu massiv, zu sehr für die Ewigkeit gebaut. Nichts ist für immer.

Panta rhei. Alles fliesst. Davon hatte der Architekt mit Sicherheit nichts wissen wollen.

Béjart und sein Kollege rauchten gerade vor dem Haus, als ich vorfuhr. Gute Idee. Ich würde mich ihnen anschliessen. Ich stieg aus und nickte den beiden grüssend zu, während ich mir eine Zigarette anzündete.

«Gut, dass du da bist», sagte Béjart.

Ich trat zu ihm und streckte ihm die Hand entgegen.

Wir verzichteten darauf, unsere Freundschaft in Polizeikreisen gross publik zu machen. Wie eng unsere Bekanntschaft war, ging nur uns beide etwas an. Obwohl wir uns selbst nicht schlüssig darüber waren.

«Becker, das ist Moira van der Meer, die Anwältin. Moira, das ist mein Kollege Daniel Becker.» Wir schüttelten ebenfalls die Hände. Dann war der Höflichkeiten genug getan.

«Na?», fragte ich und stiess gleichzeitig den Rauch aus. «Was ist passiert?»

«Sieht nach Raubmord aus», sagte Becker.

«Ach ja? Hier im Brühlbergquartier?» Ich deutete mit der Zigarette auf die idyllische Umgebung, die schmucken Häuser, die gepflegten Gärten. «Dann sind das wohl die berüchtigten Bloods and Crips des Viertels?» Wieder deutete ich mit der Zigarette, diesmal auf ein paar kleine Jungs, die in einer Einfahrt Ball spielten. Meine Ironie perlte an Decker ab wie Wasser an einem Gummistiefel.

«Winterthur hat sich verändert», sagte er gleichmütig. «Und gerade in dieser Gegend haben in letzter Zeit einige Einbrüche stattgefunden.»

Einbrüche vielleicht, aber wohl ohne Mordopfer. Das hier war schliesslich nicht Caracas. Ich hatte eine harsche Entgegnung auf der Zunge, doch ein Blick von Béjart liess mich innehalten. Besser, ich zerbrach nicht gleich am Anfang zu viel Porzellan. Ich nahm einen letzten Zug von meiner Zigarette und schnippte den Stummel weit von mir. Kein Wunder, dachte ich, kein Wunder brauchte Norah Unterstützung.

«Wo ist Norah?», fragte ich.

Béjart deutete mit dem Daumen Richtung Garten. Nach einigem Suchen konnte ich in einer Ecke eine Gestalt ausmachen, die in einem von grünen Ranken überwucherten Pavillon sass.

«Steht sie unter Verdacht?», fragte ich.

«Die Ehefrau steht immer unter Verdacht», antwortete Becker. Wohl war.

«Aber sie scheint ein ziemlich wasserdichtes Alibi zu haben. Schmauchspuren sind ebenfalls negativ, wie ich gehört habe.» Béjart nickte mit dem Kinn zum Haus, in dem sich die Kriminaltechniker tummelten.

«Todeszeitpunkt?», fragte ich.

Becker sah Béjart warnend an. Der ignorierte den Blick.

«Vor mehr als sechs und weniger als zwölf Stunden.» Béjart zuckte mit den Schultern. «Genauer geht es im Moment nicht.»

Es war kurz nach elf Uhr vormittags. Das hiess, Jan war nach Mitternacht erschossen worden. Irgendwann in den sehr frühen Morgenstunden.

«Keine weiteren Details», sagte Becker mit fester Stimme. «Immerhin steht die Ermittlung noch ganz am Anfang.» Hinter seinem Rücken schnitt ich ihm eine Grimasse, Béjart grinste mich an.

«Hat sie ihn gefunden?», fragte ich.

«Ja. Sie hat die Nacht auswärts verbracht und ist heute Morgen nach Hause gekommen. Schon an der Tür hat sie gemerkt, dass etwas nicht in Ordnung ist. Im Wohnzimmer hat sie dann ihren Ehemann aufgefunden. Tot. Erschossen mit mehreren Schüssen. Diverse Sachen sind weggekommen. Es scheint sich vor allem um Schmuck zu handeln und um ein paar kleinere Kunstgegenstände. Wir sind mit der Frau durchs Haus gegangen und haben sie eine möglichst genaue Liste erstellen lassen, aber sie … Sie war natürlich vollkommen durcheinander. Du weisst schon.»

Jan war ein Kunstbeschaffer, sofern es diesen Begriff überhaupt gibt. Nach dem Studium hatte er sich bald selbstständig gemacht. Er hatte viele namhafte Klienten, die sich für Kunst interessierten. Wenn deren Herz ein Kunstobjekt begehrte, von dem sie gehört oder gelesen hatten, machte Jan sich auf die Suche danach oder zumindest nach etwas Vergleichbarem. Er musste gut Geld verdient haben mit dieser Tätigkeit. Nebenbei machte er Expertisen und Schätzungen. Vor einiger Zeit hatte ich anlässlich einer Scheidung kurz beruflich mit ihm zu tun gehabt. Das war das erste und einzige Mal seit unserer Lovestory, dass wir uns länger als zehn Minuten am Stück unterhalten hatten. Es war interessant gewesen. Jan war ein spannender Mann gewesen.

«Wo hat Norah die Nacht verbracht?»

«Sie war an einem Treffen in Zürich. Hat in einem Hotel übernachtet.» Béjart sah mich an.

So wasserdicht klang das Alibi in meinen Ohren nicht.

«Es gibt offenbar viele Zeugen, die das bestätigen können», mischte sich Becker ein. Er schien meine Zweifel gespürt zu haben.

Ich nickte, sagte nichts. Dann zündete ich mir eine weitere Zigarette an. Ich überlegte. «Mehrere Schüsse, ja?», hakte ich nach.

Becker und Béjart nickten unisono.

Nicht gut, dachte ich. Mehrere Schüsse hiess meistens, es war etwas Persönliches. Es hiess, jemand war wütend. «Wie ist der Täter ins Haus gekommen?», fragte ich.

«Durch die Hintertür, die direkt in den Garten führt.» Becker wies mit dem Kinn die Richtung.

«Aufgebrochen?»

Becker schüttelte den Kopf. «Es hat Werkzeugspuren am Rahmen. Aber dann hat der Einbrecher gemerkt, dass er die Tür auf ganz normale Art und Weise öffnen kann.»

«Sie war nicht abgeschlossen?» Ich sah ihn ungläubig an.

Wieder schüttelte er den Kopf. «Er hat wohl immer erst abgeschlossen, wenn er zu Bett gegangen ist.»

«Zufällig war die Tür offen», sagte ich. «Zufällig wusste der Einbrecher, dass da viel zu holen war. Zufällig hatte er eine Waffe in der Tasche. Ein bisschen viele Zufälle für meinen Geschmack.» Ich wartete nicht ab, ob einer der beiden etwas darauf erwidern wollte, sondern wandte mich ab. «Ich werde dann mal zu Norah gehen.»

4

Ich ging quer über den Rasen auf den Pavillon zu. Das Gras war saftig grün, in den Lavendelbüschen summten die Bienen, und da und dort flatterte ein bunter Schmetterling durch die Gegend. Ein idyllischer Spätsommermorgen für den Betrachter, der das Blutbad im Inneren des Hauses nicht sehen konnte.

Die Kriminaltechniker waren an der Arbeit, Jan war bereits abtransportiert worden. Die Blutspuren auf Teppich, Sofa und Holzdielen sprachen ihre eigene Sprache. Eine Sprache der Gewalt. Der Sinnlosigkeit.

Ich hoffte, Norah war tatsächlich unschuldig. Das hoffte ich vor allem um meinetwillen. Norah hatte meine Schwester Maria gekannt und gemocht. Mein Leben mit Maria hatte vor vierundzwanzig Jahren abrupt geendet. Erinnerungen waren das einzige, was ich hatte. So gesehen bedeutete Norah mir viel, auch wenn ich sie kaum kannte. Jan hatte mir auch viel bedeutet. Ich versuchte, all diese Gedanken abzuschütteln. Sie waren im Moment nicht hilfreich. Sie verwirrten mich.

Ich hatte den Pavillon erreicht. Bevor ich Norah gegenübertrat, sammelte ich mich. Dann ging ich zu ihr unter das Blätterdach. Norah sass auf der halbrunden, schmiedeeisernen Bank und schaute zu Boden. Sie weinte nicht. Sie schien noch immer unter Schock zu stehen, ihr Gesicht war fahl und angespannt. Ich ging zu ihr und setzte mich neben sie. Norah sah weiter zu Boden.

«Norah», sagte ich sanft und legte ihr meine Hand auf die Schulter. «Norah, ich bin jetzt hier. Alles wird gut.» Es war eine Floskel, nicht mehr. Ich wusste, dass nichts mehr gut werden würde. Ein Mensch war tot.

«Nichts wird gut.» Norah durchschaute den billigen Trick. Sie hob den Kopf und sah mich an. Im diffusen Licht im Pavillon schienen ihre Augen nicht mehr blau, sondern nachtschwarz zu sein. Nachtschwarz und voller Verzweiflung. «Nichts wird gut», wiederholte sie. Dann fing sie endlich an zu weinen. Erst lautlos, die Tränen liefen ihr über die Wangen, und ihr Mund war verzerrt. Sie begann zu schluchzen, und das Geräusch steigerte und steigerte sich, bis Norah vor Kummer und Gram erstickte Schreie von sich gab. Wortlose Schreie, die mich umso mehr ins Mark trafen.

Aus dem Augenwinkel sah ich, wie Béjart sich dem Pavillon näherte. Seine Miene war besorgt, und ich konnte ein lautloses «Brauchst du Hilfe?» von seinen Lippen ablesen.

Unauffällig winkte ich ab. Norah sollte ihrer Trauer freien Lauf lassen. Vielleicht half es. Vielleicht auch nicht.

Irgendwann verstummte Norah. Sie schniefte noch ein paar Mal, dann kramte sie ein Taschentuch hervor und schnäuzte sich.

«Willst du reden?», fragte ich sie.

Sie schüttelte den Kopf.

«In Ordnung», sagte ich. «Wir müssen nicht reden. Nicht jetzt.» Ich wollte noch etwas sagen, überlegte es mir aber anders.

Norah hob den Kopf und sah mich an. «Danke», sagte sie. «Du verstehst. Du hast das auch erlebt. Mit Maria.»

Wieder wollte ich etwas sagen. «Nein», wollte ich sagen. «Ich habe das nicht erlebt. Jan ist tot. Ermordet. Maria ist nur verschwunden.» Ich sagte nichts. In diesem Moment spielte es keine Rolle. Nicht für Norah.

«Komm mit», sagte ich stattdessen. «Wir gehen nach Hause.» Norah konnte nicht hier bleiben. Sie konnte nicht zurück in dieses Haus gehen; das musste ich ihr ersparen. Und sowieso durfte sie in den nächsten Tagen nicht hinein. Nicht, solange die kriminaltechnischen Ermittlungen nicht abgeschlossen waren. Ich half Norah beim Aufstehen. Erst jetzt nahm ich sie als Ganzes wahr. Sie war noch immer gross und schlank. Sie trug eine schmal geschnittene schwarze Hose und ein ebenfalls schwarzes Oberteil. Die blonden Haare fielen ihr lang und glatt über den Rücken. Die Füsse steckten in hochhackigen Pumps, die Fingernägel waren rot lackiert. Alles war perfekt. Norah war perfekt. Eine schöne, perfekte Frau. Eine unglückliche Frau.

Ich legte Norah den Arm um die Hüfte und führte sie durch den Garten zur Einfahrt. Becker trat mir in den Weg.

«Wir müssen sie vernehmen», sagte er.

«Nicht mehr heute», antwortete ich.

Becker wollte etwas erwidern, aber ich schnitt ihm das Wort ab. «Sie ist nicht verdächtig. Also lassen Sie uns gehen.» Ohne seine Entgegnung abzuwarten, ging ich mit Norah zu meinem Auto. Meist war ich mit dem Fahrrad unterwegs, aber heute Morgen hatte ich intuitiv dem Auto den Vorzug gegeben, als ich mich auf den Weg ins Büro gemacht hatte. Als hätte ich geahnt, dass ich es brauchen würde. Ich seufzte leise. Der Morgen schien ewig lange her zu sein.

Béjart sah mir in die Augen.

Ich konnte seinen Blick nicht deuten. Es konnte Missbilligung sein. Oder Bewunderung. Auf jeden Fall machte er keine Anstalten, uns aufzuhalten. Ich setzte Norah auf den Beifahrersitz, schnallte sie an und schloss die Tür. Dann fuhr ich los. Ich würde sie zu mir nach Hause fahren, ihr die Treppe hinauf und in mein Bett helfen. Ich würde Norah ein Beruhigungsmittel verabreichen – ich hortete ein paar Temesta für Notfälle. Dann würde ich zusehen, wie sie einschlief. Schlaf war heilsam. Und dann würde ich ihren Schlaf bewachen.

5

Ich beobachtete Norah eine Weile, während sie schlief. Sie lag reglos auf der Seite, die Knie angezogen und die Hände nahe am Gesicht. Embryonalstellung. Ihr Gesicht war verquollen und verriet die Qualen der letzten Stunden. Ansonsten sah sie ruhig und friedlich aus, ihr Atem klang gleichmässig. Dieses Bild war trügerisch. Norah würde lange keinen Frieden finden. Sie würde nie mehr die alte sein. Sie war jetzt schon eine andere Frau.

Ich ging in die Küche, zündete mir eine Zigarette an und öffnete das Fenster. Die Mittagssonne strahlte heiss vom Himmel. Der Sommer ist nicht meine Jahreszeit. Da liegt zu viel Fröhlichkeit in der Luft. Zu viel Glückseligkeit. Ich wünschte mir, dunkle Wolken würden aufziehen, ein starker Regen einsetzen.

Ich kochte mir einen starken Kaffee und rauchte eine weitere Zigarette. Ich rekonstruierte für mich den Ablauf der Tat: In der Tatnacht war das Opfer alleine zu Hause gewesen. Offensichtlich war Jan lange aufgeblieben. Vielleicht hatte er gearbeitet. Ein Glas Wein getrunken. Irgendwann war der Einbrecher zur Hintertür hereinmarschiert, hatte Jan überrascht, ihn mit mehreren Schüssen niedergestreckt und anschliessend die Wertgegenstände mitgehen lassen. Die Schüsse waren unbemerkt geblieben. Kein Nachbar hatte die Polizei gerufen. Am Morgen kam Norah nach Hause und fand Jans Leiche. Die Polizei kam. Die Kriminaltechnik kam. Später stiess ich dazu.

Ich nahm einen langen Zug und hielt eine Weile den Atem an, bevor ich den Rauch wieder ausstiess. Ich sah in den strahlend blauen Himmel hinauf. Das Diebesgut. Die offene Tür. Die Waffe. Die Schüsse. Jan, tot. Norah, schlafend in meinem Bett. Etwas fehlte. Aber was? Ich rauchte zu Ende, drückte die Zigarette aus. Ich versuchte zu glauben, dass ich es mit einem ganz normalen Fall zu tun hatte. Es gelang mir nicht wirklich.

Mein Telefon läutete. Ich erkannte die Nummer, zögerte kurz und nahm dann ab.

«Moira», sagte mein Vater. «Ich hatte einen Traum. Ich habe geträumt, du brauchst meine Hilfe.»

Ich hatte vierundzwanzig Jahre lang keinen Kontakt zu meinem Vater gehabt. Er war nach Nigeria, in seine Heimat abgehauen, als ich fünfzehn war und meine kleine Schwester Maria dreizehn. Seither hatte ich jeglichen Versuch einer Kontaktaufnahme von seiner Seite abgewehrt. Ignoriert. Bis vor ein paar Monaten. Ich hatte den Tod eines jungen Mädchens untersuchen müssen. Dabei war meine eigene, relativ erfolgreich verdrängte Vergangenheit wieder aufgekocht. Meine verschwundene Schwester. Meine dysfunktionale Mutter. Der abwesende Vater. Schliesslich hatte ich zum Telefon gegriffen und ihn angerufen. Zum ersten Mal seit Jahrzehnten hatte ich wieder die Stimme meines Vaters gehört. Seither standen wir sporadisch in Kontakt. Nicht, dass wir jetzt die besten Freunde wären. Dass die Vergangenheit überwunden und die Verletzungen geheilt wären. Aber wir befanden uns in einem Prozess der Annäherung.

«Vielleicht», antwortete ich meinem Vater, «vielleicht brauche ich tatsächlich Hilfe.» Ich erzählte ihm von meinem neusten Fall. Nicht der Fall der verschwundenen Eizellen. Der andere. Der Fall der vielen Zufälle. Ich erzählte ihm vom ermordeten Jan.

«Was soll ich tun?», fragte ich seufzend.

«Tu, was du immer tust», antwortete mein Vater. «Geh den guten Weg.»

Tja, was sollte ich sagen? Das half mir nicht wirklich weiter.

«Das ist dein Name, weisst du? Mmesoma. Der gute Weg.»

Ich verstand nur Bahnhof.

«Der Name findet einen. Nicht umgekehrt», fuhr mein Vater fort.

«Ich verstehe nicht», sagte ich. «Mein Name ist Moira.»

«Moira ist der Name, den deine Mutter dir gegeben hat. Er bedeutet Schicksal. Mmesoma ist der Name, den deine Ahnen für dich ausgesucht haben. Der gute Weg.»

Ich schwieg eine Weile. Ich musste das Gehörte erst einordnen. «Ich wusste nicht, dass ich einen zweiten Vornamen habe», sagte ich schliesslich.

«Nein. Deine Mutter wollte es so. Eine Erwähnung dieses Namens, und sie ist explodiert. Du kennst sie ja.» Ein glucksendes Lachen war zu hören.

Ich konnte das nicht lustig finden. Meine Mutter ist Alkoholikerin. Ein Glas zu viel oder zu wenig, ein Wort zu viel oder zu wenig hat einen Wutanfall zur Folge. Das war schon immer so. Deswegen war mein Vater wohl auch abgehauen und hatte mich und meine Schwester Maria mit Mutter allein gelassen. Aber das war eine andere Geschichte.

Moira und Mmesoma. Schicksal und der gute Weg. Vielleicht konnte ich irgendwann etwas damit anfangen. «Und Maria?», fragte ich.

«Was ist mit ihr?», erwiderte mein Vater die Frage.

«Welchen Namen haben ihr die Ahnen gegeben?»

«Ngozi. Gesegnet.»

Nun musste ich ein Lachen unterdrücken. Ein zynisches Lachen. «Da haben sie aber schön danebengegriffen», sagte ich.

Mein Vater schwieg eine Weile. «Deine Schwester ist an einem gesegneten Ort», sagte er. «Wo immer sie auch ist, es geht ihr gut.»

«Woher willst du das wissen?», fragte ich einigermassen aggressiv.

«Ich weiss es. Ich fühle es.»

Ich sagte nichts. Ich sagte nicht, dass ich keinen Deut auf solche Gefühle gab. Das waren Hirngespinste. Wunschdenken.

«Du glaubst mir nicht.» Mein Vater war nicht dumm. «Noch nicht. Aber es wird die Zeit kommen, wo du selbst die Dinge spürst.»

Bald nach dieser rätselhaften Aussage beendeten wir unser Telefonat. Ich war nicht klüger als zuvor. Aber ich war um einen Namen reicher. Mmesoma. Ich sagte ihn leise vor mich hin. Er klang gar nicht mal so übel.

6 Die nächsten zwei Stunden verbrachte ich damit, Norah beim Schlafen zuzusehen, eine Kleinigkeit zu essen, unzählige Zigaretten zu rauchen und vor allem unruhig durch die Wohnung zu tigern – alles möglichst geräuschlos, um Norah nicht zu wecken. Sie sollte ruhig noch etwas schlafen, bevor sie sich der Wirklichkeit wieder stellen musste. Dann hielt ich es nicht mehr aus. Ich musste raus. Raus aus meinen vier Wänden, raus aus meinem gedanklichen Hamsterrad. Ausserdem hatte ich um halb vier einen Termin in der Kanzlei. Ich vergewisserte mich, dass Norah tief und fest schlief und begab mich ein Stockwerk tiefer zu Willy Morgenroth, meinem Nachbarn und Vermieter. Auf mein Klopfen hin öffnete niemand, also ging ich in den Garten. Bei schönem Wetter ist Willy oft dort anzutreffen. Charlie, sein junger Golden Retriever, lag unter einem Baum im Schatten und liess die Zunge baumeln. Willy hingegen, mit Strohhut und Leinenhemd, machte sich mit einer grossen Heckenschere an ein paar Büschen zu schaffen.

«Willy, sind Sie des Wahnsinns?», fragte ich. «Es ist zu heiss, um draussen zu arbeiten. Und erst noch an der prallen Sonne.»

Willy liess die Schere sinken und wandte sich mir zu. «Moira. Ich habe Sie nicht kommen hören.» Schweisstropfen standen ihm auf der Stirn, und sein Gesicht war gerötet. Diese Hitze war sicher nicht gut für den 75-jährigen Willy. Ich wollte mir um ihn nicht auch noch Sorgen machen müssen.

«Willy, das kann nicht gesund sein. Kommen Sie, machen Sie eine Pause.»

Willy zog ein grosses kariertes Taschentuch hervor und tupfte sich die Stirn ab. «Es ist tatsächlich warm heute», gab er zu. «Aber irgendwann muss ich das erledigen.»

«Irgendwann, aber nicht jetzt. Kommen Sie», sagte ich energisch, «ich habe eine andere Aufgabe für Sie.»

Willy schien froh zu sein, die Gartenarbeit für heute niederlegen zu können. Ohne gross nachzufragen folgte er mir ins kühle Innere des Hauses, Charlie ihm dicht auf den Fersen.

Ich bat Willy zu mir in die Wohnung und informierte ihn bei einem Glas kalten Wassers kurz über die Situation, den ermordeten Jan und die schlafende Norah.

«Wenn Sie ein Augen auf sie haben könnten?», bat ich Willy. «Nur für ein, zwei Stunden, bis ich wieder da bin. Es käme wohl nicht gut, wenn sie aufwacht und niemand ist da.»

«Wo denken Sie hin?» Willy war entsetzt. «Ich gehe mich kurz frisch machen, und dann werden Charlie und ich uns zu der jungen Dame setzen und auf sie aufpassen.»

«Willy, Sie sind ein Schatz», sagte ich.

Er winkte verlegen ab.

Die Anfänge unserer Bekanntschaft gehen zurück auf meinen Einzug in die Dachwohnung an der Rychenbergstrasse. Willy ist Besitzer des Hauses, und eine Klausel im Mietvertrag besagt, dass wir einmal im Monat zusammen zu Abend essen. Willy wollte von Anfang an vermeiden, dass zwischen uns lediglich ein anonymes Vermieter-Mieter-Verhältnis besteht. Nun, darum musste er sich keine Sorgen mehr machen. Aus den monatlichen Abendessen war nach und nach eine Freundschaft entstanden. Diese hatte sich seit dem Fall Maria Okeke intensiviert. Sie war intimer geworden. Ich wusste nun, dass ich Willy vertrauen konnte. Er würde mir zur Seite stehen, was auch geschah.

Meist wusste ich diese neue Vertrautheit in unserer Freundschaft zu schätzen, doch manchmal schreckte ich davor zurück. Ich war es nicht gewohnt, jemanden nahe an mich heranzulassen. Willy war da anders. Er war lange Jahre verheiratet gewesen und pflegte auch nach dem Tod seiner Frau alte Freundschaften, half hier und dort. Er liebte es, eine Aufgabe zu haben. Gebraucht zu werden. Er war auch immer Feuer und Flamme, wenn er mir bei einem meiner Fälle helfen konnte, und sei es nur mit einem guten Rat.

Ich liess ihn also guten Gewissens bei der schlafenden Norah zurück und machte mich zu Fuss auf in mein Büro, ich brauchte die Bewegung. Bereits nach dreihundert Metern bereute ich diese Entscheidung. Es war mittlerweile drei Uhr nachmittags, die Sonne brannte heiss vom Himmel, und meine Leinenbluse war nach wenigen Minuten durchgeschwitzt. Aber da musste ich nun durch. Es war zu spät zum Umkehren. Ich quälte mich den heissen Asphalt entlang und war froh um jedes Bäumchen, das ein wenig Schatten spendete. Sogar zum Rauchen war es mir zu heiss. Erleichtert betrat ich gut zehn Minuten später das Backsteingebäude an der Ecke Wülflingerstrasse/Schaffhauserstrasse, in dem sich mein Büro befindet. In der Eingangshalle passte mich Melvin, mein Büronachbar, ab.

«Du hast Besuch», flüsterte er und wies mit dem Kinn Richtung Küche, die auch unser Aufenthaltsraum ist. Seit einem Einbruch in mein Büro vor ein paar Monaten war Melvin etwas paranoid. In jedem Besucher sah er eine potentielle Gefahr und behielt ihn aufmerksam im Auge.

Erstaunt und wenig erfreut zog ich meine Augenbrauen hoch. Mandanten, die zu spät kommen, sind ein Ärgernis.

Mandanten, die viel zu früh kommen, sind eine Unverschämtheit.

Ich schloss die Tür zu meinen Büroräumlichkeiten auf, setzte mich an meinen Schreibtisch und leerte eine Halbliterflasche Mineralwasser. Danach fühlte ich mich etwas besser. Etwas weniger erhitzt. Ich sass einen Moment lang da und überlegte, ob ich tatsächlich tun sollte, was ich zu tun gedachte. Ja, beschloss ich, ich sollte.

Ich zog ein Handy aus meiner Tasche. Norahs Handy. Während sie ihren Dornröschenschlaf schlief, hatte ich einen Blick in ihre Handtasche geworfen und es mitgehen lassen. Was natürlich grenzwertig war. Vom moralischen Standpunkt her. Was den rechtlichen Standpunkt betraf, da befand ich mich bereits voll und ganz in der Illegalität. Aber besondere Umstände verlangen nach besonderen Mitteln. Ich durchsuchte Norahs Handy, das glücklicherweise nicht durch einen Code gesichert war. Das hatte ich gehofft. Ich kenne viele, die ihre Handys nicht sichern. Denen es zu mühsam ist, erst einen Code eingeben zu müssen. Bei mir ist das nicht der Fall. Aber ich bin von Natur aus misstrauisch. Ich gehe bei allen grundsätzlich einmal vom Schlechtesten aus.

Ich sah mir die Liste mit den ein- und ausgehenden Anrufen der letzten Tage an. Es waren merkwürdig wenige. Norah schien ihre sozialen Kontakte auf jeden Fall nicht per Handy zu pflegen. Zwei Nummern waren am häufigsten aufgeführt. Eine Nummer gehörte zu Jan, die andere zu einer Rebecca. Ich wählte letztere. Die Wahrscheinlichkeit war hoch, dass es sich um Norahs engste Freundin handelte. Tägliche Telefonate führt man nicht mit der Putzfrau. Und wie ich in Erinnerung hatte, hatte Norah keine Geschwister.

Eine weibliche Stimme meldete sich am anderen Ende der Leitung. Ich hatte richtig gelegen. Rebecca war Norahs Freundin. Sie war erschüttert, als ich ihr die Neuigkeiten berichtete. Sie versprach, Norah am späteren Abend abzuholen und mit zu sich zu nehmen. Norah konnte vorerst bei Rebecca wohnen. Ich war erleichtert. Norah einen Tag lang bei mir aufzunehmen, war eine Sache. Sie über einen längeren Zeitraum in meiner Wohnung zu haben eine vollkommen andere. Dafür wäre die grösste Wohnung zu klein. Ich brauche das Alleinsein. Die Einsamkeit.

Ausserdem war Norah für mich eine Fremde. Klar, sie war mit meiner Schwester befreundet gewesen. Aber das war lange her, und ich hatte sie nie gut gekannt. Ich nahm an, sie wollte mich als Anwältin mandatieren. Weswegen sonst hatte sie mich am Morgen anrufen lassen? Vielleicht würde ich als ihre Anwältin Ansprüche gegen Jans Mörder geltend machen müssen. Vielleicht würde ich als ihre Anwältin aber das bestmögliche Strafmass für sie als Mörderin von Jan herausschlagen müssen. Das war ein unwahrscheinliches Szenario, aber ich musste alles in Betracht ziehen. Ich wusste nicht, was die nächsten Tage brachten. Welche Beweise, Indizien oder Ergebnisse schliesslich vorliegen würden. Deswegen war es besser, ich liess mich nicht zu stark auf Norah ein. Deswegen war es besser, ich hielt eine gewisse Distanz.

Ich schaltete Norahs Handy aus und verstaute es wieder in meiner Tasche. Zuvor hatte ich einen kurzen Blick auf ihre neusten Mails, SMS und WhatsApp Nachrichten geworfen. Ich kam mir schäbig vor, aber wo ich das Handy schon mal hatte, wollte ich die Gelegenheit nutzen. Es gab weder im Posteingang noch bei den Textmitteilungen etwas Auffälliges; kein Mordkomplott war per Mail geschmiedet, kein reumütiges Geständnis per SMS an eine Freundin versandt worden. Auffällig war höchstens, dass Norah sehr wenige Mails und Nachrichten versandte beziehungsweise erhielt. Mit Rebecca hatte sie ab und zu gesimst und auch mit einigen anderen, aber immer ziemlich unverbindlich. Abmachungen zum Pilates und solches Zeugs. Die Mails bestanden zur Hauptsache aus Werbekram. Norah nutzte die sozialen Medien noch weniger ich. Aber es passte zu den spärlichen Telefonaten. Norah schien ein ziemlich einsamer Mensch zu sein, das war die Erkenntnis, die der schnelle Blick in ihr Handy mir lieferte.

Ich stand auf, um mich um meinen Mandanten zu kümmern, der noch immer in der Küche auf mich wartete.

7

Der Mann erhob sich, als ich die Küche betrat. Mein Halb-vier-Uhr-Termin war er definitiv nicht. Ich hatte ihn noch nie gesehen.

«Frau van der Meer?», fragte er. «Moira van der Meer?»

Ich antwortete nicht. Spontane Besuche von potentiellen Klienten kann ich nicht ausstehen. Ich führe schliesslich kein Reisebüro, sondern eine Anwaltskanzlei. Ich musterte den Mann. Er war gross und früher wohl schlank gewesen, doch nun hatte er einen unübersehbaren Bauch und wirkte auch sonst irgendwie massig. Aufgeschwemmt. Auf seinem rosigen Schädel wuchs flaumiges blondes Haar, und seine Augen waren hellblau, das Weisse rot geädert. Instinktiv verspürte ich Abneigung dem Unbekannten gegenüber. Ich mochte ihn nicht.

«Ich bin Paul Petersen», sagte er. Er sah mich an, als müsste mir das etwas sagen. Als müsste ich Bescheid wissen. «Jan Krügers Partner. Geschäftspartner», fuhr er auf mein Schweigen hin fort.

Ich atmete ein. Ich konnte Alkohol riechen. Paul Petersen hatte in den letzten Stunden offensichtlich getrunken. Es schien ihm nicht gut zu gehen.

«Es tut mir leid wegen Jan», sagte ich.

Er antwortete nicht. Statt dessen zog er ein Taschentuch hervor und schnäuzte sich die Nase. Auch eine Möglichkeit, seine Gefühle zu zeigen. «Kann ich mit Ihnen reden?», fragte Paul.

Eine etwas merkwürdige Frage. Weswegen war er sonst hierhergekommen? «Deswegen sind Sie hier, nehme ich an», entgegnete ich. Ich führte ihn in mein Besprechungszimmer. Wir sassen uns gegenüber.

Paul schwieg.

«Also», hakte ich schliesslich ungeduldig nach. Ich wollte meinen nächsten Mandanten nicht unnötig lange warten lassen.

«Jan wurde ermordet», sagte Paul.

Ach was. Das waren ja Neuigkeiten. «Ich weiss», sagte ich lapidar. Wieder herrschte Schweigen. «Sind Sie deswegen hier?», fragte ich. Diese Unterhaltung strengte mich an, obwohl sie gar noch nicht richtig begonnen hatte.

Paul starrte vor sich hin. «Ich habe Jan gesehen. Heute Morgen. Wir hatten ein Meeting mit einem wichtigen Klienten. Vorher wollten wir bei ihm zu Hause noch zwei, drei Details besprechen.»

Ich hatte gewusst, dass Jan einen Geschäftspartner hatte. Ich hatte ihn mir nur anders vorgestellt. Etwas weniger vierschrötig vielleicht. Aber der erste Eindruck kann natürlich täuschen. Wahrscheinlich hatte Paul ebenfalls Kunstgeschichte studiert und mit summa cum laude abgeschlossen.

«Weshalb?»

«Weshalb was?» Paul sah mich erstaunt an.

«Weshalb wollten Sie bei Jan zu Hause geschäftliche Dinge besprechen? Weshalb nicht im Büro?»

Als ich mich mit Jan beruflich unterhalten hatten, war das in einem Zweihundert-Quadratmeter-Loft im Sulzerareal passiert, das eher Ähnlichkeiten mit einer Galerie hatte denn mit einem simplen Büro.

«Mal so, mal so. Jan hat in letzter Zeit lieber von zu Hause aus gearbeitet. Er ist vielleicht zweimal die Woche im Geschäft aufgetaucht.» Er sah mich an. «Ist das wichtig?»

Ich zuckte die Achseln. «Vielleicht. Vielleicht auch nicht.»

Paul sah etwas irritiert aus.

Mir kam ein Gedanke: «In letzter Zeit, sagten Sie, arbeitete Jan lieber von zu Hause aus. Seit wann?»

Paul zuckte die Schultern. «Ich weiss nicht genau. Seit ein paar Monaten. Ein halbes Jahr vielleicht.» Er sah an mir vorbei.

«Und Sie haben keine Ahnung, weshalb das so war?»

Paul schüttelte den Kopf. Er sah irgendwie verlegen aus. Definitiv nicht wie jemand, der die Wahrheit sagt.

Ich liess es auf sich beruhen. «Fahren Sie fort», sagte ich. «Sie wollten also heute Morgen zu Jan.»

«Genau. Ich wollte zu Jan. Schon von Weitem habe ich die ganzen Leute gesehen, die Polizisten, die Gaffer. Als ich aus dem Auto ausgestiegen bin, haben sie ihn gerade abtransportiert.» Er tastete seine Hemdtasche ab und zog ein Päckchen Zigaretten hervor. «Darf ich?»

Ich nickte, schob ihm einen Aschenbecher hin und öffnete das Fenster.

«Sie auch?» Er hielt mir das Päckchen hin.

Warum nicht? Mir ist so gut wie jede Gelegenheit zum Rauchen willkommen.

Paul zündete erst mir und dann sich selbst die Zigarette an. Nach einigen Zügen fuhr er mit seiner Schilderung fort. «Ich habe erst gar nicht begriffen, worum es geht. Als die Bahre rausgetragen wurde, dachte ich, es sei ein Unfall passiert. Ich dachte, es sei sie, die da liegt, Norah! Ich wollte rein zu Jan. Die Polizisten haben mich zurückgehalten. Und dann habe ich erfahren, was geschehen ist. Dass Jan tot sei. Ermordet. Erschossen.» Paul nahm sichtlich bewegt einen letzten Zug und drückte seine Zigarette aus. Die Erinnerung machte ihm zu schaffen.

Ich liess ihm Zeit, um sich zu sammeln. «Was wollen Sie von mir?», fragte ich dann.

«Jan hat Sie oft erwähnt», sagte Paul. «Er hat oft von Ihnen gesprochen. ‹Wenn du Probleme hast, dann such Moira van der Meer auf›, hat er gesagt. ‹Sie kann dir helfen.›»

«Und?», fragte ich und drückte meine Zigarette aus. «Haben Sie Probleme?» Ich hatte noch immer keinen blassen Schimmer, weswegen Paul Petersen hier war.

Paul starrte mich an. «Ich weiss, wer es getan hat», stiess er schliesslich hervor. «Ich glaube, sie war es. Norah.» Er fing an zu weinen. Dieser massige Mann sass in meinem Besprechungszimmer und weinte.

«Glauben Sie oder wissen Sie?»

Er zuckte mit den Schultern. Also glaubte er.

«Weswegen verdächtigen Sie Norah?», fragte ich.

Er hörte schlagartig auf zu weinen und sah mich an. «Das liegt auf der Hand», sagte er. «Sie bekommt jetzt alles.»

Ich schwieg. Meiner Meinung nach wird Geld als Mordmotiv überschätzt, von Raubmord einmal abgesehen. Es gibt andere, stärkere Beweggründe: Liebe, Eifersucht. Neid. Macht. Angst. Pauls Theorie überzeugte mich nicht. Ausserdem sah Norah nicht aus, als würde es ihr an Geld mangeln. Jan war schon immer grosszügig gewesen.

«Ich weiss noch immer nicht, was Sie von mir wollen», sagte ich. «Mit Ihrem Verdacht sind Sie bei der Polizei besser aufgehoben als bei mir.» Ich stiess meinen Stuhl zurück und erhob mich halb. Es war Zeit, dieses Gespräch zu beenden. Paul hatte mir mitgeteilt, was er mir hatte mitteilen wollen. Er führte irgendetwas im Schilde. Ich wusste nur nicht was.

Paul machte keine Anstalten aufzustehen. «Sie verstehen nicht», sagte er. «Jan war reich. Er hat ein Vermögen verdient.»

Ich reagierte nicht.

«Jan und Norah hatten so ihre Schwierigkeiten», fuhr Paul fort.

«Wer hat die nicht?»

«Es ging anscheinend über das übliche Mass hinaus.»

«Ich habe verstanden, worauf Sie hinauswollen. Aber was wollen Sie von mir?»

«Ich wollte nur, dass Sie das wissen. Das ist alles. Sie sollten es wissen.» Nun erhob Paul sich endlich.

Ich führte ihn zur Tür und verabschiedete ihn, ohne ihm die Hand zu geben. Er war mir zuwider. Irgendetwas stimmte nicht mit ihm. Seine Trauer schien mir plötzlich nur gespielt.

Auf halbem Weg hinaus drehte Paul sich um. «Das mit Jan tut mir auch echt leid für Sie. Waren Sie nicht einmal zusammen?»

Ich spürte seinen lauernden Blick auf mir. «Wir waren befreundet», sagte ich, schloss die Tür und lehnte mich dagegen. Ich dachte über Paul nach. Über Norah. Und über Jan. Meine Gedanken gefielen mir gar nicht. Ich setzte mich an den Tisch, zündete eine weitere Zigarette an und sah auf die

Uhr. Kurz vor vier. Zeit, mich meinem Mandanten zu widmen. Er sass vermutlich in der Küche und wartete.

8 Um fünf war auch dieses Gespräch vorüber. Mein Mandant war nicht wirklich glücklich über meinen Vorschlag, sich in einer Betrugssache schuldig zu bekennen. Immerhin hatte er eingesehen, dass es sich lohnte. Unter dem Strich würde er so besser wegkommen. Ich musste ihm nur noch beibringen, sich reumütig zu zeigen. Zumindest vor Gericht. Ich erledigte Papierkram, packte meine Tasche und brachte leere Gläser und Tassen in die Küche. Dann setzte ich mich hin und griff zum Telefon. Bevor ich das Büro endgültig verliess und Norah gegenübertrat, wollte ich versuchen, etwas mehr in Erfahrung zu bringen. Ich wählte Béjarts Nummer.

Er schien auf meinen Anruf gewartet zu haben. «Moira», sagte er. «Guter Abgang, den du heute Morgen hingelegt hast.»

Was sollte ich dazu sagen? Ich schwieg.

«Meinst du, das war klug? Becker scheint dich sowieso schon nicht zu mögen, weiss der Teufel wieso.»

Ich hatte das Gefühl, er mache sich über mich lustig. «Wenn ich klug wäre, würde ich ein anderes Leben führen», blaffte ich ihn an. «Ich bin nicht auf der Welt, um klug oder glücklich zu sein.»

«Nein? Wofür bist du dann auf der Welt?», fragte Béjart plötzlich sanft.

Tja, wofür eigentlich? Mir fiel spontan keine Antwort ein. «Becker interessiert mich nicht. Der hat nichts zu sagen.» Ich unterbrach mich. «Sag mal, welcher Staatsanwalt ist eigentlich in der Sache zuständig?»

«Staatsanwältin, nicht Staatsanwalt. Die Kummer.»

«Staatsanwältin Kummer», wiederholte ich. Ein Schauder lief über meinen Rücken.

«Alles in Ordnung, van der Meer?» Béjarts Stimme klang rau und zärtlich zugleich. Er wusste um meinen letzten Fall mit Staatsanwältin Kummer. Ein Fall, der mir nahe gegangen war. Ihm übrigens auch. Ein Fall, der mich in meinen Träumen noch ab und zu verfolgte. Staatsanwältin Kummer war für mich gleichbedeutend mit diesem Fall. Béjart wusste auch darum. Ich war dankbar für sein Feingefühl. Aber weshalb er mich in diffizilen Situationen immer bei meinem Nachnamen nannte, war mir schleierhaft.

«Mit Staatsanwältin Kummer komme ich klar», sagte ich gespielt forsch. Wobei es der Wahrheit entsprach. Abgesehen vom Umstand, dass unser letzter gemeinsamer Fall tragisch geendet hatte, waren Kummer und ich ziemlich auf einer Wellenlänge.

«Und sonst?», fragte ich.

«Was willst du wissen?»

«Alles.»

«Es gibt nichts Offizielles.»

«Und Inoffizielles?»

«Auch nichts.» Béjart lachte.

Sehr witzig. Ich liess Béjart meine Missbilligung durch die Telefonleitung spüren.

«Ehrlich.» Béjart war das Lachen vergangen. «Es gibt nichts. Projektile, Spuren, Fingerabdrücke, das muss alles erst ausgewertet werden.»

Da hatte er natürlich Recht. Trotzdem war ich enttäuscht.

«Und die Raubmord-Theorie?»

«Die hat absolute Priorität.»

Ich überlegte, ob ich Béjart nach Paul Petersen fragen sollte, entschied mich aber dagegen. Erst einmal musste ich mit Norah reden.

«Moira, willst du einen Rat von mir?», unterbrach Béjart meine Gedanken.

Eigentlich nicht. Eigentlich wollte ich ganz andere Dinge von Guido Béjart, aber die war er mir bislang nicht gewillt zu geben.

Er wartete meine Antwort nicht ab. «Nimm Kontakt zu deinen Hehlern auf. Du kennst doch einige ziemlich grosse Fische.»

Ich hörte ein Geräusch, das sich nach einem unterdrückten Lachen anhörte. Ha, ha. Moira van der Meer, Anwältin der lokalen und regionalen Unterwelt. So sah er mich wohl.

«Die gestohlene Ware», fuhr Béjart fort. «Irgendwo wird sie wieder auftauchen. Du findest da vielleicht schneller etwas raus als wir.»

Kein schlechter Hinweis. Ich würde der Sache nachgehen. Aber nicht jetzt. Nicht heute. «Danke», sagte ich. Ich meinte es so. Ich war ihm dankbar. Für alles.

«Wenn du mehr weisst…», fing ich an, vollendete den Satz aber nicht.

«Dann was?»

«Dann ruf mich an.»

«Ich werde dich vorher anrufen, Moira.» Béjarts Stimme war tief und verführerisch.

Ich schluckte. «In Ordnung», sagte ich.

«Bis bald, van der Meer», sagte er. Seine Stimme war nur mehr ein Flüstern. Er legte auf.

«Bis bald, Guido», antwortete ich.

Er hörte es nicht mehr.

9 Als ich nach Hause kam, war niemand in meiner Wohnung, das Bett war leer. Auf dem Küchentisch lag ein Zettel. Norah war aufgewacht, und Willy hatte sie mit zu sich genommen. Ich war schon auf dem Weg nach unten, da überlegte ich es mir anders. Ob ich zehn Minuten früher oder später zu den beiden stiess, dürfte keine Rolle spielen. Norah war bei Willy gut aufgehoben; er kannte sich aus mit verzweifelten Frauen. Ich schlüpfte aus meinen verschwitzten Kleidern, stellte mich unter die Dusche und wusch den Schweiss des Tages ab. Danach wickelte ich mich in ein Badetuch, goss mir ein Glas kühlen Weissweins ein und setzte mich auf die Fensterbank. An meinem Wein nippend genoss ich den Ausblick über die Stadt. Ich sah auf die Uhr. Halb sieben. So langsam sollte ich nach unten zu Willy gehen. Rebecca würde in Bälde eintreffen, um Norah abzuholen, und vorher musste ich sie noch ein paar Dinge fragen. Ich hatte bis jetzt keine Gelegenheit dazu gehabt. Ich schlüpfte in eine weite Baumwollhose und ein T-Shirt und machte mich auf den Weg.

Norah sass an Willys Küchentisch, während er sich am Herd zu schaffen machte. Norah sah noch immer blass und elend aus, die Augen waren geschwollen und rot geädert. Sie versuchte sich an einem schwachen Lächeln. «Moira», sagte sie.

Mein Magen krampfte sich zusammen. Mit dem Schmerz anderer klarkommen ist nicht einfach.

Willy drehte sich zu mir um. «Moira», sagte auch er. «Sie kommen genau richtig. Ich wollte soeben die Hühnersuppe servieren.» Er nahm einen weiteren Suppenteller aus dem Schrank. «Sie essen doch mit, nicht wahr?» Es war keine Frage, mehr eine Feststellung. Trotzdem nickte ich.

«Hühnersuppe ist ein Allerheilmittel, Sie werden sehen, Norah», wagte Willy zu Norah und berührte mitfühlend ihre Schulter. «Sie hilft auch gegen Kummer.»

Norah antwortete nicht, aber ich konnte sehen, wie sie wieder mit den Tränen kämpfte. Ich setzte mich zu ihr und nahm ihre Hand in meine Hände. «Wie geht es dir, Norah?» fragte ich.

Sie zuckte die Achseln. War auch ein bescheuerte Frage, zwölf Stunden nachdem man den eigenen Mann tot aufgefunden hatte. Aber irgendwie musste ich anfangen.

Ich beugte mich vor. «Norah, wir müssen reden», sagte ich.

In dem Moment stellte Willy dampfende Teller vor uns hin. «Sie können reden, Moria. Aber erst nach dem Essen», sagte er bestimmt. Die schöne, unglückliche Norah weckte seinen Beschützerinstinkt.

Ich verzichtete darauf, Widerstand zu leisten. Wenn Willy sich etwas in den Kopf gesetzt hatte, war man gut beraten nachzugeben. Ausserdem hatte ich Hunger. Schweigend löffelten wir die Suppe mit Hühnerbrust, Koriander und Karotten. Dazu reichte Willy eine aufgebackene Baguette. Es schmeckte herrlich. Ich schlug mir trotz der traurigen Umstände den Bauch voll und schämte mich etwas dafür.

Norah ass nur zwei, drei Bissen und rührte ansonsten in der Suppe herum.

Nach dem Essen setzten Norah und ich uns ins Wohnzimmer.

Willy machte sich derweil in der Küche zu schaffen. Er kam noch einmal kurz herein und stellte zwei Gläser vor uns auf den Beistelltisch. Sie waren zu einem Drittel gefüllt mit einer bernsteinfarbenen Flüssigkeit.

«Das beruhigt und tröstet», sagte er zu Norah.

Sie sah ihn dankbar an und nahm einen Schluck. Ich tat es ihr gleich. Der Whiskey brannte in meiner Kehle, und mir wurde warm ums Herz. Willy hatte nicht immer Recht. Aber oft.

«Norah, die Staatsanwältin würde dich morgen gerne ausführlich befragen. Bist du dazu in der Lage? Ich werde dabei sein», fügte ich schnell hinzu, als ich ihren erschrockenen Gesichtsausdruck wahrnahm. Die Kummer hatte mich angerufen, als ich das Büro bereits verlassen hatte. Sie drängte auf eine schnelle Einvernahme, was nachvollziehbar war. Die ersten Tage nach einer Tat sind immens wichtig für eine erfolgreiche Untersuchung. Kummer war sehr freundlich gewesen am Telefon, beinahe schon freundschaftlich. Norah schien definitiv nicht auf der Liste der möglichen Verdächtigen zu stehen.

Norah gab keine Antwort, sondern trank erneut von ihrem Whiskey. Dann sah sie mich an. Ich konnte den Ausdruck ihrer Augen nicht deuten.

«Jan hat dich immer geliebt.»

Der Themenwechsel irritierte mich, und ich war um eine Antwort verlegen.

«Er hat es nicht gesagt. Aber ich habe es gespürt. Er hat dich geliebt. Sogar als du nur noch ein Abbild deiner selbst warst, hat er dich geliebt.» Sie klang spöttisch und verletzt zugleich. Mit einer Hand warf sie ihr langes blondes Haar über die Schultern zurück. Eine trotzige Geste.

«Du irrst dich», sagte ich heiser. «Das mit uns war lange vorbei.»

«Für dich vielleicht.» Norah trank einen Schluck. Ihr Glas war schon beinahe leer. «Es spielt keine Rolle. Mich hat er auch geliebt. Auf eine andere Art. Das mit dir, das war», sie suchte nach Worten, «das war … Keine Ahnung, was das war.» Heftig stellte sie ihr Glas zurück auf den Glastisch. Ihre Stimmung hatte plötzlich umgeschlagen, sie schien nun wütend.

«Es tut mir leid», sagte ich. Dabei wusste ich nicht einmal, was mir leid tun sollte. Ich war mir keiner Schuld bewusst.

«Was wolltest du mich fragen?» Norah beendete das Thema abrupt. «Ach ja, die Befragung. Ich weiss nicht. Was meinst du? Du bist die Anwältin.»

«Es wäre gut, wir könnten der Aufforderung der Staatsanwältin Folge leisten. Je schneller die Polizei alle Informationen hat, desto schneller werden sie den … den Täter finden.» Ich hatte Mörder sagen wollen, aber das klang mir zu brutal. So endgültig. «Natürlich nur, wenn du meinst, du schaffst das», fügte ich an.

Norah nickte. Ihr Gesicht, das vorher vom Whiskey leicht gerötet gewesen war, war nun noch blasser als zuvor. «Es wird schon gehen», sagte sie leise.

«Gut.»

Wir schwiegen eine Weile. Norah schien in ihre eigene Welt abzudriften, sie starrte blicklos vor sich hin.

Ich räusperte mich. «Ich sollte vor der Einvernahme über ein paar Dinge Bescheid wissen», nahm ich vorsichtig den Faden wieder auf. «In Ordnung?»

Keine Reaktion.

Also fing ich an. «Norah, wo hast du die Nacht verbracht?»

Sie sah mich lange an, ohne etwas zu sagen.

Ich schlug unruhig ein Bein über das andere, nippte an meinem Whiskey. Ich fragte mich, ob ihre Gedankenversunkenheit dem Temesta zuzuschreiben war oder dem Schock.

«In einem Hotel», meinte sie dann leise.

«In einem Hotel? Wo? Kann das jemand bestätigen?» Es fiel mir schwer, meine Ungeduld im Zaum zu halten. Norahs Lethargie schien meinen Aktivismus zu steigern.

Norah starrte wieder stumm vor sich hin.

«Norah.» Ich versuchte, sie zu erreichen. Wider Erwarten gelang es mir.

Auf jeden Fall begann Norah zu sprechen. «Vor ein paar Wochen wollte ich spontan mit einer Bekannten essen gehen», sagte sie. «Im ‹Sotto Voce›, kennst du das? Hinter dem Bahnhof.»

Ich nickte. Ich fragte mich, worauf sie hinauswollte.

«Jan hatte ein Geschäftsessen. Hatte er mir zumindest gesagt. Es würde lange dauern. Meine Bekannte und ich haben das ‹Sotto Voce› betreten. Ich habe Jan entdeckt. Mit einer Frau. Mit einer anderen Frau.» Sie schien das Erlebte im Geist Revue passieren zu lassen. «Das ist schon mal vorgekommen. Es war nichts etwas Ernstes. Er ist zu mir zurückgekommen. Aber diesmal. Er hat diese Frau angeschaut mit einem Blick … Mit einem Blick, den er sonst nur hatte, wenn er von dir gesprochen hat.» Sie sah mich an.

Das war definitiv keine Antwort auf die Frage, die ich ihr gestellt hatte. Ich konnte den roten Faden in Norahs Schilderung nicht sehen. Wohin wollte sie mich führen? Ich bezwang meine Ungeduld und beschloss zu warten.

«Ich habe zum ersten Mal befürchtet, Jan könnte mich verlassen. Das ging nicht. Ich hätte es nicht ertragen. Es …». Ihre Stimme brach. «Es ging einfach nicht. Wir haben keine Kinder. Jan ist alles für mich. Er ist mein Leben.»

Norah sprach in der Gegenwart von Jan. Sie wusste mit dem Verstand, dass Jan tot war. Aber sie hatte das Ausmass ihres Verlustes noch nicht vollends begriffen.

Norah barg für einen Moment das Gesicht in den Händen. Dann sammelte sie sich und griff nach ihrem Glas. Es war leer, trotzdem führte sie es zum Mund.

«Was hast du getan?», fragte ich. Ich wollte diese Befragung möglichst schnell hinter mich bringen. Ich sehnte mich nach einem weiteren Glas Wein und einer Zigarette. Ich sehnte mich danach, meine Ruhe zu haben, nicht gestört zu werden durch Norahs Schmerz.

«Nichts.» Norah öffnete die Hände weit, als wolle sie mir zeigen, dass sie leer waren. «Ich habe nichts getan. Was hätte ich tun sollen?» Sie lächelte ein merkwürdiges, kleines, trauriges Lächeln. «Ich habe mein Leben weitergelebt. Ich habe Jan bei der Arbeit unterstützt, ich habe versucht …»

«Du hast Jan bei seiner Arbeit geholfen?» Das war mir neu.

Wieder lächelte sie dieses Lächeln. «Ich habe Recherchen angestellt. Und natürlich repräsentative Aufgaben übernommen. Klienten ausgeführt und so. Das passt zu mir, nicht? Ich meine, schau mich an. Dafür bin ich wie geschaffen.» Jetzt hatte ihre Stimme einen harten ironischen Unterton, aber ihre Augen schwammen in Tränen.

Ich beschloss, da nicht weiter nachzuhaken. «Du hast dein Leben weitergelebt, Jan bei der Arbeit geholfen und was hast du noch? Ich habe dich vorhin unterbrochen», versuchte ich, sie auf den Weg zurückzuführen.

Norah zuckte mit den Schultern. «Und sonst nicht viel.»

Irgendwie hatte ich sie verloren. Ich hätte sie einfach reden lassen sollen.

Sie beugte sich vor und griff nach ihrem Glas. «Kann ich noch einen haben?«

Ich nickte und ging mit dem leeren Glas zu Willy in die Küche. Als ich zurückkam sass Norah in das Polster zurückgelehnt und starrte in die Ferne. Ihre Finger arbeiteten unablässig und kneteten den Saum ihres Oberteils.

Ich reichte ihr den Whiskey. «Erzähl mir von gestern Abend. Erzähl mir, was du gemacht hast.»

Norah trank einen Schluck. «Ich war an einem Klassentreffen in Zürich. Zwanzig Jahre Matura.» Sie lächelte wehmütig. «Die Zeit vergeht schnell.»

«In Zürich? Aber du warst doch hier auf dem Gymnasium.»

Norah schüttelte den Kopf. «Ich habe gewechselt, nachdem deine Schwester verschwunden war. Ich weiss nicht, es war nicht mehr das gleiche. Ich habe es nicht ausgehalten, wollte weg von den ganzen bekannten Gesichtern. Also haben meine Eltern mich an einem privatem Gymnasium in Zürich angemeldet.»

Ich nickte schweigend und nippte ebenfalls an meinem Whiskey. Ich spürte den Alkohol schon ganz schön. Nicht nur ich hatte unter Marias Verschwinden gelitten. Es hatte auch andere getroffen, das vergass ich immer.

«Denkst du oft an Maria?»

«Was?» Norahs Frage traf mich unerwartet.

«Tut mir leid», sagte sie. «Das geht mich natürlich nichts an.» Sie sah mich an. «Es ist nur … ich denke ziemlich oft an sie. Ich frage mich, was damals passiert ist. Wieso sie nie gefunden worden ist.» Sie schüttelte den Kopf. «Tut mir leid», wiederholte sie. Sie spielte nervös mit ihrem Glas.

«Es vergeht kein Tag, an dem ich nicht an Maria denke», sagte ich. Unsere Blicke trafen sich. Ich wandte die Augen als Erste wieder ab. «Zurück zu gestern Abend.»

«Ich war also in Zürich, in der Nähe des Helvetiaplatzes. Es war spät geworden. Den Nachtzug wollte ich nicht nehmen, ich … irgendwie mag ich das Volk da in der Nacht nicht, die ganzen Betrunkenen. Also bin ich in ein Hotel gegangen.»

«Ein Taxi war keine Option?», warf ich ein.

Norah schüttelte den Kopf. «Ein Hotelzimmer ist nicht viel teurer als eine Taxifahrt von Zürich nach Winterthur. Aber das war nicht der Grund. Die Stimmung zwischen Jan und mir war angespannt. Ich habe dir ja gesagt, diese Frau und alles. Wir haben eine schwierige Zeit durchgemacht. Ich dachte, etwas Abstand ab und zu sei vielleicht ganz gut, deswegen bin ich nicht ungern in Zürich geblieben.» Sie umarmte sich selbst, als wäre ihr kalt. «Ich dachte, es sei ganz gut, mich etwas rar zu machen, seine Eifersucht zu schüren, indem ich über Nacht wegbleibe. Aber jetzt denke ich … wenn ich nur nach Hause gegangen wäre, dann …» Ihre Stimme brach. Sie griff nach ihrem Glas.

«Dann wärst du jetzt vielleicht auch tot, Norah.»

«Immer noch besser als das hier.» Norah klang traurig. Und bitter. Sie leerte den Rest des Glases in einem Zug. Dann begann sie erneut, den Saum ihres Oberteils zu kneten und starrte in die Ferne. Sie war offensichtlich an einem ganz anderen Ort.

Sie tat mir leid. Ich beugte mich vor, legte ihr sanft die Hand auf das Knie. «Norah. Du musst bald alle informieren. Freunde, Familie, Bekannte. Schaffst du das?»

Sie nickte, aber ich war mir nicht sicher, ob sie verstanden hatte, was ich gesagt hatte.

«Die Beerdigung muss warten bis die Staatsanwaltschaft dir grünes Licht gibt. Verstehst du?»

Wieder nickte sie. «Er wird jetzt also aufgeschnitten.» Ihre Stimme war tonlos. Dann krümmte sie sich zusammen und weinte laut.

10 Kurz darauf traf Rebecca ein. Sie war klein und rundlich mit wilden Locken. Ich liess Willy und Norah alleine, nahm Rebecca mit zu mir hoch und erzählte ihr noch einmal – diesmal etwas ausführlicher als am Telefon –, was geschehen war. Rebecca war verstört und wütend.

«Ich hoffe, sie finden den Kerl», sagte sie zornig. «Ich hoffe, sie erschiessen ihn, machen kurzen Prozess mit ihm.» Ihre Reaktion schien mir übertrieben und nicht ganz echt. Aber sie war gewillt und in der Lage, in der nächsten Zeit auf Norah aufzupassen, und darauf kam es an.

Wir holten Norah bei Willy ab und ich begleitete sie zum Auto. Norah war etwas wackelig auf den Beinen, also stützten wir sie den ganzen Weg durch den Garten.

«Bis morgen», verabschiedete ich mich.

Norah sah mich fragend an.

«Die Einvernahme», erinnerte ich sie.

Sie nickte vage.

Ich seufzte. Die Chancen standen gut, dass sie den Termin in einer Stunde bereits wieder vergessen hatte. Nachdem die beiden losgefahren waren, ging ich wieder nach oben. Eigentlich stand mir der Sinn nur noch nach meinen eigenen vier Wänden. Ich musste mich aber noch bei Willy bedanken. Seine Hilfe war nicht selbstverständlich.

Willy sass in seinem Sessel und hörte sich eine seiner geliebten Jazzplatten an, diesmal war es John Coltrane. Dank Willy kenne ich mich mittlerweile etwas aus.

«Moira, kommen Sie, setzen Sie sich zu mir.» Willy winkte mich heran. «Auch noch einen?» Er hielt sein Whiskeyglas hoch.

Ich zögerte. Oben wartete eine geöffnete Flasche Wein auf mich. Zudem hatte ich mir vorgenommen, meinen Alkoholkonsum im Zaum zu halten. Vor ein paar Monaten – anlässlich des Falles Maria Okeke – war ich mehr betrunken als nüchtern gewesen. Es war nicht annähernd so ausgeartet wie früher, während und nach meinem Studium, aber trotzdem besorgniserregend. Seitdem versuchte ich, wieder massvoll zu trinken. Doch: Der Geist ist willig, das Fleisch ist schwach.

«Einen kleinen», antwortete ich.

Willy sah mich erstaunt an, enthielt sich aber eines Kommentars und stellte einen kleinen Whiskey vor mich hin.

Ich nickte dankend und hob mein Glas.

Willy tat es mir nach und schweigend prosteten wir einander zu. Eine Weile sassen wir einfach da und hingen unseren Gedanken nach.

«Danke», brach ich schliesslich das Schweigen.

«Gerne», sagte Willy. Es sah aus, als wolle er noch etwas sagen.

Ich sah ihn fragend an.

Er schüttelte leicht den Kopf. «Es ist nichts. Ich habe nur gerade an meine Frau gedacht.» Willy erwähnte seine Frau selten. Ich wusste, dass er sie geliebt hatte. Aber sie war schon lange tot, und Willy hatte gelernt, alleine zu leben. Er schien den Verlust überwunden zu haben. Was wohl nicht hiess, dass er sie nicht ab und zu vermisste. «Ich hoffe, Norah kommt darüber hinweg», sagte Willy.

«Sie ist noch jung» erwiderte ich.

«Das heisst gar nichts», meinte Willy. «Sie kann trotzdem daran zerbrechen. Das ist keine Frage des Alters. Es ist eine Frage des Gemüts. Und Norah scheint mir sehr fragil zu sein.»

Ich gab keine Antwort. Ehrlich gesagt hatte ich mir genug den Kopf zerbrochen über Norah. Ich wollte für heute damit abschliessen.

Willy schien das zu spüren. Er kam auf etwas ganz anderes zu sprechen. Leider wählte er keinen unverfänglichen, leichten Gesprächsstoff wie beispielsweise das Wetter. Oder das Fernsehprogramm. Nein, er musste Celina ins Spiel bringen. Meine Mutter Celina. «Ich habe Celina zum Essen eingeladen», informierte mich Willy.

Ich lächelte höflich. Schön für ihn.

«Es wäre nett, wenn Sie auch dabei wären.» Willy sah mich auffordernd an.

Mein Lächeln verblasste. Ich wünschte, ich hätte nicht noch bei Willy reingeschaut. Ich wünschte, ich wäre direkt nach oben gegangen.

Willy und Celina kannten sich aus Kindheits- beziehungsweise Jugendtagen. Sie waren in derselben Strasse gross geworden, in der Seidenstrasse. Willy war mehr als zehn Jahre älter als Celina, deswegen hatten sie sich aus den Augen verloren, als Willy mit Mitte zwanzig von zu Hause auszog. Vor Kurzem hatte Willy durch eine Verkettung von Zufällen ihre Bekanntschaft aber zu neuem Leben erweckt. Nicht gerade zu meiner Freude muss ich gestehen. Ich verstehe mich nicht besonders gut mit meiner Mutter. Nein, das ist eine schamlose Untertreibung. Eigentlich kann ich meine Mutter nicht ausstehen. Dass sie und Willy nun irgendwie freundschaftlich verbandelt waren, war, als dringe sie in mein Revier ein. Willy war mein Freund. «Eher nicht», antwortete ich.

Willy sah mich bittend an. «Moira. Irgendwann müssen Sie Frieden schliessen mit Ihrer Mutter. Die Vergangenheit hinter sich lassen. Je früher desto besser.»

Musste ich das? Nein. Ich kam ganz gut damit klar, meine Mutter zu verabscheuen. «Willy, glauben Sie mir, Sie möchten uns nicht beide gleichzeitig an Ihrem Tisch sitzen haben», sagte ich gespielt munter.

Willy öffnete den Mund, um etwas zu erwidern, aber ich kam ihm zuvor: «Sie meinen es gut, ich weiss. Aber bei meiner Mutter und mir ist Hopfen und Malz verloren.» Ich erhob mich, um einen visuellen Schlusspunkt unter dieses Gespräch zu setzen.

«Sie können es sich noch überlegen», sagte Willy.

Ich nickte: Die Hoffnung stirbt zuletzt. «Gute Nacht, Willy.» Ich legte ihm kurz die Hand auf die Schulter. Sie fühlte sich schmal und zerbrechlich an.

«Gute Nacht, Charlie.» Ich streichelte dem jungen Golden Retriever, der zusammengerollt zu meinen Füssen auf dem Boden lag, über den seidigen Kopf. Er gab im Schlaf einen kurzen glücklichen Seufzer von sich. Hund müsste man sein.

«Gute Nacht, Moira.»

Unter der Tür drehte ich mich nach Willy um. Er sah plötzlich alt aus, wie er in seinem Sessel sass – alt und irgendwie traurig. Wider Willen verspürte ich den Anflug eines schlechten Gewissens, verdrängte ihn aber. Ich hatte heute genug mitgemacht. Trotzdem blieb ein unguter Nachgeschmack zurück, als ich die Treppen hochging in mein Reich.

In meinem Schlafzimmer entledigte ich mich meiner Kleidung und schlüpfte in ein übergrosses T-Shirt, das mir als Nachthemd diente. Es war erst kurz nach neun, doch der Tag hatte mich geschafft, körperlich und emotional. Ich goss mir ein Glas Rotwein ein und setzte mich wieder auf die Fensterbank, meinen angestammten Platz für die Gute-Nacht-Zigarette. Ich trank meinen Schlummertrunk, rauchte und lauschte auf die Geräusche aus dem Garten. Grillen zirpten, ab und zu raschelte es im Dunkeln. Vom nahen Waldrand waren die Glocken der Kühe zu hören, die dort ihre Weide hatten. Idylle pur. Die Stadt schien weit weg.

Ich geriet ins Träumen, dachte an vergangene Sommer, frühere Leben. Ich war beinahe froh, als ein Bus die Rychenbergstrasse entlangfuhr. Ansonsten hätte ich noch angefangen an diesem lauen Sommerabend über Gott und die Welt nachzudenken, mit unabsehbaren Folgen. Eine Flasche Wein hätte ich dazu mindestens trinken müssen. Und irgendwann hätten mich die Erinnerungen an meine verschwundene Schwester eingeholt. So aber holte mich das Geräusch des Motors rechtzeitig auf den Boden zurück.

Ich ging ins Bad, putzte die Zähne und legte mich ins Bett. Bevor ich einschlief, fiel mir ein, dass ich vergessen hatte, Norah nach Paul Petersen zu fragen.

11

Mitten in der Nacht schreckte ich hoch. Ich hatte von Jan geträumt. Ich hatte von unserer ersten gemeinsamen Nacht geträumt, von seinem makellosen, glatten Körper. Im Traum strich ich mit der Hand über seinen Brustkorb. Auf einmal waren meine Finger voller Blut.

«Jan», rief ich. «Jan, was ist los!»

Jan lachte wie ein Irrer: «Nichts ist los, Moira, nichts. Ich bin nur gerade gestorben.»

Ich begann zu schreien. Ich wachte von meinen eigenen Schreien auf. Es war heiss und stickig im Schlafzimmer; die Sonne hatte den ganzen Tag auf das Dach gebrannt, und die Wärme hatte sich gestaut. Ich stand auf und liess mir in der Küche kaltes Wasser über die Handgelenke laufen, benetzte mein Gesicht. Wieder setzte ich mich ans offene Fenster. Draussen war es dunkel, selbst die Strassenlaternen waren aus. Ich sog die nächtliche Luft ein, den schweren Duft der blühenden Pflanzen, den Duft nach Gras, den Geruch des Spätsommers. Ich schloss die Augen und hatte sofort wieder

Jans Bild vor mir. Schnell öffnete ich sie und sah zum Himmel hoch. Die Sterne schienen greifbar nahe, und hinter der Tanne der Nachbarn stand der Mond als schmale Sichel am Himmel. Ich sah lange zum Himmel hoch. Ich war bedeutungslos, weniger als ein Staubkorn. Jan war bedeutungslos. Wir alle sind bedeutungslos angesichts der Unendlichkeit. Trotzdem oder vielleicht deshalb begann ich zu weinen.

12

Am nächsten Tag weckte mich das Läuten des Weckers um sieben Uhr. Ich war müde und hätte sonst etwas darum gegeben, den Kopf wieder aufs Kissen legen und weiterschlafen zu können.

Nach meinem Traum war an schlafen nicht mehr zu denken gewesen. Ich hatte lange Zeit auf der Fensterbank gesessen, geweint und um Jan getrauert. Später hatte ich mich zwar wieder ins Bett gelegt, aber mich während gefühlten Stunden hin- und hergewälzt. Entsprechend ging es mir heute. Aber ich musste aufstehen, ich musste in die Kanzlei. Die Fälle stapelten sich auf meinem Schreibtisch, ich hatte ein Plädoyer in einer Strafsache vorzubereiten, ich sollte diverse Schreiben verfassen, Anrufe tätigen. Und ich musste mich an den Fall der verschwundenen Eizellen machen. Immerhin hatte ich einen Vorschuss von 10 000 Franken akzeptiert. Eigentlich sollte dieser Fall sogar absolute Priorität haben.

Doch die Sache mit Jan und Norah war dazwischen gekommen. Ich fuhr hoch. Jan und Norah. Heute Nachmittag stand auch noch die Einvernahme an. Ich stiess einen Fluch aus, verliess mein Bett und setzte in der Küche Kaffee auf. Eine halbe Stunde später war ich auf dem Weg ins Büro.

Der Himmel war blau und wolkenlos; es war ein klarer, noch kühler Sommermorgen. Ein Morgen voller Versprechungen, ein Morgen, an dem alles im Bereich des Möglichen schien. Aber bald würde es wieder heiss werden und drückend.

Vorausschauend nahm ich mein Fahrrad für die kurze Strecke. Ich würde der Mittagshitze später so zwar nicht entgehen können, aber ich konnte sie schneller hinter mir lassen als zu Fuss.

Im Büro wimmelte ich Melvin ab, der schon vor mir da gewesen war. Er schien seit dem Einbruch das Büro nicht mehr zu verlassen, obwohl er als freier Journalist an keine Zeiten gebunden war. Egal. Solange er mich nicht behelligte, konnte er von mir aus in seinem Büro übernachten.

Ich erledigte erst die üblichen Routinearbeiten: Post und Mails durchgehen, To-Do-Liste aktualisieren, Tagesplan erstellen. Dann legte ich eine neue Akte an. Eine Akte mit dem Titel «Der Fall der verschwundenen Eizellen».

Nachdem das erledigt war, sass ich eine Weile ratlos da und fragte mich, wo ich anfangen sollte. Was ich von Corazollas an Unterlagen erhalten hatte, war spärlich und schnell gelesen. Ich beschloss, nicht direkt auf Angriff zu gehen. Ich würde die Wunschkinder-Klinik nicht anschreiben und Aufklärung verlangen. Das würde nichts bringen; es war nicht zu erwarten, dass die Klinik von ihrer bisherigen Aussage abweichen würde, nämlich dass Corazollas sich irrten. Ich musste anders vorgehen, subtiler. Erst einmal würde ich einige Erkundigungen über die Firma einholen und mir selbst ein Bild machen.

Einige Zeit später lehnte ich mich in meinem Stuhl zurück, schaute zur Decke. Im Internet hatte ich erfahren, dass der Kopf der Wunschkinder-Klinik, dieser Doktor Brock, sich einen Namen innerhalb der Gilde der Reproduktionsmediziner gemacht hatte. Er war anscheinend eine Koryphäe auf seinem Gebiet. Wer in seiner Klinik einen Termin vereinbarte, der wusste bereits, dass der Star der Babymacher dort das Zepter schwang. Seine Erfolgsrate war hoch, höher als die der anderen. Die Kosten waren wahrscheinlich entsprechend. Die Wunschkinder-Klinik war als Aktiengesellschaft im Handelsregister eingetragen, und Doktor Brock sass auch im Verwaltungsrat. Etwas schlauer als zuvor war ich nun. Die Frage war, wie weiter. Kurzerhand setzte ich mich wieder gerade hin, rief die Seite der Wunschkinder-Klinik auf und füllte das standardisierte Onlineformular mit den Angaben zu meiner Person aus, um einen Beratungstermin zu vereinbaren. Ich schickte das Formular ab und wandte mich anderen Dingen zu.

Kurze Zeit später, ich kam soeben von draussen, wo ich im spärlichen Schatten des Zwergapfelbaums eine Zigarette geraucht hatte, läutete mein Telefon. Die Sekretärin der Wunschkinder-Klinik war am Apparat. Wenn das kein zuvorkommender Service war? Ich war innert weniger als einer Stunde seit Kontaktaufnahme zurückgerufen worden.

«Sind Sie alleinstehend?», fragte die Empfangssekretärin. «Ihre Angaben waren da etwas missverständlich. Wenn ja, dann dürfen wir Ihnen leider keinen Termin anbieten. Künstliche Befruchtung ist in der Schweiz von Gesetzes wegen Paaren vorbehalten.» Sie machte eine kurze Pause. «Heterosexuellen Paaren», fügte sie hinzu, als sei sie unsicher, was meine sexuelle Ausrichtung anbelangte.

«Oh, das ist kein Problem», log ich aalglatt. «Ich habe einen Partner. Einen heterosexuellen Partner.» Nachdem das geklärt war, erhielt ich – erhielten wir – einen Termin. Bis dahin würde ich mir etwas einfallen lassen, was meinen fiktiven Partner anbelangte. Hindernisse waren schliesslich dazu da, um überwunden zu werden.

13 Norah wurde von Rebecca zur Staatsanwaltschaft gefahren, wo ich sie draussen auf dem Kiesplatz in Empfang nahm. Ich hatte sie absichtlich früh einbestellt; vor der Einvernahme wollte ich mich noch einmal alleine mit Norah unterhalten. Es gab einige Fragen, auf die ich gerne eine Antwort gehabt hätte. Paul betraf eine davon. Ausserdem mussten wir die ganze Sache mit meiner Mandatierung klären; die Kummer würde eine Vollmacht verlangen. Eigentlich brauchte Norah in diesem Verfahrensstadium nicht zwingend eine Vertretung, sie wurde nicht als Verdächtige befragt. Ich bezweifelte aber, dass Norah in ihrem Zustand alleine mit der ganzen Angelegenheit klarkommen würde, deswegen war es wohl ganz gut, wenn sie mich an ihrer Seite wusste.

Ich nahm Norah am Arm und lotste sie über die Strasse zum Café Lind. Norah trottete neben mir her, ihr Arm fühlte sich an wie derjenige einer Gummipuppe. Ich betrachtete sie von der Seite. Sie war sorgfältig zurechtgemacht, die Wimpern getuscht, die Lippen nachgezogen. Sie trug die gleichen Kleider wie am Vortag, mittlerweile sahen sie ziemlich ramponiert aus. Rebecca war wohl zu klein und rundlich, als dass sie sich etwas von ihr hätte leihen können. Aus dem Haus hatte sie sich nichts holen können, es war noch immer ein Tatort, die Ermittlungen waren im Gange. Und extra etwas kaufen, danach stand ihr wohl der Sinn nicht. Norah tat mir leid. Der Mann tot, ermordet – und es bleibt nicht einmal das traute Heim. Und selbst wenn es dann freigegeben würde, war es kontaminiert, vom Tod beschmutzt. Ich wusste nicht, ob ich in einem Haus mit solchen Erinnerungen jemals wieder würde leben wollen.

Im Café bestellte ich für Norah einen Vitaminsaft – sie sah aus, als könne sie ihn gebrauchen –, für mich ein Sandwich mit Käse. Ich hatte keine Zeit gehabt, etwas zu Mittag zu essen.

Während wir warteten, erläuterte ich Norah, was sie im Falle meiner Mandatierung für Rechte und Pflichten hatte. Sie unterschrieb die Vollmacht, aber ich hatte das Gefühl, sie habe kein Wort verstanden von dem, was ich gesagt hatte, und wenn sie selbst etwas sagte, so klang es schleppend, unzusammenhängend. Ich musterte sie mit zusammengekniffenen Augen. Norahs Gesicht war unter dem Make-up von geisterhafter Blässe, die Augen starr, die Pupillen geweitet.

«Hast du etwas genommen?», fragte ich sie.

Sie starrte mich verständnislos an.

«Ob du was genommen hast?», wiederholte ich. «Cannabis, LSD, was auch immer. Deine Pupillen sind riesig, Norah.»

Sie starrte mich an, dann fing sie an zu kichern und konnte nicht mehr aufhören. «Nur einen kleinen Joint», prustete sie. «Nur einen kleinen Joint. Oder zwei oder drei.»

Ich fand das gar nicht lustig: Total zugedröhnt und das vor der Einvernahme.

Norah entging meine missmutige Miene nicht. Sie versuchte, ihr Kichern zu unterdrücken. Es gelang ihr nur kurz, dann ging es wieder los. Irgendwann war es endlich vorüber. «Ohne hätte ich es nicht geschafft», flüsterte Norah entschuldigend. «Und Rebecca hat immer was zu Hause.»

Ein feines Früchtchen, diese Rebecca. Aber ich war wohl die letzte, die mit Steinen werfen durfte, von wegen Glashaus und so, obschon ich mit Drogen nicht wirklich viel am Hut hatte, dafür umso mehr mit anderen Stimulantien.

Die Kellnerin brachte unsere Bestellungen.

«Trink», sagte ich streng und deutete mit dem Kinn auf den Saft.

Norah gehorchte und nahm einen winzigen Schluck.

Ich biss in mein Käsesandwich. Während ich kaute, machte ich mir Gedanken zur bevorstehenden Einvernahme. Sollte ich versuchen, sie zu verschieben? Immerhin hatte Norah eine ziemliche Menge geraucht, und ich wusste nicht, wie es im Moment um ihre Urteilsfähigkeit stand. Andererseits würden wir so die Staatsanwältin verärgern. Ich entschied mich, die Einvernahme wie geplant stattfinden zu lassen. Norah stand nicht unter Verdacht. Ich musste nicht wie eine Strafverteidigerin denken, die ihrem Mandanten Zeit verschaffen wollte. Im Moment war für mich nichts zu tun, ich musste keine Abklärungen oder Nachforschungen anstellen. Der Ball lag bei der Ballistik und den Tatortspezialisten, den Kriminaltechnikern. Ich hoffte einfach, Norah könne sich in den nächsten Stunden zusammenreissen.

Ich redete Norah gut zu und nötigte sie, ihren Saft zu trinken. Dann erläuterte ich ihr, wie die Einvernahme ablaufe. Sie hörte mir nicht wirklich zu. Ich seufzte und legte dann mein Sandwich beiseite. Ich beugte mich vor, nahm ihre eiskalten Hände in meine und schaute tief in ihre Augen. «Norah», sagte ich, «Norah, hör mir zu. Es ist wichtig.» Die nächste Viertelstunde verbrachte ich damit, Norah mit einem weiteren Saft auf den Boden zurückzuholen. Sie hatte gerade ihren Mann verloren, da konnte die Staatsanwältin nicht allzu viel erwarten. Für alle Fälle deckte ich mich mit zwei Flaschen Cola ein, bevor wir uns auf den Weg machten.

«Die Staatsanwältin heisst Kummer», informierte ich Norah, als wir die Staatsanwaltschaft betraten.

«Kummer?», sagte Norah. «Wie passend.» Wieder begann sie, hysterisch zu kichern. Das konnte heiter werden.

Zwei Stunden später stand ich vor dem Gebäude der Staatsanwaltschaft. Halbzeit. Norah hatte um eine Pause gebeten. Sie war noch drinnen auf dem Klo. Ich war vorausgegangen; ich brauchte dringend eine Zigarette, ich lechzte richtiggehend danach. Norah hatte ihre Sache ganz gut gemacht. Sie hatte zwar öfters den Faden verloren, oder es musste ihr mehrere Male die gleiche Frage gestellt werden, aber alles in allem hatte sie den Ablauf der Ereignisse wiedergeben können, wie sie es mir erzählt hatte, nur detaillierter. Auch Fragen nach Jans beruflicher Tätigkeit waren gestellt worden, nach dem Geschäft, den Finanzen. In diesem Zusammenhang hatte ich Paul Petersen erwähnt. Die Kummer hatte mir einen gelangweilten Blick zugeworfen.

«Den befragen wir auch noch», hatte sie gesagt.

Norahs Reaktion war da schon um einiges interessanter gewesen. Sie war zusammengezuckt bei der Erwähnung seines Namens. Ich fragte mich, was dahintersteckte.

Im zweiten Teil würden die persönlichen Verhältnisse zur Sprache kommen: Familie, Beziehungen, Freunde, Feinde. Das würde erfahrungsgemäss der belastendere Teil werden.

Nachdem ich mir gerade einen Glimmstängel angezündet hatte, gesellte sich zu meiner Überraschung Staatsanwältin Kummer zu mir, ebenfalls heftig an einer Zigarette ziehend.

Sie bemerkte meinen Blick und zuckte leicht verschämt mit den Schultern. «Ich komme einfach nicht dagegen an.»

«Ich auch nicht.» Wir grinsten uns in einem kurzen Moment komplizenhaft an. Dann wurden wir wieder ernst.

«Was halten Sie von ihr?»

Ich war irritiert. Es war eine unübliche Frage für eine Staatsanwältin. Immerhin war ich Norahs Anwältin. «Von Norah Krüger, meinen Sie?»

Kummer nickte.

«Sie ist meine Mandantin.» Ich stiess Rauch aus.

Kummer verstand, liess aber noch nicht locker. «Sie ist sehr schön.»

Darauf hatte ich keine Entgegnung parat. Es schien auch keine erforderlich zu sein.

«Sie scheint verwirrt zu sein», fuhr Kummer fort.

«Ihr Mann wurde gerade ermordet. Es wäre eigentümlich, wenn sie nicht verwirrt wäre.»

«Trotzdem …» Kummer wollte offenbar noch etwas loswerden, doch da trat Norah durch die Tür und kam auf uns zu. Ich hielt ihr eine Flasche Cola hin.

Die Kummer drückte ihre Zigarette im überquellenden Aschenbescher aus, der an der Wand befestigt war. «Bis gleich», meinte sie und ging wieder hinein.

Ich widmete mich Norah. «So weit alles gut?», fragte ich.

Sie gab keine Antwort. Immerhin trank sie ein paar Schlucke Cola.

«Was wollte sie?» Sie machte eine Kopfbewegung zur Eingangstür.

«Die Kummer? Eine rauchen.»

«Sonst nichts?» Norah musterte mich misstrauisch.

Ich zögerte. «Ehrlich gesagt habe ich keine Ahnung, was sie wollte», sagte ich dann.

Norah fragte nicht weiter nach. Sie trank noch ein paar Schlucke, schraubte den Deckel zu. «Können wir ein paar Schritte gehen?»

Ich nickte. Norah ging neben mir her. Auf der Höhe des Gefängnisses zog sie ein silbernes Etui aus der Hosentasche.

«Tut mir leid, Moira. Aber ohne steh ich das nicht durch.» Sie nahm einen vorgerollten Joint aus dem Etui und steckte ihn in den Mund.

«Bist du wahnsinnig?» Ich zerrte sie am Arm um die Ecke auf die Hermann-Götz-Strasse. Hier konnte man uns von den

Fenstern der Staatsanwaltschaft aus nicht sehen. «Kannst du damit nicht warten, bis wir fertig sind?»

Norah hatte sich den Joint bereits angezündet, und sein süsslicher Geruch hüllte mich ein. Schnell trat ich einen Schritt zur Seite.

«Nein», antwortete Norah. «Kann ich nicht. Entweder ich bin bekifft, oder ich habe Heulkrämpfe. Such dir was aus.»

14

Die Kummer rümpfte kurz die Nase und musterte Norah kritisch, als wir zurück in ihr Büro kamen, enthielt sich aber eines Kommentars und stellte ihr wortlos ein Glas Wasser hin. Dann ging es weiter mit Fragen zu Jan, zu Norah, Freunden, Feinden, Familie. Norah schlug sich wacker, obwohl die Kummer sie mehrmals auffordern musste, sich zu konzentrieren.

«Wie war ihre Ehe?»

Auf diese Frage war Norah nicht vorbereitet gewesen. Ihr Gesicht verzog sich, aber einen Augenblick später war es wieder glatt und ausdruckslos. «Gut», antwortete sie.

«Gut?», hakte die Kummer nach. «Kein Streit, keine Unstimmigkeiten?»

Norah zuckte mit den Achseln. Sie hatte die Augen nun weit geöffnet, schaute die Staatsanwältin direkt an. «Wir hatten unsere Höhen und Tiefen. Wer hat das nicht? Aber unsere Ehe war stabil.»

Norah war gut, sehr gut sogar. Aber nicht gut genug. Erfahrene Staatsanwälte riechen Halbwahrheiten hundert Meter gegen den Wind.

«Ein Tief, von dem ich wissen sollte?»

Norah zögerte. Sie wandte sich mir zu, sah mich fragend an.

Ich nickte leicht.

Norah senkte den Kopf, spielte mit dem Saum ihres Oberteils, ein Tick, der mir an ihr schon mehrfach aufgefallen war. Sie seufzte. «Mein Mann hatte eine Geliebte», sagte sie leise.

Dem protokollführenden Polizisten entwich ein mitleidiger Zischlaut. Die Kombination von Trauer und Schönheit liess ihn nicht gleichgültig. Die Staatsanwältin warf ihm einen strafenden Blick zu.

«Kennen Sie sie?»

Norah schüttelte den Kopf.

«Hat Ihr Mann Ihnen von der Frau erzählt? War es ernst, ich meine, stand eine Trennung im Raum?» Die Kummer beugte sich vor. Jetzt wurde es interessant.

Wieder schüttelte Norah den Kopf. «Ich habe sie zusammen gesehen. Er hat sie angesehen … Er sah verliebt aus.»

«Das war alles?» Kummer sah skeptisch aus.

«Das war genug.» Norah traten die Tränen in die Augen, und sie blinzelte mehrmals.

Kummer stellte noch einige Fragen nach der Geliebten. Als klar war, dass Norah tatsächlich nicht mehr wusste, liess sie das Thema fallen. Es gab offensichtlich zu wenig her. Stattdessen konzentrierte sich die Staatsanwältin auf die Gegenstände, die aus dem Haus von Jan und Norah gestohlen worden waren.

«Ich habe doch den Polizisten gestern schon gesagt, was meiner Meinung nach weggekommen ist», sagte Norah. «Die haben mich gezwungen, Raum für Raum im Haus zu inspizieren, obwohl ich Jan doch gerade erst …» Nun rollten ihr Tränen über die Wangen, aber sie machte keine Anstalten, sie wegzuwischen. Der mitfühlende Protokollführer schob ihr eine Box mit Kleenex zu. Die Kummer liess sich davon nicht erweichen. Verständlich, denn das Diebesgut war essentiell, es konnte der Schlüssel zum Täter sein. Kummer ging mit Norah also noch einmal alle abhandengekommenen Gegenstände durch. Danach war die Luft raus; Norah konnte offensichtlich nicht mehr.

Ich versuchte, der Staatsanwältin ein bisschen auf den Zahn zu fühlen, in welche Richtung sich die ganzen Ermittlungen bislang entwickelt hatten. Sie blieb vage, aber ich hörte, dass der Raubmord nach wie vor als wahrscheinliches Szenario gehandelt wurde. Natürlich würden Kummer und ihre Leute alle Angaben von Norah trotzdem einer Überprüfung unterziehen. Zeugen, Kameras, Abbuchungen auf dem Bankkonto, auffällige Geldflüsse, alles würde durchleuchtet werden. Offensichtlich hegte man aber keinen Verdacht gegen Norah, unter anderem natürlich auch wegen der fehlenden Schmauchspuren und dem leicht überprüfbaren Alibi.

Vor der Staatsanwaltschaft zündete ich mir eine Zigarette an und begleitete Norah ins Café Lind, wo sie auf Rebecca warten würde. Ich verabschiedete mich, versprach, mich zu melden, sobald es Neuigkeiten gäbe, und ging zurück in die Kanzlei. Ich hatte mein Fahrrad dort stehen lassen und musste sowieso noch ein, zwei Dinge zu Ende bringen, bevor ich Feierabend machen konnte. Ich zog mein Jackett aus und schlenderte die Lindstrasse entlang, suchte Schatten unter den in regelmässigen Abständen gepflanzten Linden. Tagsüber ist die Strasse stark befahren, und es stinkt nach Abgasen, aber in lauen Sommernächten entfaltet sich der Duft der Lindenblüten und hüllt alles ein.

Ich bog in die Brunngasse ein, querte die Schienen im letzten Moment, als die Barriere schon beinahe unten war. Eine ältere Dame schüttelte missbilligend den Kopf. Ich lächelte ihr zu und steckte mir für die letzten zweihundert Meter eine Zigarette an. Heute hatte ich mir das Nikotin verdient.

Mittlerweile war ich in meinem Büro angelangt. Ich wischte mir den Schweiss von der Stirn und setzte mich einen Moment lang in die kühle, stille Küche, schloss die Augen. In meinem Büro läutete das Telefon. Nach einem Moment des Zögerns raffte ich mich auf, ging nach nebenan, warf einen Blick auf das Display. Es war James. James Wagner, mein Psychotherapeut. Ich hätte vor mehr als einer Stunde bei ihm sein müssen. Wahrscheinlich hatte er es schon unzählige Male auf meinem Handy versucht, das aber noch immer im Lautlosmodus war.

Ich nahm den Anruf entgegen. «Es tut mir leid, James», sagte ich anstelle einer Begrüssung. «Ich habe den Termin verschwitzt.» Ich betrachtete die nass geschwitzten Stellen, die sich unter meinen Armen gebildet hatten und musste grinsen. Verschwitzt traf es in der Tat.

«Vergessen? Oder unbewusst mit Absicht nicht dran gedacht?»

Unbewusst mit Absicht? Gibt es diese Terminologie? Wie auch immer. Ich wollte mich nicht auf eine Fachsimpelei mit James einlassen, die ich bestimmt verlieren würde. «Einfach vergessen. Unabsichtlich. Wirklich, James.»

«Hm.»

Seine Skepsis konnte ich durch den Hörer wahrnehmen. Ich wollte ihn besänftigen. «Es ist jemand gestorben, James», sagte ich.

15

Es war später Abend, als ich mich endlich auf den Heimweg machten konnte. James hatte darauf bestanden, dass ich für eine Sitzung bei ihm vorbeikam. Normalerweise vereinbart der Klient Therapiesitzungen. Bei mir und James ist es oft umgekehrt. Wenn James aus irgendeinem Grund das

Gefühl hat, ich hätte eine Unterhaltung mit ihm wieder einmal bitter nötig, dann liegt er mir nötigenfalls wochenlang in den Ohren. Er hinterlässt mir Nachrichten auf der Mailbox oder schickt mir kleine Erinnerungskärtchen, wie ein Zahnarzt. Beides schreit sozusagen: «James will dich sofort sehen! Heute noch wenn möglich!»

Seit dem Fall Maria Okeke, seit Henry sich umgebracht hat, ist James erst recht hinter mir her. Er ist der Meinung, ich müsse einiges aufarbeiten. Ich bin der Meinung, ich müsse lernen, einiges zu vergessen. Notfalls mit Hilfe von ein paar Gläsern Rotwein.

Heute war ich aber ganz gerne zu James in die Praxis gegangen. Ich erzählte ihm von Jan und Norah. Ich erzählte ihm von meinen Träumen. Ich versuchte, die Trauer um Jan in Worte zu fassen. Ich weiss nicht, ob es mir gelang. Aber es tat gut, alles loszuwerden, nicht darauf achten zu müssen, was ich sagte.

Kurz bevor die Stunde um war, fragte mich James nach den Baldriantabletten, die er mir empfohlen hatte. Er hielt nichts von chemischen Schlafmitteln. «Nimmst du sie noch? Du weisst, sie können dir bei deinen Schlafproblemen helfen.»

James und ich duzen uns schon lange. Irgendwie war es dazu gekommen. Vielleicht, weil für James als gebürtigem Amerikaner das «you» und das «Du» sehr nahe beieinanderlagen. Vielleicht auch nur, weil wir uns ganz gerne mögen.

«Nein», sagte ich. «Sie schmecken schlecht. Ausserdem machen sie mich irgendwie benommen.»

James musterte mich mit einem merkwürdigen Blick. «Genau», sagte er dann, «benommen zu sein kannst du ja nicht leiden.»

Beinahe wäre ich errötet.

Zum Abschied machte James etwas völlig Unerwartetes. Er nahm mich ganz kurz in die Arme. «Das mit deinem Freund tut mir leid», sagte er.

Erst als ich schon mit dem Fahrrad unterwegs war, wurde mir klar, dass ich ihm nichts von diesem merkwürdigen Gespräch mit meinem Vater erzählt hatte. Dass ich ihm nichts von meinem neuen Namen erzählt hatte.

Es war ein warmer Sommerabend, überall sassen die Leute draussen, genossen den Feierabend. Ich war hin- und hergerissen, ob ich ebenfalls irgendwo in einem lauschigen Gartenrestaurant eine Kleinigkeit essen und etwas trinken sollte, entschied mich aber dagegen. Nach den letzten unruhigen Nächten war ich hundemüde und angeschlagen. Das Beste war, ich ging früh schlafen.

Zu Hause an der Rychenbergstrasse machte ich mir etwas zu essen. Anschliessend setzte ich mich auf die Fensterbank, von der aus ich die ganze Stadt überblicken kann. Ich rauchte eine Zigarette, ging in die Küche und öffnete eine Flasche Rotwein. Ich goss mir ein grosszügiges Glas ein und nahm es mit zum Fenster. Ich führte es zum Mund, wollte einen Schluck nehmen. Eine Erinnerung an das Gespräch mit James hielt mich davon ab. Wir waren im Verlauf der Stunde auch auf meine Mutter Celina zu sprechen gekommen. Meine Mutter ist Alkoholikerin, seit ich denken kann. Das ist mit ein Grund, weswegen ihr Leben bachab ging und meines, das meines Vaters und meiner Schwester mit sich riss. Sage ich. Meine Mutter sagt natürlich etwas ganz anderes. Aber das ist wieder eine andere Geschichte. Auf jeden Fall kann ich meine Mutter nicht leiden, und das ist ein Dauerthema zwischen James und mir – und heute war es wieder aufgerollt worden wegen Willis Einladung.

«Du kannst deine Mutter nicht leiden, weil sie trinkt», hatte James gesagt.

«Nein», hatte ich geantwortet. «Ich kann sie nicht leiden, weil sie kein netter Mensch ist. Weil sie ein anderer Mensch ist, wenn sie trinkt.»

James hatte mehrmals genickt auf diese wissende Art, die mich wahnsinnig macht.

«Was?» Ich hatte es nicht mehr ausgehalten. «Was willst du mir sagen?»

«Dafür, dass du sie nicht leiden kannst, ist sie dir aber ganz schön ein Vorbild. Was das Trinken anbelangt vor allem.»

Ich war beleidigt gewesen. So viel wie meine Mutter trank ich noch lange nicht.

«Momentan nicht», hatte James gesagt. «Aber das war auch schon der Fall.»

Dieser Satz ging mir nun nicht mehr aus dem Kopf: Ich ahme meine Mutter nach. Ich beschreite denselben Weg. Will ich das tatsächlich? Sollte ich nicht den guten Weg gehen, wie mein Vater mir gesagt hatte? Ich starrte sinnend in meinen Wein, hob das Glas, roch daran. Es roch himmlisch. Ich trank einen Schluck, dann stand ich auf, goss den Wein zurück in die Flasche. Ich würde sicherlich nicht aufhören zu trinken. Aber für heute war es gut.

16

Einige Tage nach Jans Ermordung informierte mich die Staatsanwaltschaft, dass das Haus frei gegeben sei. Alle Beweismittel wie Fingerabdrücke, Haare und sonstige Spuren seien sichergestellt. Norah konnte das Haus wieder nutzen, was sie momentan wahrscheinlich nicht wollte. Aber vermutlich benötigte sie einige Dinge aus dem Haus, Kleider, persönliche Gegenstände. Ausserdem musste ich mich mit ihr bei der Polizei einfinden, um Fingerabdrücke zu nehmen. Der Ausdruck Fingerabdrückenehmen ist allerdings irreführend. Die Polizei erfasst mehr Abdrücke als nur die Finger: die angerollten Abdrücke aller Finger, die Handkanten, Handballen sowie die Handrücken. Nur so haben die Kriminaltechniker eine Chance, unvollständige Abdrücke vom Tatort einer Person zuzuordnen. Von Norah mussten haufenweise Abdrücke am Tatort sein – vollständige und unvollständige –, schliesslich hatte sie dort gewohnt. Man brauchte ihre Fingerabdrücke, um ihre Spuren im Haus ihr zuzuordnen und sie von fremden Abdrücken zu unterscheiden. Ich wunderte mich, dass man das nicht gleich gemacht hatte, als Jan gefunden worden war, schliesslich hatte man da auch einen Schmauchspuren-Schnelltest durchgeführt. Dabei werden mit Hilfe eines beschichteten Tupfers Hautabstriche gemacht, und innert fünf Minuten hat man ein Ergebnis. So ähnlich wie ein Schwangerschaftstest. Die Fingerabdrücke hatte man danach vielleicht nicht mehr als dringend erachtet. Oder sie waren schlicht und einfach vergessen gegangen. Die wenigsten Ermittlungen laufen perfekt ab.

Ich versuchte, Norah anzurufen, wurde aber gleich an die Combox weitergeleitet. Ich hinterliess eine Nachricht. Als Norah sich nach zwei Stunden noch immer nicht gemeldet hatte, versuchte ich es erneut. Wieder die Combox. Ich begann, mir Sorgen zu machen. War Norah alles zu viel geworden? Ich beschloss, Rebecca anzurufen. Die meldete sich, klang aber verschlafen.

«Nachtschicht», murmelte sie zur Erklärung.

Ich hatte keine Ahnung, was Rebecca arbeitete. Ich wusste überhaupt nichts über sie.

«Krankenschwester», fügte Rebecca bei, als hätte sie meine Gedanken gelesen. «Heisst jetzt Pflegefachfrau.» Sie gähnte.

Ihr Sprechmodus war seltsam abgehackt, was ich ihrer Müdigkeit zuschrieb. Auf meine Frage nach Norah meinte sie, die sei vor zwei Tagen in Jans anderes Haus in Schönenberg gefahren. «Hat Abstand gebraucht.» Wieder gähnte Rebecca. Sie steckte mich richtiggehend an, auch ich war nun dabei, meinen Mund weit aufzureissen.

«Warte. Bleib dran.» Der Hörer wurde hingelegt, im Hintergrund waren Geräusche zu hören, ein Zischen, ein Gluckern, ein Ahhh. Kurz darauf war Rebecca wieder am Apparat. «Kaffee», sagte sie.

Nun ja, das Koffein schien ihre Sprache nicht wirklich positiv zu beeinflussen. Aber vielleicht brauchte es einen Moment, bevor es Wirkung zeigte.

Und tatsächlich, kurz darauf brachte Rebecca vollständige Sätze zustande.

«Schönenberg oben am Zürichsee?» fragte ich.

Rebecca bejahte.

«Ein Zweitwohnsitz in Schönenberg?» Ich konnte es nicht glauben. «Das ist ja sogar im selben Kanton.»

«Jan hat das Haus vor einigen Jahren von seiner Grossmutter geerbt. Er hat wohl sehr an ihr gehangen, ausserdem ist es ein sensationelles Haus. Seither wollte Jan einen Teil der Zeit dort verbringen.»

Nachdem Rebecca das gesagt hatte, meinte ich mich zu erinnern, dass Jan manchmal von seiner Grossmutter gesprochen hatte. Sie hatten sich nahe gestanden. Aber Schönenberg?

«Wie war denn das für Norah?»

«In Ordnung, nehme ich an. Ich habe ja gesagt, das ist

nicht einfach ein Haus. Das ist ein Anwesen. Jan und Norah hatten oft Gäste, haben dort Essen veranstaltet.»

Schönenberg. Ich konnte es nicht fassen, dass Norah in Schönenberg war, Abstand hin oder her. Gut, es lag nicht gerade am Ende der Welt, im Gegenteil. Aber es lag auch nicht am Weg, auf jeden Fall nicht an meinem.

Anscheinend war Norah bei Rebecca nicht zur Ruhe gekommen, hatte endlos geweint und war dann in einen Zustand der Erstarrung verfallen. Rebecca konnte ihr nicht helfen, ärztliche Hilfe wollte Norah nicht, Kontakt zu Verwandten und Bekannten verweigerte sie ebenfalls.

«Ich glaube, sie hat niemanden informiert», sagte Rebecca und klang irgendwie verzweifelt.

«Was meinst du mit ‹sie hat niemanden informiert›?» Ich wusste nicht, wovon sie sprach.

«Na, niemanden angerufen, niemandem mitgeteilt, dass Jan tot ist. Die einen oder anderen haben es irgendwie erfahren, die haben dann Norah angerufen. Deswegen hat sie das Handy abgestellt. Sie hat gesagt, sie könne nicht. Sie hat gesagt, wenn sie es laut ausspreche, dann sei es Wirklichkeit.»

«Und Jans Eltern? Hat sie die informiert?»

«Das habe ich getan.»

Das klang gar nicht gut. Norah schien mit dem Verlust noch schlechter klarzukommen, als es anfänglich den Anschein gemacht hatte.

«Du hättest sie nicht gehen lassen sollen.» Es sollte sich nicht wie ein Vorwurf anhören, tat es aber.

«Hab ich nicht. Sie war einfach weg, als ich nach Hause kam. Hat mir nur eine Notiz dagelassen.»

«Hast du sie angerufen?»

«Ja. Sie hat gesagt, ich solle mir keine Sorgen machen. Sie wolle zur Ruhe kommen.»

«Hast du keine Angst?»

«Dass Norah sich etwas antun könnte?» Rebecca schien zu überlegen. «Nein. Nein, um Norah habe ich keine Angst.»

«Bist du sicher?»

«Norah liebt das Leben», sagte Rebecca. «Sie wird sich nicht umbringen.»

Diese Begründung überzeugte mich nicht. Norah schien mir alles andere als lebenslustig zu sein. Aber Rebecca kannte sie besser, also verliess ich mich auf sie. Musste ich wohl. Ich konnte im Moment schlecht nach Schönenberg fahren und hatte auch nicht die geringste Lust dazu.

«Gibt es schon einen Verdächtigen?», fragte Rebecca.

«Nichts Konkretes», sagte ich, «aber die Ermittlungen laufen.» Ich wollte das Gespräch beenden, überlegte es mir aber anders. Vielleicht konnte Rebecca mir Informationen liefern. Ich hatte Norah als Jugendliche gekannt hatte, als Teenager, und auch da nur flüchtig. Meine Schwester hatte Norah geradezu vergöttert, ich selbst hatte wenige Erinnerungen an sie. Auf jeden Fall war sie schon als Fünfzehnjährige bildschön gewesen. Ihr Leben als Erwachsene war unbekanntes Land für mich. Abgesehen von ihrer Beziehung zu Jan war sie wie ein Stück weisses Papier. «Woher kennst du Norah?»

«Wir waren beide eine Zeit lang am Unispital.» Sie schien noch etwas sagen zu wollen, hielt aber dann inne.

«Norah ist Krankenschwester?» Als ich zuletzt näheren Kontakt mit Norah gehabt hatte, hatte sie zusammen mit meiner Schwester das Gymnasium besucht.

«Natürlich nicht.» Rebecca schnaubte ungeduldig. «Sie hat als Krankenhauspsychologin gearbeitet. Ich bin Krankenschwester. Ich dachte, du bist mit ihr befreundet?» Rebecca klang plötzlich misstrauisch.

«Meiner Schwester war mit ihr befreundet und die ist...» Ich brach ab. Das tat hier nichts zur Sache. «Wie auch immer. Hör mal, Rebecca. Jan ist tot. Ermordet. Norah steht nicht unter Verdacht, aber sie hat sicher ein Interesse daran, dass der Täter möglichst schnell gefasst wird. Deswegen muss ich dringend mit ihr reden. Kannst du mir die Telefonnummer geben, unter der sie erreichbar ist? Und dann bitte ich dich um möglichst viele Informationen über Norah, über ihre Familie, ihr soziales Umfeld, ihre Beziehung zu Jan. Du weisst schon.»

Rebecca schwieg, trank hörbar einen Schluck Kaffee, der mittlerweile kalt sein musste.

«Die Telefonnummer ist kein Problem», sagte sie schliesslich, «aber alles andere – ich weiss nicht. Sollte Norah nicht selbst mit dir über alles reden?»

Ja, sollte sie. Tat sie aber nicht. «Norah ist nicht in der Lage, mir viel zu erzählen. Du hast sie die letzten Tage erlebt.»

«Na gut.» Rebecca holte tief Atem. Dann war es eine Weile ruhig. Sie schien nachzudenken.

Ich nutzte die Pause, stellte das Telefon auf Lautsprecher, nestelte möglichst geräuscharm eine Zigarette aus der Packung und zündete sie an.

«Ich weiss nicht, was ich dir sagen soll», fuhr Rebecca schliesslich fort.

«Erzähl mir von ihr und Jan.» Paul Petersen kam mir in den Sinn. «Ich habe Gerüchte über eine Affäre und über eine Trennung gehört. Ist da was dran?» Ich öffnete das Fenster und angelte mit der Hand nach einem Aschenbecher, der auf der schmalen Brüstung stand. Er entglitt mir und fiel in den Garten. Ich fluchte leise.

«Trennung? Nein. Affären ja, aber doch keine Trennung.

Die beiden haben perfekt zueinander gepasst. Jan war ein toller Mann.»

Ihre Stimme klang plötzlich gepresst, und irgendetwas an ihrer Wortwahl machte mich stutzig. Bevor ich sie darauf ansprechen konnte, hörte ich sie schniefen. Sie weinte offensichtlich. Jans Tod hatte sie ebenfalls mitgenommen; diesen Umstand hatte ich bislang mit keinem Wort, keiner Geste gewürdigt. «Es tut mir leid, Rebecca.» Ich versuchte, so viel Mitgefühl wie möglich in meine Worte zu legen.

«Danke.» Rebecca schniefte noch einmal, dann schien sie sich gefasst zu haben. Die Asche an meiner Zigarette war mittlerweile sehr lang. In Ermangelung eines Aschenbechers liess ich sie in den Papierkorb fallen und hoffte, keinen Schwelbrand auszulösen.

«Wie gesagt, von einer Trennung weiss ich nichts, und ich kann es mir auch nicht vorstellen. Norah hat auf jeden Fall nichts dergleichen erwähnt, und wir sind ja ziemlich eng befreundet.»

«Aber Jan hatte Affären.» Ich formulierte das absichtlich als Tatsache, nicht als Frage.

Rebecca zögerte. «Beide hatten Affären. Soviel ich weiss», fügte sie schnell an.

«Aber …» Ich verstummte. Das hatte Norah nicht erwähnt, weder mir noch der Staatsanwältin gegenüber. Irrte sich Rebecca? Oder hatte Norah mir die Unwahrheit erzählt?

Rebecca schien meine Reaktion nicht bemerkt zu haben. Sie sprach bereits weiter. Plötzlich war sie ziemlich freigiebig mit Informationen. Aber das geschieht oft: Erst will jemand nichts sagen, aber wenn er dann einmal angefangen hat, kann er nicht mehr aufhören.

«Norah hat Jan geliebt. Er war die Liebe ihres Lebens. Das hat sie gesagt, und das hat man auch gespürt.»

«Umgekehrt auch?»

«Was meinst du?»

Meine Zigarette war bis auf den Stummel abgebrannt und drohte, mir die Finger zu verbrennen. Vorsichtig drückte ich sie am Innenrand des Papierkorbes aus und legte den Stummel auf den Schreibtisch. «Ob Norah auch Jans grosse Liebe war.»

«Er hat sie vergöttert.»

Sie liebt ihn, er vergöttert sie; irgendwie passte das nicht zu den Affären. Das Bild stimmte nicht. Ausserdem spürte ich, dass Rebecca etwas zurückhielt. «Aber?», fragte ich.

«Norah hatte manchmal Mühe, an Jans Liebe zu glauben. Ich meine», Rebecca lachte freudlos, «schau dir Norah an. Sie ist bildschön, sie ist intelligent, charmant. Betrittst du mit ihr ein Lokal, so drehen sich alle Köpfe nach ihr um. Und trotzdem …», Rebecca suchte nach Worten, «trotzdem musste Jan ihr fortwährend beweisen, dass er sie liebt. Sonst hat sie es nicht geglaubt. Verrückt, nicht?» Wieder lachte sie auf diese freudlose Art.

Ich machte mir Gedanken über Norah. Ich fragte mich, wie glücklich sie mit Jan tatsächlich gewesen war. Nach einer einfachen Beziehung hörte sich das auf jeden Fall nicht an.

«Was ist mit Norahs Eltern?»

Wenn Rebecca irritiert war ob des abrupten Themenwechsels, so liess sie sich auf jeden Fall nichts anmerken.

«Die sind vor einigen Jahren gestorben. Wusstest du das nicht?»

Irgendwie schien Rebecca meine Bekanntschaft mit Norah vollkommen missverstanden zu haben. Ich wusste nichts von Norah. Nur das, was sie mir erzählte oder was ich von anderen hörte.

«Die Mutter ist an Krebs gestorben, und wenig später hatte der Vater einen tödlichen Infarkt. Norah hat keine Familie mehr. Sie hatte nur noch Jan.»

Mir wurde kalt trotz der Sommerhitze. Jan war Norah als einziger geblieben – und nun hatte sie auch ihn verloren.

«Meinst du, es stimmt?» Rebecca hatte noch etwas gesagt, aber ich hatte nicht zugehört.

«Was meinst du?»

«Ich habe dich gefragt, ob es wohl stimmt, was manche sagen. Dass die Seele von Ermordeten nicht zur Ruhe kommen kann, solange der Täter frei herumläuft.»

«Ich weiss nicht», sagte ich. Dann legte ich auf. Mir war noch immer kalt. Ich zündete mir schnell eine weitere Zigarette an.

17

Nach dem Telefonat mit Rebecca versuchte ich, Norah in Schönenberg zu erreichen. Es läutete ins Leere. Verdrossen legte ich auf. Ich musste bald mit ihr bei der Polizei erscheinen zwecks Abnahme dieser leidigen Fingerabdrücke, andernfalls war die Technik blockiert und somit die ganzen Ermittlungen. Damit würde Norah sich ganz schön Ärger einhandeln. Und ich mir natürlich auch, schliesslich war ich für meine Mandantin verantwortlich. Wenigstens zu einem gewissen Grad.

Ich schluckte meinen Ärger hinunter, spülte mit einem Kaffee nach und wandte mich einer anderen dringenden Angelegenheit zu: dem Fall der verschwundenen Eizellen. Der Termin in der Wunschkinder-Klinik nahte, und ich musste mir dringend einen Partner zulegen. Im Geist ging ich die kurze Reihe meiner männlichen Bekannten durch. Willy war zu alt, mit Béjart war ich wegen Jans Ermordung beruflich gerade zu sehr verbandelt – blieb also nur einer übrig. Ich schaute auf die Uhr. Zeit zum Mittagessen. Das traf sich gut.

Knapp zehn Minuten später lehnte ich mein Fahrrad an die Hauswand neben dem Eingang zum «Alibaba». Trotz des kurzen Weges war ich verschwitzt, die Kleidung klebte an mir. Ich war froh, wenn der Sommer endlich vorbei war. Dieses Jahr schien er sich endlos hinzuziehen. Die ersten Tage über dreissig Grad wurden im Mai gemessen, und nach einer kurzen Phase der Abkühlung war es im Juli und August ähnlich weitergegangen. Dem Klimawandel sei Dank. Ich sehnte den Herbst herbei. Heute hatten wir den ersten September, aber spätsommerliche Regenschauer und Abkühlung liessen auf sich warten.

Ich fächelte mir mit einer Hand etwas kühle Luft zu und öffnete die gläserne Eingangstür des Restaurants. Offiziell ist es erst abends offen, aber Asim ist jeden Tag schon vormittags in seiner Küche anzutreffen, wo er so viele Vorbereitungen wie möglich tätigt, um für den abendlichen Ansturm gerüstet zu sein. Im Restaurant empfing mich der übliche Geruch: eine Mischung aus Curry, Kreuzkümmel und frischen Blumen.

«Asim», rief ich und ging Richtung Küche, aus der Geräusche zu vernehmen waren. «Asim, ich bin es, Moira!»

Die Geräusche verstummten, und kurz darauf kam Asim aus der Küche, sich im Gehen die Hände an der Kochschürze abtrocknend.

«Moira. Was für eine Überraschung.» Er küsste mich auf die Wange; auch er roch nach Curry und Kreuzkümmel.

«Willst du essen?», fragte er.

«Essen», antwortete ich, «und reden.»

Asim warf mir einen Blick zu, halb misstrauisch, halb neugierig. Er rückte mir, ganz Gentleman, einen Barhocker zurecht und hiess mich mit einer Geste Platz nehmen. Ich setzte mich vorsichtig auf den hohen Hocker, legte meine Handtasche neben mir auf den Tresen und kramte eine Packung Zigaretten hervor.

Asim stellte wortlos einen Aschenbecher vor mich hin. Dann legte er ebenso wortlos ein Gedeck auf: Messer, Gabel, kunstvoll gefaltete Serviette. Wer Asim nicht gut kennt, könnte meinen, er sei schlecht gelaunt. Ist er aber nicht. Er redet einfach nicht viel. Darin sind wir uns ähnlich. Und in einigen anderen Dingen auch. Zum Beispiel in unserer Vorliebe für Zigaretten und schweren Rotwein.

«Ich habe ein neues Gericht auf der Karte, grüner Thai Fisch Curry. Ich bring dir das.»

Ich nickte, klaubte eine Zigarette aus der noch fast vollen Packung und steckte sie mir in den Mund.

Asim gab mir Feuer. «Vor dem Essen rauchen ist nicht gut. Das tötet die Geschmacksknospen ab.»

Ich schaute auf die Zigarette in meiner Hand. «Ich spüle mir danach den Mund.»

Asim musterte mich aus zusammengekniffenen Augen. «Mach dich nur lustig», sagte er. Er drehte sich um, nahm ein Glas von der Ablage und füllte es mit Wasser. «Hier.» Dann ging er zurück in die Küche. Er streckte nochmals den Kopf durch die Durchreiche. «Zehn Minuten.» Er zeigte mir alle zehn Finger. Beziehungsweise neuneinhalb. Von einem Mittelfinger fehlt die Hälfte. Die Geschichte, die dahintersteckt, hat Asim mir bislang nicht erzählen wollen. Vielleicht war er in Pakistan gefoltert worden, bevor er fliehen konnte. Vielleicht hatte er sich den Finger beim Kochen selbst abgehackt. Ich weiss es nicht, will aber auch nicht fragen. Irgendwann werde ich es erfahren. Wir sind seit Jahren befreundet, aber alles braucht seine Zeit.

Ich nickte Asim zu. Mein Magen knurrte wie auf Kommando. Ich zog an der Zigarette und inhalierte den Rauch, um den schlimmsten Hunger zu dämpfen. Aus der Küche war das Klappern von Pfannen zu hören, ein Messer, das etwas klein schnitt. Es war entspannend, hier zu sitzen und den Geräuschen zu lauschen, die eine wunderbare Mahlzeit versprachen. Ich sollte wirklich öfters hierherkommen.

«Et voilà!» Asim stellte eine dampfende Schale vor mich. Ich roch Kokos, Zitronengras, Orange und Fisch.

Daneben stelle Asim eine zweite Schale mit buttrigem Reis. «Iss.»

Nur zu gerne leistete ich seiner Aufforderung Folge. Ich tauchte den Löffel in die Schale mit dem grünen Thai-Fisch-Curry, führte ihn zum Mund. Es folgte eine wahre Explosion der Sinne. Süss und scharf, fruchtig und säuerlich.

Asim beobachtete mich: «Gut?»

«Wunderbar.»

Er grinste zufrieden und liess mich alleine weiteressen; er hatte in der Küche zu tun.

Nachdem ich die Mahlzeit bis zum letzten Reiskorn genossen hatte, brachte Asim mir einen Kaffee.

Er setzte sich zu mir an die Theke, zündete sich eine Zigarette an. «Und?» Er sah mich auffordernd an.

Ich nahm mir ebenfalls noch eine Zigarette, wollte Zeit schinden. Wie sollte ich die Angelegenheit am besten an Asim herantragen?

«Asim», sagte ich schliesslich, «ich habe einen Fall, bei dem ich deine Hilfe brauche.»

Asim sah mässig begeistert aus. Der letzte Fall, in den er involviert gewesen war, hätte uns beinahe unsere Freundschaft gekostet.

«Es geht um ein Ehepaar. Ich muss versuchen, ihre verschwundenen Eizellen ausfindig zu machen.»

«Verschwundene Eier? Ist in den Hühnerstall eingebrochen worden oder was?» Asim sah verwirrt aus.

«Nicht Eier. Eizellen. Die Eizellen der Frau.»

Asim verstand weiterhin nur Bahnhof.

Schnell redete ich weiter und berichtete Asim in Kurzform, was die Corazollas mir erzählt hatten.

«Schräge Geschichte», sagte Asim, «und was habe ich dabei verloren?»

«Dazu komme ich gleich», sagte ich. Ich schwitzte, und das lag nicht alleine am warmen Wetter. Ich legte ihm dar, dass ich in der Fertilitätsklinik einen Termin vereinbart hatte. «Ich will mir, bevor ich mich als Rechtsanwältin der Corazollas zu erkennen gebe, selbst einen Eindruck verschaffen», sagte ich. «Schauen, wie das alles abläuft, dem behandelnden Arzt etwas auf den Zahn fühlen. So in etwa.»

«Ist das legal?», fragte Asim.

«Was?»

«Dich als jemand anderen ausgeben. Musst du nicht mit offenen Karten spielen?»

Ich zuckte mit den Achseln. Darum würde ich mich kümmern, wenn es so weit war. Ich bewegte mich oft im Graubereich der Legalität, und bisher hatte mich noch niemand verzeigt wegen Missachtung der Standesregeln.

Asim schien nicht mehr ganz bei der Sache zu sein, er trommelte mit den Fingern ungeduldig auf den Tresen. Er wollte zurück an seine Arbeit.

«Ich habe in der Klinik einen kurzfristigen Termin erhalten», sagte ich. «Ich muss aber mit meinem Partner erscheinen, alleine empfangen sie mich nicht. Die Gesetzgebung in der Schweiz, du verstehst schon.» Ich blickte Asim auffordernd an, aber der Groschen war noch nicht gefallen. «Du wirst mitkommen, Asim», sagte ich forsch. «Wir wollen seit Jahren zusammen ein Baby, aber es klappt einfach nicht.»

«Was?» Nun hatte ich Asims Aufmerksamkeit wieder voll und ganz. Er sah mich entsetzt an.

«Nicht in echt natürlich», beruhigte ich ihn. «Das ist die Story, die wir anlässlich des Gesprächs erzählen werden.» Asim tat ja gerade so, als wäre es das Allerschlimmste, mit mir ein Kind zu wollen. «Du musst nur mitkommen und deine Rolle als unfruchtbarer Partner spielen.»

«Unfruchtbar? Ich?»

Da hatte ich wohl eine empfindliche Stelle getroffen.

«Weshalb bis nicht du die Unfruchtbare, Moria?»

Ich seufzte. «Niemand von uns ist unfruchtbar, Asim», sagte ich geduldig. Oder wenn, dann ist es scheissegal, ergänzte ich im Stillen, wir wollen schliesslich beide keine Kinder. Beziehungsweise keine weiteren Kinder; er hatte einen unehelichen Sohn irgendwo in Pakistan. «Du musst nur so tun, als ob.»

«So tun als ob? Wie denn das?» Plötzlich stand er auf, trat einen Schritt zurück. Mit zitternden Händen griff er nach seinen Zigaretten und zündete sich eine an. «Werden da Tests gemacht mit mir?»

«Klar, sie werden dich mit einem Heftchen voller nackter Frauen und mit einem Becherchen in eine Kabine sperren.»

«Echt?» Seine Augen waren grösser und grösser geworden vor Entsetzen.

Ich musste lachen. «Ach was.» Ich klopfte auf den Hocker neben mir, bedeutete Asim, sich wieder zu setzen.

Er gehorchte widerwillig, zog gierig an seiner Zigarette.

«Es handelt sich um ein Gespräch, Asim. Wir erscheinen

da, schildern unser Problem: Trotz zwei Jahren regelmässigem, naja, du weisst schon», ich warf Asim einen Seitenblick zu, er starrte pointiert geradeaus, «also trotzdem kein Baby. Sie werden uns Behandlungsmöglichkeiten vorschlagen, mit uns einen Rundgang durch die Klinik machen, so stelle ich mir das vor.» Und ich will unbedingt mit diesem Babydoktor und der mitfühlenden Biologin sprechen, hielt ich für mich fest. «Mehr passiert da nicht», sagte ich laut.

«Sicher?»

«Sicher.»

«Keine Tests?»

Ich seufzte ungeduldig. «Keine Tests.»

Asim hatte seine Zigarette in tiefen Zügen bis zum Filter geraucht – die Vorstellung irgendwelcher Fruchtbarkeitstests schien ihm schwer zuzusetzen. Ich hätte ihn gerne ein wenig länger gepiesackt, aber ich wollte schliesslich etwas von ihm, also liess ich es gut sein. Ich zündete noch eine Zigarette für ihn an und holte ihm ein Glas Wasser. Rollentausch sozusagen. Als Asim wieder an Fassung gewonnen hatte, besprachen wir unser gemeinsames Auftreten. Verheiratet oder nur liiert, drei oder vier Jahre zusammen, die ganzen Details. So langsam schien Asim Spass an der Sache zu finden.

«Yasmina wird keine Freude haben», sagte er plötzlich.

«Was meinst du?» Ich sah ihn verwirrt an.

«Naja, sie ist sowieso schon eifersüchtig auf dich. Und nun geben wir uns auch noch als Paar aus, das ein Kind will.»

Yasmina eifersüchtig auf mich? Ich bekam vor Verlegenheit rote Ohren. Zwischen Asim und mir war nie etwas gewesen und da würde auch nie etwas sein. Wir waren Freunde und fertig. Ich setzte gerade zu einer Entgegnung an, da läutete mein Handy in der Handtasche. Ich hätte vor Erleichterung beinahe laut geseufzt. Ich kramte das Telefon hervor und sah auf das Display: Es war die Staatsanwaltschaft.

18 Staatsanwältin Kummer hielt sich nicht mit langen Vorreden auf. «Wir stehen kurz vor einem Durchbruch», sagte sie. «Wir brauchen dringend die Fingerabdrücke von Frau Krüger.»

«Kurz vor einem Durchbruch? Heisst das, Sie wissen, wer der Täter ist?» Dieses Telefonat sollte ich wohl besser unter vier Ohren führen. Ich glitt vom Hocker und ging zur Tür des «Alibaba», drehte mich nochmals zu Asim um und warf ihm einen entschuldigenden Blick zu.

Er räumte die Theke ab und ging wieder in seine Küche.

«Mehr kann ich im Moment nicht sagen. Wann wird Frau Krüger bei uns erscheinen?»

Ich stand auf dem Vorplatz und trat mit dem Fuss nach einem kleinen Stein. «Das ist gerade etwas schwierig», sagte ich.

«Schwierig?»

Ich konnte geradezu hören, wie die Kummer ihre Augenbrauen hob. «Naja, Norah, ich meine Frau Krüger hält sich zurzeit an ihrem zweiten Wohnsitz in Schönenberg auf. Das ist…»

«Ich weiss, wo das ist.» Es folgte eine kurze Pause.

Ich war sicher, dass die Staatsanwältin gerade verbotenerweise eine Zigarette in ihrem Büro rauchte. «Und weshalb weiss ich davon nichts?»

«Frau Krüger ist nicht verdächtig. Sie wurde nicht dazu angehalten, die Stadt nicht zu verlassen.»

«Nein. Aber sie wurde dazu angehalten, bei den laufenden Ermittlungen zur Verfügung zu stehen», blaffte die Kummer.

Das wusste ich natürlich. Ich beliess es bei einem unverbindlichen Hm.

«Sie soll unverzüglich zurückkommen. So weit ist Schönenberg nun auch nicht. Sie kommt hierher, lässt die Abdrücke nehmen, fährt wieder. Alles in allem ist sie innert weniger als drei Stunden wieder an ihrem … ihrem Zweitwohnsitz.»

Dem Tonfall nach schien auch die Kummer dieses Haus in Schönenberg irgendwie amüsant zu finden. Und was das Timing anbelangte, hatte sie natürlich Recht. Es war wirklich keine grosse Sache, schnell von Schönenberg hierherzukommen. Andererseits hatte ich keine Ahnung, in welchem Zustand Norah sich befand. Mit Sicherheit nicht in einem guten.

Die Staatsanwältin schien mein Zögern als Widerstand aufzufassen. «Wenn Frau Krüger sich nicht in Bälde auf dem Polizeiposten einfindet zwecks Abnahme der Fingerabdrücke, dann werde ich sie wegen Behinderung der Ermittlungen belangen. Und Sie gleich mit, Frau Kollegin.» Nun übertrieb sie es aber.

Wütend schlug ich nach einer Biene, die um meinen Kopf kreiste. «Jetzt hören Sie mir gut zu, Frau Kollegin», sagte ich, um einen gemässigten Tonfall bemüht. «Ich weiss nicht, was Ihnen über die Leber gelaufen ist, und ich will es auch nicht wissen. Aber an mir oder an meiner Mandantin müssen Sie es nicht auslassen.»

«Ich …»

Staatsanwältin Kummer wollte etwas sagen, doch ich schnitt ihr das Wort ab. «Man hat es offensichtlich versäumt,

Frau Krüger gleich zu Beginn der Ermittlungen die Fingerabdrücke abzunehmen. Oder man hat es nicht für notwendig befunden. Das ist nicht mein Fehler und auch nicht oder zu allerletzt der von Frau Krüger.»

«Ich ...»

Wieder wollte sich die Staatsanwältin zu Wort melden, wieder war ich schneller. «Frau Krügers Mann wurde erschossen. Sie hat seine Leiche gefunden, ihr Haus ist besudelt mit Blut und was sonst noch so an Flüssigkeiten anfällt.»

Zwei Mädchen, etwa zehn Jahre alt, gingen die Strasse entlang. Sie hatten meine letzten Worte mitbekommen, starrten mich mit geweiteten Augen und offenen Mündern an. Ich versuchte, ihnen beruhigend zuzulächeln, doch sie wandten unisono die Köpfe ab und machten sich schnell davon.

Ich konzentrierte mich wieder auf mein Telefonat. «Frau Krüger geht es nicht gut. Sie ist nach Schönenberg gefahren, um Ruhe zu haben. Ich verstehe, dass Sie die Fingerabdrücke schnellst möglichst benötigen. Heute ist Donnerstag. Am Wochenende läuft sowieso nichts. Ich werde mit Frau Krüger am Montag vorbeikommen.» So hatte Norah noch ein paar Tage, in denen sie etwas zu sich kommen konnte.

Die Staatsanwältin liess sich auf diesen Vorschlag ein. Es blieb ihr nicht viel anderes übrig.

«Können wir bald mit einer Festnahme rechnen?», hakte ich zum Schluss dann doch noch einmal nach.

«Wie ich bereits gesagt habe: Die Ermittlungen laufen auf Hochtouren, und es zeichnet sich ein Durchbruch ab. Mehr sage ich dazu nicht. Es ist zu früh», sagte sie.

Naja, es war wirklich zu früh, um Ergebnisse der Spurensicherung oder der Ballistik vorliegen zu haben. Aber es war nicht zu früh, um eine heisse Spur, einen Tatverdächtigen im Augen zu haben, schliesslich waren seit der Tat mehrere Tage vergangen. Ich spürte, wie die Hoffnung sich in mir regte. Ich spürte, wie gross mein Wunsch war, Jans Mörder gefasst zu sehen.

19

Nach dem Anruf der Staatsanwältin verabschiedete ich mich bald von Asim. Auch wenn gemäss der Staatsanwältin der Fisch bereits so gut wie am Haken zappelte, so wollte ich trotzdem den Nachmittag nutzen und Nachforschungen auf eigene Faust betreiben. Es war mir ein persönliches Anliegen, dass der Mord an Jan schnell aufgeklärt wurde. Um meinetwillen, nicht wegen Norah. Ich wollte das Haus von Jan und Norah noch einmal in Augenschein nehmen. Ich wollte feststellen, ob es zu mir sprach, wenn ich lange genug wartete.

Zuerst aber fuhr ich mit dem Fahrrad zurück in die Kanzlei. Ich rief einige Mandanten zurück, die mir auf den Anrufbeantworter gesprochen hatten und setzte eine kurze Mail an Corazollas auf. Es ist immer gut, Mandanten mit kleinen Zwischenberichten bei Laune zu halten. Vor allem vermögende Mandanten. Dass ich nächste Woche die Wunschkinder-Klinik aufsuchen würde, würde bei Corazollas sicherlich auf positive Resonanz stossen. Was sonst noch zu erledigen war, verschob ich auf den nächsten Tag. Dann griff ich mir eine Halbliterflasche Wasser aus dem Kühlschrank und schwang mich erneut auf das Fahrrad.

Es war schwülheiss, ein Gewitter lag in der Luft. Ich führte die Wasserflasche an den Mund, nahm einen kräftigen Schluck. Ich stand, wo ich vor ein paar Tagen bereits gestanden hatte: vor dem Haus von Jan und Norah. Einen Augenblick verharrte ich, liess das Haus und die Umgebung auf mich wirken.

Das Haus schien düster, abweisend. Ich machte ein paar Schritte auf das Gartentor zu, als mein Handy läutete. Es war Norah. Ich stand vor ihrem Haus, und sie rief mich an. Ich bin nicht abergläubisch, aber ab und zu scheinen unbekannte Kräfte in der Welt zu wirken.

«Moira, du hast versucht, mich anzurufen», sagte Norah. «Ich habe geschlafen.»

«Warum hast du mir nicht gesagt, dass du wegfährst, Norah? Die Staatsanwaltschaft hat nach dir verlangt.»

«Oh», machte Norah. «Ich habe nicht gedacht, dass das wichtig ist.» Ihre Stimme war immer leiser geworden.

Ich hätte sie nicht gleich so anfahren sollen. «Ist schon gut, Norah», sagte ich. Ich fragte, wie es ihr gehe.

Sie meinte, ganz gut.

Ich glaubte ihr nicht.

Sie erzählte, dass sie in Schönenberg kaum jemand auf Jan anspreche. Und wenn, dann sagten sie Dinge wie «Er leidet nicht mehr» oder «Er ist jetzt angekommen». «Im Ernst, die tun so, als wäre es gar nicht so schrecklich. Als wäre es das Beste, was Jan hätte passieren können. Dabei war er ja nicht ernsthaft erkrankt oder so. Ich meine, er wurde ja nicht von einem unheilbaren Leiden erlöst.» Norah klang gleichzeitig erstaunt und verbittert. «Weswegen hast du angerufen?», wechselte sie abrupt das Thema.

Ich erwähnte die Fingerabdrücke. «Und ich habe noch einige Fragen an dich, Norah. Aber das muss alles warten. Ich stehe vor deinem Haus.» Ich konnte hören, wie sie den Atem scharf einzog.

«Was machst du da», fragte sie lautlos.

«Die Polizei hat das Haus freigegeben, Norah», sagte ich vorsichtig. «Ich möchte es mir anschauen. Gibt es eine Möglichkeit, wie ich reinkomme?» Die Idee war mir spontan gekommen. Eigentlich hatte ich das Haus nur von aussen anschauen, ein paar Schritte durch den Garten gehen, dem Weg des Mörders folgen wollen. Aber einen Blick in das Innere zu werfen, den Tatort doch noch zu betreten, schien mir plötzlich wichtig. Ich musste sehen, wo Jan gestorben war.

Norah schwieg lange. «Wieso tust du das?», fragte sie dann.

«Ich kann nicht anders», sagte ich einfach. «Ich muss.»

Das schien ihr als Erklärung zu genügen. Sie sagte mir, dass ein Schlüssel für Notfälle bei einem Nachbarn deponiert sei. Und sie gab mir die Erlaubnis, mich im Haus umzusehen.

«Da ist sowieso nichts mehr privat», sagte sie und versuchte ein Lachen. Es klang schrecklich. «Die Polizei hat doch längst alles durchwühlt. Überall rumgekramt…» Ihre Stimme brach.

Ich wartete, bis sie sich beruhigt hatte. Ich bot ihr an, ihr einige Kleidungsstücke, Toilettenartikel und sonstigen persönlichen Kram zu bringen, was sie halt so brauche. Dann erinnerte ich sie daran, am Montag für die Fingerabdrücke nach Winterthur zu kommen.

Sie seufzte, bevor sie auflegte.

20

Ich stand erneut vor einem Gartentor, öffnete es, ging die paar Schritte zu den drei Stufen, die zum Hauseingang führten. Mir war, als würden sich die Vorhänge sachte bewegen, als würde ich beobachtet. Ich stieg die Stufen empor, drückte die Klingel. Im Innern des Hauses ertönte die Glocke. Nichts geschah. Ich hob die Hand, um erneut zu läuten. In diesem Moment öffnete sich die Haustür. Ein Mann zwischen siebzig und hundert stand im Türrahmen. Das musste Eddie sein. Er trug ein Hemd mit scharf gebügeltem Kragen über kurzen Hosen; die Beine schauten, Storchenbeinen gleich, weiss und dünn daraus hervor. Dazu trug Eddie Hausschuhe aus Filz, die schon bessere Zeiten gesehen hatten, obwohl auch die wahrscheinlich nicht besonders gut gewesen sein konnten.

«Sie müssen Eddie Kunz sein», sagte ich und streckte ihm meine Hand entgegen.

Er musterte mich, die Augen argwöhnisch zusammengekniffen, die Mundwinkel nach unten gezogen. «Und Sie sind…»

«Moira van der Meer, genau», beendete ich den Satz für ihn und strahlte ihn an. Ich machte jedem Hausierer Ehre. Mein Charme liess Eddie völlig kalt.

«Frau van der Meer», wiederholte er langsam. «Norah Krüger hat Sie soeben per Telefon angekündigt.» Sein abschätzender Blick glitt über mich, und ich fühlte mich plötzlich schmutzig. «Ich habe allerdings jemand ganz anderen erwartet.» Er lächelte spöttisch.

«Eine Holländerin?», fragte ich. «Oder einfach jemand weisseren?» Ich machte einen Schritt auf ihn zu.

Er wich zurück. Das Lächeln war ihm vergangen.

«Geben Sie mir bitte den Schlüssel», sagte ich.

Eddie wollte etwas sagen, besann sich jedoch eines besseren. Er hielt mich an, zu bleiben, wo ich war und ging den Schlüssel holen.

Während ich wartete, drehte ich mich um und betrachtete das Haus von Jan und Norah aus seiner Perspektive. Es sah mondän und abweisend aus. Und es war so nah, dass ich durch ein Fenster im Erdgeschoss die Küchenzeile sehen konnte, die rote Espressomaschine.

Eddie kam aus dem finsteren Inneren seines Hauses zurück mit dem Schlüssel in der Hand.

Als ich die Finger danach ausstreckte, schien er ihn einen Moment zurückzuhalten, bevor er losliess. Was für ein widerlicher Zeitgenosse.

«Sie müssen einen guten Schlaf haben», sagte ich zu Eddie.

Er hob irritiert die Augenbrauen. «Wie meinen?»

«Nun ja, Jan Krüger wurde mit mehreren Schüssen hingerichtet.» Ich drückte mich absichtlich drastisch aus. «Aber Sie haben nichts gehört. War es nicht so? Auf jeden Fall haben Sie nicht die Polizei gerufen.»

«Wie Sie sagen», antwortete Eddie. «Ich habe einen sehr guten Schlaf.»

«Sie sehen Krügers praktisch ins Wohnzimmer. Ist Ihnen nichts aufgefallen? Auch nicht in den letzten Wochen?», hakte ich nach.

«Tut mir leid, werte Dame. Ich habe nichts bemerkt. Ausserdem kümmere ich mich gerne um meine eigenen Angelegenheiten. Das habe ich aber alles bereits der Polizei gesagt.»

Ich musterte Eddie. War er abgebrüht oder einfach nur borniert? Letzteres wahrscheinlich. Eddie kümmerte sich um sein Häuschen, sein Gärtchen. Alles andere existierte nur am Rande seiner Welt, wenn überhaupt.

«Was ist Ihrer Meinung nach passiert?», fragte ich wider besseren Wissens.

Er zuckte mit den Schultern. «Diese Gegend», sagte er, «letzte Woche wurde da drüben eingebrochen.» Er wies mit der Hand die Richtung. «Die Woche davor da.» Die Hand wanderte in die andere Richtung. Sie zitterte leicht. «Und nun Jan Krüger. Die werden immer brutaler. Ich weiss auch nicht, was los ist», seufzte er.

Plötzlich verstand ich. Er hatte Angst. «Ein misslungener Einbruch also», sagte ich.

Er nickte. «Was denn sonst?»

Tja, was denn sonst? Das fragte ich mich auch. Und ich fragte mich, ob Eddie Krüger nicht mehr wusste, als er sagte.

«War es das, Frau van der Meer? Ich habe zu tun.»

Sicher hast du das, sagte ich im Stillen. Wahrscheinlich musst du deine Grashalme zählen.

«Das ist alles», sagte ich. Dann reichte ich ihm meine Karte. «Falls Ihnen noch etwas einfällt.» Ich drehte mich um und nahm die paar Stufen in einem einzigen grossen Schritt.

«Wohl kaum», hörte ich ihn leise sagen.

Dich hätte es erwischen sollen, dachte ich. Du hättest sterben sollen und Jan weiterleben. Schweigend ging ich zurück zu Jans und Norahs Haus. Der Schlüssel dazu brannte wie Feuer in meiner Hand.

21

Ich steckte den Schlüssel ins Schloss. Die Tür öffnete sich, und ich stand im Haus. Es war still und dunkel. Ich nahm den metallenen Geruch von Blut wahr und erschauerte. Vielleicht war Jans Geist noch immer im Haus. Vielleicht stimmte, was Rebecca gesagt hatte: Er kann keine Ruhe finden, so lange sein Mörder noch auf freiem Fuss ist. Ich musste mich zwingen, einen Fuss vor den anderen zu setzen. Das halbe Haus war voll Fingerabdruckpulver; die Techniker hatten sich nicht die Mühe gemacht, es zu beseitigen.

Von einer Art Entrée ging es geradeaus ins Wohn- und Esszimmer. Dort war Jan niedergeschossen worden. Dort hatte er seine letzten Atemzüge getan. Ich beschloss, diesen Bereich zuletzt zu betreten. Eigentlich war ich genau deswegen hier, aber mir graute gleichzeitig davor. Ich musste mich langsam annähern, sonst verkraftete ich das nicht.

Also ging ich nach links in Jans Arbeitszimmer. Das Rollo am Fenster war hinuntergelassen, das Zwielicht warf lange Schatten auf den Fussboden. Alles war aufgeräumt und ordentlich. Jan brauchte Ordnung und Stille, um tätig zu sein. Ich erkannte ihn in der Anordnung der Bücher auf den hohen Regalen, die sich den Wänden entlang zogen, an den klaren Linien des Schreibtischs. Ein Computer oder Notebook war nicht vorhanden, die Spurensicherung hatte alle Datenträger mitgenommen. Ein Buch lag aufgeschlagen auf dem Tisch, ein Stift lag darin wie ein Lesezeichen. Ich stellte mir vor, wie Jan hier gesessen und gelesen hatte, auf den Bildschirm gestarrt und mit gebeugtem Rücken etwas im Buch nachgeschlagen hatte. Hatte er das Buch nur schnell hingelegt, um sich etwas im Wohnzimmer zu holen, als der Mörder hereingekommen war? Ich wusste es nicht. Eine Strickjacke hing an der Lehne seines Schreibtischstuhls. Ich nahm die Jacke, hielt sie an mein Gesicht. Jans Geruch war nach all den Jahren noch immer derselbe. Ich spürte Tränen aufsteigen und ging schnell weiter.

Im oberen Stock gab es drei Zimmer und ein Bad. Ein Zimmer hatte das Paar als Schlafzimmer genutzt, eines als Gäste- und Ankleidezimmer, das dritte war Norahs Arbeitszimmer – oder ihr Rückzugsort, was wohl auf dasselbe hinauslief. Alle Zimmer waren schön möbliert, klare Formen herrschten vor, ruhige Farben, einzelne Kunstobjekte standen oder hingen an ausgewählten Plätzen. Überall war es ordentlich, aufgeräumt. Ein schönes Haus, wirklich. Aber war es auch ein glückliches Zuhause? Es wirkte nicht so. Alles schien gedämpft, freudlos, als hätte seit Langem niemand mehr laut gelacht in diesen Räumen.

Das Schlafzimmer war eine Sinfonie in Weiss: Teppich, Möbel, Wände, alles verschiedene Abstufungen von weiss.

Das Bett war gemacht, eine Tagesdecke lag darauf. Jan hatte also nicht geschlafen, bevor er ermordet worden war. Vielleicht hatte er die halbe Nacht durchgearbeitet, das würde zu ihm passen. Über dem Bett hing ein weiblicher Akt in Violett und Blau. Durch das grosse Fenster musste man einen traumhaften Blick in den Garten haben, aber auch hier waren die Vorhänge gezogen; die Sonne schien schwach hindurch und tauchte den Raum in diffuses Licht.

Auf einer Kommode stand eine flache, zartgrüne Schale. Darin lagen Schlüssel, Kleingeld, Visitenkarten. An dieser Kommode hatte Jan wohl abends jeweils seine Taschen geleert. Fast jeder Mann hat in seiner Wohnung so einen Ort. Alles hier hatte zu Jan gehört, war von ihm benutzt worden. Ich verdrängte den Gedanken sofort wieder und nahm die Visitenkarten zur Hand. Sie schienen wahllos aufbewahrt worden zu sein, ich konnte kein System erkennen. Da waren Karten von Restaurants hier in der Stadt, von Geschäften und Handwerkern, eine Bonuskarte aus einem Schuhladen, eine Stempelkarte eines Cafés. Und irgendwo mittendrin fand ich meine eigene Visitenkarte: Rechtsanwältin Moira van der Meer. Ich schluckte leer. Ich konnte mich nicht erinnern, ihm jemals eine Karte gegeben zu haben, aber offensichtlich war dem so. Hatte Jan sie als Erinnerung an mich aufbewahrt? Oder falls er einmal meine Hilfe brauchte? Ich legte die Karte zurück.

Ansonsten sprang mich nichts an in diesem Raum, nichts sprach zu mir. Ich verliess das Schlafzimmer und machte einen kurzen Abstecher in die anderen Zimmer und in das geräumige Bad, hielt mich aber nirgends lange auf. Ich hatte nicht das Gefühl, hier oben noch viel herausfinden zu können. Ich hatte weder versteckte Liebesbriefe ganz unten in einer Schublade entdeckt noch ein Bündel Geldnoten im

Schrank oder ein Päckchen Kokain. Das hatte ich auch nicht erwartet. Wenn etwas Verdächtiges vorhanden gewesen wäre, dann hätten die Beamten es bereits entdeckt.

Das Interessanteste, was ich fand, waren ein paar Fotoalben. Ich setzte mich auf den Boden und blätterte sie durch. Jan und Norah bei ihrer Hochzeit, in den Ferien, mit Freunden. Ich konnte zusehen, wie die beiden älter wurden, die Haare mal kürzer, dann wieder länger, die Kleidung teurer. Die Alben schienen vor ein paar Jahren aufzuhören. Wahrscheinlich hatten sie seither alle Fotos auf dem Computer gespeichert.

Ein Bild im letzten Album zeigte Jan und Norah in sommerlichen Kleidern. Sie hielten sich an den Händen und lächelten in die Kamera, hinter ihnen erstreckte sich ein Sandstrand. Sie sahen glücklich aus. Ich nahm das Foto aus dem Album und steckte es ein. Ich hatte plötzlich das Bedürfnis, ein Bild von ihm zu besitzen. Eine Erinnerung an Jan als glücklichen Menschen.

Wahllos nahm ich einige Kleidungsstücke von Norah aus ihrem Schrank und packte sie in eine grosse Tasche, die auf dem Schrankboden lag. Im Bad leerte ich ihre Hälfte des Spiegelschrankes, nahm ihre Crèmes, Lotionen und Parfumflakons mit.

Mit der Tasche ging ich hinunter in die Küche, die neben dem Wohn- und Esszimmer gelegen war, öffnete Kühlschrank und Vorratsschränke. Küchen geben die Persönlichkeit der Hausbewohner oft am deutlichsten wieder. Bei Jan und Norah war das definitiv nicht der Fall. Die Küche war modern und funktional, aber sehr unpersönlich. Keine Fotos, keine Bilder, kein Schnickschnack auf den leeren Flächen oder an den Wänden. Und es waren erstaunlich wenige Lebensmittel vorhanden in diesem Haushalt. Im Kühlschrank herrschte gähnende Leere abgesehen von etwas Joghurt und einem mehr als welken Salat.

Es sah aus, als sei es um die Ehe der beiden tatsächlich nicht zum Besten bestellt gewesen. Auf jeden Fall hatten sie in letzter Zeit nicht gemeinsam gekocht und auch nicht füreinander. Der Gedanke machte mich traurig. Ich trat ans Küchenfenster, schaute hinaus. Eddies Haus lag direkt vor mir, ich sah ihn im Wohnzimmer im Sessel sitzen und zu mir herüberstarren. Ich winkte ihm zu.

Als Letztes ging ich ins Wohnzimmer. Hier hatte Norah Jan gefunden. Ein grosser Blutfleck prangte auf dem Parkett vor dem Sofa. Den Teppich hatte die Spurensicherung mitgenommen, man konnte sehen, wo er gelegen hatte. Ich musste unbedingt einen Tatortreiniger aufbieten, bevor Norah das Haus wieder betrat. Sie sollte das getrocknete Blut nicht mehr sehen müssen. Ich hingegen zwang mich, es genau zu betrachten. Das war Jans Blut, das vormals rot und lebendig gewesen war und nun tot und braun. Vielleicht war Jan aus dem Arbeitszimmer gekommen, hatte im Wohnzimmer etwas geholt. Vielleicht hatte er hier gesessen, nachgedacht. Als der Eindringling aufgetaucht war, ging Jan ihm ein, zwei Schritte entgegen. Dann trafen ihn die Kugeln. Auf einmal erfüllte mich die Vorstellung, im Haus eines Toten zu sein, mit Schrecken. Mir war schwindlig, und ich hatte das Gefühl, mich übergeben zu müssen. Ich wartete, bis es in meinem Kopf aufklarte.

Ich ging quer durch das Wohnzimmer zur verglasten Terrassentür. Sie war verschlossen. Durch die deckenhohen Scheiben sah man auf den Garten mit dem Swimmingpool. Ein Liegestuhl stand aufgeklappt neben dem Pool, ein Badetuch lag zerknüllt auf dem Boden, wo Jan oder Norah es hingeworfen hatte. Mich schauderte, und ich wandte mich ab, verliess das Wohnzimmer und ging den düsteren Flur entlang. An dessen Ende befand sich die Hintertür. Von hier war der Mörder gekommen. Auch diese Tür war jetzt verschlossen.

Ich nahm die Tasche und verliess das Haus, schloss ab. Ich liess die Tasche beim Eingang zurück, ging um das Haus herum zur Hintertür. Da waren die Spuren, die Becker erwähnt hatte; die Spuren, die der Einbrecher mit seinem Werkzeug hinterlassen hatte. Ich drehte mich um. Durch diesen Garten war der Mörder gekommen. Wahrscheinlich hatte er sein Fahrzeug hinter der grossen Hecke geparkt und war dann über den niedrigen Zaun geklettert. Einmal im Garten, war er von der Strasse und von den Nachbarhäusern her nicht mehr zu sehen gewesen. Ich blinzelte im grellen Sonnenlicht. Dann nahm ich Schritt für Schritt den Weg, den der Mörder gegangen war. Ich kletterte ebenfalls über den Zaun, umrundete die Hecke.

Ich zuckte zusammen. Eddie stand direkt vor mir.

«Der Schlüssel», sagte er. «Vergessen Sie nicht, ihn zurückzugeben.»

Ich legte den Kopf schief und musterte ihn, bis er wegsah. «Schade», sagte ich.

Er runzelte fragend die Stirn.

«Schade, dass Sie in jener Nacht nicht ebenso wachsam waren wie heute. Dann würde Jan vielleicht noch leben.» Ich drückte ihm den Schlüssel in die Hand und ging, ohne mich zu verabschieden.

Mit der Tasche für Norah stand ich vor meinem Fahrrad. Das würde nichts werden, sie war zu gross und zu schwer für den Gepäckträger. Ich seufzte, kramte mein Handy hervor, rief die Nummer eines Taxidienstes auf. Man versprach mir, in fünf Minuten einen Wagen zu schicken. Genug Zeit also, um eine zu rauchen.

Ich war mir sicher, dass Eddie jeden meiner Züge beobachtete. Das Taxi kam. Ich schnippte den Stummel in seinen Vorgarten.

22

Während ich mich im Haus von Jan und Norah umgesehen hatte, waren dunkle Wolken am Himmel aufgezogen. Wie passend, dachte ich, als ich ins Taxi einstieg und die ersten Tropfen des Sommergewitters fielen. Die Fahrt verlief schweigsam. Wir beide, der Taxifahrer und ich, hingen unseren eigenen Gedanken nach.

Überraschend richtete er irgendwann doch das Wort an mich. Er sprach leise, und der Regen prasselte derart auf das Dach des Taxis, dass ich nichts verstehen konnte.

Ich sah den Fahrer fragend an, aber er winkte ab. Es war nicht wichtig. Wegen des immensen Niederschlags kamen wir nur langsam voran. Die Scheibenwischer liefen auf Hochtouren, die Sicht war dennoch trüb. Das kam mir gerade recht. So konnte ich noch eine Weile im Trockenen sitzen.

Jan war immer voll positiver Energie gewesen; er hatte manchmal buchstäblich Funken gesprüht. Und nachdem er seine erste Schüchternheit mir gegenüber überwunden hatte, strahlte er Gelassenheit aus, eine wohltuende Ruhe. Er kannte sich gut. Mich hingegen weniger. Nach unserer zweiten Verabredung, einem Abendessen bei einem Italiener, lagen wir gemeinsam in seinem Bett.

Er fuhr mit den Fingern meinem Körper entlang, wollte die Geschichte jeder noch so kleinen Narbe erfahren. Plötzlich beugte er sich vor, schaute mir in die Augen. «Ich werde dich heiraten», sagte er. Er wirkte plötzlich wieder ein bisschen schüchtern, lächelte aber.

Ich lächelte ebenfalls, obwohl ich am liebsten aus dem Bett gesprungen, meine Sachen gepackt und abgehauen wäre. Das mit der menschlichen Nähe ist so eine Sache, ich komme nicht wirklich gut klar damit. Bis heute nicht. Jan spürte, dass etwas nicht in Ordnung war. Ich zündete mir eine Zigarette an, nahm einen Zug und reichte sie an Jan weiter, drückte ihm einen kurzen rauchigen Kuss auf die Lippen. Trotzdem blieb die Atmosphäre von da an seltsam.

Ich zuckte zusammen. Der Taxifahrer hatte mir mit dem Finger vorsichtig auf die Schulter getippt. «Wir sind da.»

Tatsächlich – wir standen auf dem Parkplatz hinter dem Backsteingebäude, in dem meine Kanzlei ist. Der Taxifahrer hatte direkt an der Hintertreppe angehalten, so dass ich ein Minimum an Regen abbekommen würde.

«Danke», sagte ich, «wirklich, vielen Dank.»

Er zuckte die Schultern. Trotz des strömenden Regens trug er mir die Tasche mit Norahs Habseligkeiten zur Hintertür. Ich bezahlte den Taxifahrer und gab ihm ein grosszügiges Trinkgeld.

Er bedankte sich. Dann sah er mir in die Augen. «Passen Sie auf sich auf», sagte er.

23

Eine knappe Stunde später sass ich in meiner Wohnung auf der Fensterbank. Die grossartige Aussicht, die ich von da hatte, interessierte mich im Moment nicht. Mich interessierte das gut gefüllte Glas Weisswein in meiner einen und die brennende Zigarette in meiner anderen Hand. Der Besuch in Jans Haus hatte mich mitgenommen, sein Blut hatte mich mitgenommen. Ich nahm das Foto zur Hand, das ich eingesteckt hatte, und strich mit der Hand darüber.

Im Büro hatte ich Norahs Sachen abgestellt und zwei Telefonate geführt. Als Erstes hatte ich einen Tatortreiniger beauftragt, das Haus am Brühlberg zu reinigen. Ich besprach mich vorher nicht mit Norah, ging aber davon aus, dass das in Ordnung gehe. Dann hatte ich einen ehemaligen Mandanten angerufen, der mit gestohlenen Sachen handelte. Ich bat ihn, nach den Gegenständen, die aus Jans und Norahs Haus entwendet worden waren, Ausschau zu halten. Da es sich vor allem um Kunstobjekte handelte, war ich sicher, dass das eine oder andere früher oder später irgendwo auftauchen würde.

Mein Mandant war sehr zuvorkommend – kein Wunder, hatte ich ihm doch vor einiger Zeit zu einem Straferlass verholfen. Er versprach, sich zu melden, sollte er erfahren, dass einer der Gegenstände irgendwo in Umlauf sei.

Nach den Telefonaten packte ich einige Unterlagen ein – ein halbfertiges Plädoyer in einer Strafsache, das ich zu Ende schreiben musste und eine Replik in einer Scheidungsangelegenheit – und redete mir ein, ich würde von zu Hause aus daran arbeiten. Mein Fahrrad stand noch am Brühlberg, aber darum würde ich mich in den nächsten Tagen kümmern. Mittlerweile hatte es aufgehört zu regnen. Das heftige Gewitter hatte Blätter und kleine Zweige von den Bäumen gerissen, die Strassen waren noch feucht. Normalerweise liebe ich die Stimmung nach einem Sommergewitter, den Geruch, wenn kühles Wasser auf trockene Erde oder heissen Asphalt trifft. Nicht so heute. Heute war mir alles egal. Meine Welt war gerade sehr düster.

An der Rychenbergstrasse wimmelte ich Willy ab, der mich am Treppenabsatz abfing und irgendein Anliegen hatte. Ich war nicht sehr freundlich, aber ich wollte mich nicht unterhalten. In meiner Wohnung liess ich buchstäblich alles zu

Boden fallen: Aktentasche, Handtasche, Schuhe. Ich steuerte die Küche an, nahm eine Flasche Weisswein aus dem Kühlschrank und goss mir grosszügig ein. Den ersten Schluck trank ich im Stehen.

Mit dem Glas setzte ich mich auf meine geliebte Fensterbank. Der Himmel hatte aufgeklart, Sonnenstrahlen fanden den Weg durch die Wolken. Jan war tot. Meine Schwester war seit Jahren spurlos verschwunden, vielleicht war sie tot, vielleicht wollte sie nichts mehr mit mir zu tun haben. Wen würde ich noch verlieren?

Drei oder mehr Gläser später fühlte ich mich nicht besser, sondern schlechter, allein und von der Welt verlassen. Ich ging mit unsicheren Schritten in die Küche, goss den Rest des Weissweins in mein Glas. Dann holte ich mein Handy aus der Handtasche im Flur. Ich setzte mich wieder auf die Fensterbank, rief einen Kontakt auf. Die Combox sprang an.

«Béjart, ich bin es», sagte ich. Meine Zunge war schwer. «Wo bist du zum Teufel? Ruf mich an.» Ich legte auf. Auch auf Béjart konnte ich nicht zählen. Brauchte ich ihn, war er nicht da. Ich ging in die Küche, nahm eine Flasche Rotwein aus dem Schrank und öffnete sie.

Stunden später erwachte ich. Ich lag voll bekleidet auf meinem Bett, ich war verschwitzt, und alles klebte an mir. Mein Kopfkissen war an einer Stelle nass und klebrig; offensichtlich hatte ich im Schlaf gesabbert. Mein Mund war trocken, meine Augen fühlten sich an, als hätte jemand Sand hineingestreut. Ich setzte mich vorsichtig auf. Ein dumpfes Klopfen breitete sich in meinem Kopf aus. Um mich herum war es dunkel, lediglich Mond und Sterne, die beschaulich durch das Schlafzimmerfenster leuchteten, gaben ein wenig Licht. Ich tastete nach meinem Wecker, es war kurz nach Mitternacht.

Ich konnte mich nicht erinnern, wann ich mich hingelegt hatte. Sowieso waren einzelne Phasen des Abends verschwommen oder gar nicht mehr vorhanden. Zum Glück hatte ich mich zu Hause betrunken, da konnte ich nicht allzu viel Unsinn anstellen. Ich seufzte und liess mich in die Kissen zurücksinken. Dann raffte ich mich auf, stolperte mehr ins Bad, als dass ich ging. Ich öffnete meine Hausapotheke, kramte zwei Aspirin aus der grün-weissen Verpackung und schluckte sie mit Wasser direkt vom Hahn. Dann entledigte ich mich meiner zerknitterten, stinkenden Kleider, stellte mich unter die Dusche. Da blieb ich lange.

Tropfnass und nur in ein Handtuch gewickelt räumte ich anschliessend in Küche und Wohnzimmer die Zeugen meines Gelages auf: leere Flaschen, ein zerbrochenes Glas, ein Rotweinfleck auf dem hellen Parkett. Ich hätte weinen mögen. Warum nur hatte ich mich nicht besser im Griff? Bei jeder persönlichen Krise fiel ich in das gleiche Muster zurück und ertränkte mein Unglück in Alkohol.

Nachdem wieder einigermassen Ordnung herrschte, machte ich mir einen Kamillentee mit Honig. Mein Körper lechzte zwar nach Kaffee, aber dann müsste ich die Hoffnung, in der Nacht noch ein Auge zuzutun, definitiv begraben. Kamillentee erinnert mich an meine Kindheit. Ich spreche meiner Mutter zwar jegliche mütterlichen Züge ab, aber Kamillentee mit Honig hat sich in mein Gedächtnis gebrannt. Den hatte sie uns zubereitet, wenn wir krank waren. In meinem Kopf glaubte ich ihre Stimme zu hören. «Trink das», sagte sie und strich mir mit der Hand über den Kopf. «Das wird dir gut tun.»

Das Bild verflüchtigte sich ebenso schnell, wie es aufgetaucht war. Ich dachte an meine Mutter vornehmlich als cholerische Alkoholikerin, die meinen Vater, meine

Schwester und mich drangsaliert hatte und die die Schuld daran trug, dass unsere Familie auseinandergebrochen war. Aber sie hatte wohl auch eine andere Seite gehabt, ab und zu auf jeden Fall, bevor alles immer schlimmer geworden war. Vielleicht war sie doch nicht das Monster, als das ich sie gerne sah. Vielleicht hatte Willy Recht, und ich sollte versuchen, ihr gegenüber versöhnlicher zu sein. Ich seufzte laut.

Ich trank einen Schluck Tee. Es klopfte an der Wohnungstür. Ich rührte mich nicht. Als ich schon dachte, mich verhört zu haben, klopfte es erneut.

«Moira», hörte ich jemanden leise rufen.

Ich stand auf, wickelte das Badetuch enger um meinen Körper, ging zur Tür.

«Wer ist da?», fragte ich laut.

«Moira, mach auf. Ich bin es, Béjart.»

Béjart stand vor meiner Tür und begehrte mitternächtlichen Einlass. Zu jedem anderen Zeitpunkt hätte diese Situation bei mir Herzklopfen verursacht, aber heute nicht. Ich schaute in den Spiegel, der neben der Garderobe hing und drehte mich schnell wieder weg. Ich bot einen grausigen Anblick: bleich, nasse Haare, Augenringe.

«Nun mach endlich auf.» Die Stimme war eine Spur ungeduldiger als zuvor.

Zögerlich öffnete ich einen Spalt. Da stand Béjart, trotz der lauen Nacht in seiner obligaten Lederjacke, dahinter konnte ich auf dem Treppenabsatz Willy im gestreiften Pyjama ausmachen.

«Willy, Sie auch hier?» Ich wandte mich Béjart zu, fixierte ihn. «Was ist los, Béjart?»

«Was los ist?» Er verwarf die Hände, sah Willy an. «Sie fragt mich, was los ist?» Dann schaute er wieder zu mir.

«Hast du die Nachrichten, die du mir hinterlassen hast, etwa vergessen?»

Mir wurde heiss und wieder kalt. Ich erinnerte mich vage, einmal auf Béjarts Combox gesprochen zu haben. Von weiteren Nachrichten wusste ich nichts. Ich hatte einen Filmriss. Schamröte stieg mir ins Gesicht. Verfluchter Alkohol. Ich konnte nur hoffen, dass ich Béjart keine eindeutigen Angebote gemacht hatte.

Er bemerkte meine Verwirrung und kostete sie aus. «Du hast nicht gut geklungen am Telefon. So gar nicht wie du selbst.» Er zwinkerte mir zu.

Wieder lief ich vor Verlegenheit rot an. O Gott, wie peinlich. Sicherlich hatte ich gelallt wie ein Weltmeister.

«Deswegen habe ich mir gedacht, ich komme vorbei und sehe nach dem Rechten. Willy war so freundlich, mich einzulassen.»

«Weshalb hast du nicht geläutet?», fragte ich matt.

«Hab ich. Du hast nicht reagiert.»

Wahrscheinlich hatte ich gerade unter der Dusche gestanden.

«Wir haben uns Sorgen gemacht, Moira», sagte Willy mit ernstem Blick.

Ich schlug die Hände vors Gesicht. «Es tut mir leid», sagte ich. Dann riss ich mich zusammen. «Da ihr schon hier seid, kommt doch rein. Es gibt Kamillentee.»

Willy lehnte höflich ab. Auf der Treppe drehte er sich noch einmal zu mir um. «Ich mache mir wirklich Sorgen um Sie, Moira.»

Béjart und ich sassen uns eine Weile schweigend bei einer Tasse Kamillentee gegenüber. Béjart liess den Blick schweifen, registrierte den feuchten Fleck auf dem Parkett und den vollen Aschenbecher auf dem Fenstersims.

Ich war froh, dass ich die offensichtlichen Zeugen meines Besäufnisses beseitigt hatte, aber Béjart liess sich nicht so leicht täuschen.

«Du musst damit aufhören», sagte er. «Du schadest dir.»

«Meinst du wirklich, das wüsste ich nicht?» Tränen traten mir in die Augen. Ich konnte mich nicht an das letzte Mal erinnern, dass ich vor Dritten geweint hatte.

«Ich bin verkorkst, mein ganzes Leben ist verkorkst, und die ganze Zeit kümmere ich mich um meine ebenfalls verkorksten Mandanten und Freunde. Ich kann einfach nicht mehr», sagte ich. Energisch wischte ich mit den Fingern meine Tränen ab.

Béjart lächelte mich halb mitfühlend halb spöttisch an. «Deswegen weinst du also? Weil du ein Leben führst wie alle anderen auch?»

Ich kniff die Augen zusammen. Mir war nicht zum Scherzen zumute.

Er grinste, tätschelte mir die Schultern. «Schon besser, van der Meer, schon besser.»

Ich trank einen Schluck Tee und sah ihn über den Rand der Tasse hinweg an. «Und nun würde ich gerne wissen, was ich dir für Nachrichten hinterlassen habe.»

«Nichts, was du bereuen müsstest.»

«Raus damit.»

«Wo zum Teufel bist du, Béjart. Komm vorbei, Béjart. Ich bin einsam. Ich vermisse dich, Béjart.» Béjart grinste mich an.

Ich biss mir auf die Lippen, und mein Magen krampfte sich zusammen vor Verlegenheit. Wie konnte ich nur? Alkohol ist wirklich ein Teufelszeug. «Und sonst?»

«Nichts sonst.»

Naja, es war auch so genug.

«Na komm» sagte Béjart und zog mich an sich, «ist alles nicht so schlimm.»

Ich lag in seiner Umarmung, roch seinen Duft nach Leder und Zitrone. Ich atmete tief durch. Das erste Mal seit Langem fühlte ich mich entspannt. «Tut mir leid», flüsterte ich an die breite Schulter, «ich weiss, ich bin schwierig.»

«Du bist nicht schwierig», sagte Bèjart. «Du bist einfach nur sehr sehr anstrengend.»

24

Gegen drei Uhr morgens verabschiedete sich Béjart. Bevor er ging, redete er mir noch einmal ins Gewissen. «Arbeite deine Vergangenheit auf», sagte er anstelle eines Abschiedsgrusses.

In letzter Zeit bekam ich das von allen Seiten zu hören. Leicht gesagt. Es war ja nicht so, dass ich das nicht versuchte. Ich ging zu Bett und dachte an meine Eltern, an meinen Vater in seinem Haus in Nigeria und an meine Mutter in ihrer Villa an der Seidenstrasse. Mir war plötzlich eng in der Brust bei dem Gedanken, dass sie nicht mehr ewig da sein würden. Dann würde ich definitiv niemanden mehr verantwortlich machen können für meine eigene Misere. Es wurde Zeit, mein Leben selber in die Hand zu nehmen.

Der nächste Morgen liess sich gut an. Ich hatte Kopfschmerzen, aber die bewegten sich im Bereich des Erträglichen. Nach einem ausgiebigen Frühstück war ich bereit, den Tag mit viel Arbeit zu verbringen. Doch natürlich sollte alles anders kommen. Kaum hatte ich mein Büro betreten, läutete mein Handy. Wieder war es Norah. Ich nahm ab. Am anderen Ende der Leitung herrschte Stille.

«Norah? Hallo?» Noch immer keine Antwort. Ich machte ein Geräusch aus, das wie ein unterdrückter Schluchzer klang. «Norah?», fragte ich erneut.

Das Schluchzen wurde lauter. So ging es eine Weile. Ich ermahnte mich zur Geduld.

«Norah», sagte ich, «so wird das nichts. Du legst das Telefon jetzt beiseite, gehst einen Schluck Wasser trinken und putzt dir die Nase. Dann kommst du wieder ans Telefon.»

Ein Heulkrampf war die Antwort, doch sie schien meine Anweisungen zu befolgen.

Ich konnte hören, wie das Telefon irgendwo niedergelegt wurde. Dann herrschte Stille. Ich stellte mein Telefon auf Lautsprecher und legte es ebenfalls hin. Die paar Minuten konnte ich nutzen. Ich vertiefte mich in ein Schreiben eines Anwaltskollegen; er vertrat in einer Scheidungsangelegenheit die Gegenseite und hatte mir, nach monatelangen erbitterten Kämpfen, nun doch einen Vergleichsvorschlag zukommen lassen.

«Moira», klang es laut und scheppernd aus dem Hörer.

Ich zuckte zusammen; Norah hatte ich vergessen. Schnell nahm ich das Handy zur Hand, nahm den Lautsprecher raus. «Besser, Norah?»

«Ja», sagte sie nur. Dann war es wieder still.

«Norah», sagte ich, «ich habe wirklich viel zu tun. Also sag mir, was du zu sagen hast.» Ich spielte nervös mit einem Kugelschreiber.

«Ich schaffe es nicht. Ich schaffe es einfach nicht.» Norah schluchzte schon wieder.

«Was schaffst du nicht?» Ich war dazu übergegangen, mit dem Schreiber kleine Männchen auf ein Stück Papier zu zeichnen, Männchen mit mürrischen Gesichtern.

«Alles.»

Nun, das war eine umfassende Antwort. Und so detailliert. Ein Männchen bekam eine Zigarette verpasst; ich malte Rauchkringel. «Komm zurück nach Winterthur. Dann sehen wir weiter.» Ich legte den Stift hin und angelte nach meinen Zigaretten. So langsam wurde das Rauchen im Büro zu einer schlechten Angewohnheit.

«Aber das schaffe ich auch nicht», jammerte Norah. «Ich kann nicht Auto fahren, ich zittere, ich muss dauernd heulen.»

«Fahr mit dem öV», schlug ich vor. Ich zündete eine Zigarette an und nahm einen Zug.

«Zu viele Leute. All diese neugierigen Augen. Und doch muss ich zurückkommen, das hast du selbst gesagt.»

So war es.

«Kannst du das nicht verschieben, die Sache mit den Fingerabdrücken? Bitte, Moira, nur noch ein bisschen. Ich kann nicht, ich bin fix und fertig.»

Länger als bis Montag konnte ich die Kummer nicht vertrösten, ohne sie wirklich wütend zu machen. «Das geht nicht», sagte ich.

«Dann komm mich holen.» Ihre Stimme zitterte schon wieder, gleich würde sie erneut zu weinen beginnen.

«Was?»

«Komm mich holen. Es ist wunderschön hier, wirklich», ihre Stimme überschlug sich, um mich zu überzeugen, «und es ist gar nicht weit.»

Ich war zu perplex, um zu antworten. Stattdessen zog ich heftig an meiner Zigarette.

«Bitte Moira. Ohne dich schaffe ich das nicht.»

«Was ist mit Rebecca?»

«Was soll mit ihr sein?»

«Frag sie. Sie ist deine Freundin.»

«Sie arbeitet», sagte Norah. «Ausserdem …»

«Was?»

«Ach nichts.» Einen Moment lang schwiegen wir beide. «Ich würde dich nicht bitten, wenn es eine andere Möglichkeit gäbe, Moira.»

Ich seufzte. «Ich muss auch arbeiten», versuchte ich es erneut.

«Schreib die Zeit auf. Ich zahle alles.»

Das hatte ich damit nicht erreichen wollen. Darum ging es auch gar nicht. «Es geht nicht, Norah.»

«Bitte, Moira. Bitte. Mach es um Jans willen.»

Das war nun wirklich nicht fair, Jan ins Spiel zu bringen. «Kannst du nicht jemand anderen fragen?» Norah musste doch noch andere Freundinnen haben ausser Rebecca.

«Ich habe niemanden, Moria, das habe ich doch schon gesagt. Es ist so. Ich habe niemanden. Keine Familie. Keine Freunde. Bekannte ja, haufenweise.» Sie lachte bitter.

«Ich bin auch nicht deine Freundin, Norah. Ich bin deine Anwältin.» Das musste ich endlich einmal laut aussprechen. Manchmal hatte ich das Gefühl, dass Norah sich dessen nicht bewusst war.

«Ich weiss. Aber ich war Marias Freundin.»

Nun hatte sie einen wunden Punkt getroffen. Ich gab mich geschlagen. «Na gut», sagte ich. «Ich komme.»

«Danke, Moira.» Diesmal begann Norah vor lauter Erleichterung wieder zu heulen. Für meinen Geschmack waren in den letzten vierundzwanzig Stunden mehr als genug Tränen geflossen – bei mir und bei anderen. Das musste ein Ende haben. Mit Nachdruck drückte ich meine Zigarette aus.

Ich legte auf und versuchte, mich wieder auf den Vergleichsvorschlag des Anwalts zu konzentrieren, aber es gelang mir nicht. Meine Gedanken wanderten immer wieder zu

Norah. Ich verfluchte mich selbst, dass ich mich von ihr hatte manipulieren lassen. Immer wieder liess ich mich zu Dingen überreden, die ich eigentlich gar nicht wollte. Vielleicht sollte ich das auch einmal mit James besprechen. Und Norah würde ich auf jeden Fall eine saftige Rechnung zukommen lassen.

25

Ich sass in der S-Bahn nach Wädenswil. Der Waggon, in dem ich Platz genommen hatte, war angenehm klimatisiert und spärlich belegt; ich hatte ein ganzes Abteil für mich allein. Das war gut so, denn ich hatte zu arbeiten. Energisch zog ich das Rollo nach unten, um nicht von der Aussicht auf den Zürichsee abgelenkt zu werden. Dann konzentrierte ich mich auf mein Plädoyer. Die Verhandlung war nächste Woche, und ich war noch weit entfernt von der perfekten Verteidigungsrede, die ich anstrebte. Mein Mandant, ein Schichtarbeiter, war wegen starker Übelkeit frühzeitig von der Arbeit nach Hause gegangen. Da hatte er seine Ehefrau mit einem seiner Arbeitskollegen im Bett erwischt. Der Kollege hatte seine Liebesdienste exakt dem Schichtplan angepasst. Der Hintergangene hatte den Liebhaber verprügelt; dieser wiederum hatte ihn dafür angezeigt. Nun musste sich mein Mandant unter anderem wegen Tätlichkeiten, Körperverletzung und Drohung vor Gericht verantworten. Mir ging es darum, die Mitverantwortung des Hausfreunds aufzuzeigen – unverfrorenes Ausnutzen des Schichtdiensts, Vollzug des Ehebruchs im Ehebett. Ich wollte einen Freispruch oder zumindest eine sehr milde Strafe erreichen.

Nach etwas mehr als einer halben Stunde beendete ich meine Notizen, liess das Rollo hoch, trank den Espresso aus dem Kühlregal, den ich am Kiosk gekauft hatte.

Bevor ich abgereist war, hatte ich Willy einen kurzen Besuch abgestattet. Ich hatte nicht wirklich viel zu sagen gehabt, mich aber noch einmal für das nächtliche Drama entschuldigt. Er hatte die Entschuldigung angenommen. Und dann, schon wieder im Gehen begriffen, hatte ich gesagt: «Ich nehme die Einladung zum Abendessen gerne an. Mit Ihnen und Celina, Sie wissen schon.»

Willy hatte meine Hand genommen und gedrückt. «Ich bin froh, Moira», hatte er gesagt. «Ich bin sehr froh.»

Mein Espresso war ausgetrunken. Im Abteil neben mir sass ein Paar mit einem kleinen Mädchen, das sicherlich noch kein Jahr alt war und sich ausführlich mit einem Zwieback beschäftigte. Es hatte flaumige braune Härchen und grosse dunkle Augen – ein Ebenbild des Vaters, auf dessen Schoss es sass. Ich dachte, ohne es zu wollen, an Corazollas. Ich dachte an die vielleicht verschwundenen Eizellen und hoffte plötzlich, Corazollas irrten sich. Wenn die Eizellen für eine andere Frau verwendet worden waren, würde das grossen Kummer für alle Beteiligten bedeuten. Die anderen Eltern, das Kind, Corazollas selbst – alle müssten mit einer äusserst schwierigen Situation umgehen lernen. Künstliche Befruchtung ist ein Segen für alle, die nur auf diesem Wege Eltern werden können. Doch sie birgt auch ungeahnte Risiken, vor allem in Bezug auf menschliches Fehlverhalten. Und natürlich stellt die künstliche Befruchtung den traditionellen Familienbegriff vollkommen auf den Kopf. Frauen können ohne Mann ein Kind empfangen, Ehepaare können Eizellen von fremden Müttern zu Hilfe nehmen oder das Kind von einer anderen Frau austragen lassen – wenn auch zurzeit nur im Ausland. Alles scheint möglich zu sein.

Ich seufzte und nahm eine umfangreiche Broschüre zum Thema Reproduktionsmedizin zur Hand, die ich im Büro ausgedruckt hatte. Die Frau im Nebenabteil hatte meinen Seufzer gehört und sah mich forschend an. Ich begann, in der Broschüre zu lesen, schliesslich musste ich für das Gespräch in der Wunschkinder-Klinik gut vorbereitet sein.

Kurz vor Wädenswil packte die Familie ihre Sachen zusammen. Im Gehen legte mir die Frau die Hand auf die Schulter und lächelte mich lieb an. «Viel Erfolg», flüsterte sie und deutete mit dem Kinn auf die Broschüre.

Ich stieg ebenfalls aus und nahm für den Rest der Strecke den Bus. Die Zeit bis zur Abfahrt reichte genau für eine Zigarette. Mir war etwas flau, und mein Magen knurrte. Ich hatte seit dem Mittag nichts mehr gegessen, und nun war es kurz vor fünf. Ich war nicht früher weggekommen. Ich hoffte einfach, dass Norah abfahrbereit unter der Haustür stand, ich wollte so bald als möglich wieder in Winterthur sein. Je länger ich über Norahs Ansinnen nachgedacht hatte, desto mehr hatte ich mich darüber gewundert und mir auch Sorgen gemacht. Nora musste es sehr schlecht gehen, wenn sie es nicht schaffte, alleine nach Winterthur zurückzukehren. Nur war ich definitiv nicht die geeignete Person, um sie aus ihrem Kummer herauszuholen. Ich musste ihr professionelle Hilfe organisieren. Das hätte ich schon längst tun sollen. Ich hoffte, es sei nicht zu spät dafür.

26

In Schönenberg stieg ich an der Haltestelle aus, die Norah mir genannt hatte. Von ihr war weit und breit nichts zu sehen, obwohl sie versprochen hatte, mich abzuholen. Ratlos stand ich da. Ich zündete mir eine Zigarette an, inhalierte tief. Dann sah ich mich um.

Eine Frau war ebenfalls aus dem Bus gestiegen und musterte mich neugierig. «Alles in Ordnung?», fragte sie.

Ich machte wohl einen etwas verlorenen Eindruck. Ich nickte halbherzig, verfluchte Norah innerlich und machte aufs Geratewohl einige zögerliche Schritte nach rechts.

«Wissen Sie, wohin Sie müssen?», rief die Frau mir hinterher.

Es hatte keinen Sinn, mir und ihr weiterhin etwas vorzumachen. Ich drehte mich um, kehrte zu ihr zurück. «Ich sollte hier abgeholt werden», sagte ich.

«Wer sollte Sie abholen?»

«Norah Krüger.»

«Norah Krüger? Die Frau von Jan?» Offene Neugier zeigte sich plötzlich auf dem wettergegerbten Gesicht der Frau, und sie betrachtete mich mit neuen Augen.

Ich nickte.

«Eine traurige Geschichte, das.»

Ich nickte erneut.

«Das Haus von Jan ist da drüben.» Sie wies mir die Richtung. «Es ist die ehemalige Mühle.»

In diesem Moment kam Norah um die Ecke gerannt. Ausser Atem blieb sie stehen. Ihre Augen waren gerötet und etwas angeschwollen und verrieten, das sie geweint hatte. Sie hatte dunkle Schatten unter den Augen, und ihre Hand zitterte, als sie sie mir entgegenstreckte. Aber insgesamt sah sie besser aus, als ich nach unserem Telefonat erwartet hatte. Sie trug ein ärmelloses Kleid aus hellem Leinen, und die Haare sahen aus wie frisch gewaschen; sie fielen ihr locker bis weit über die Schultern. Ein Hauch eines exklusiven Parfums umgab sie. Das Leben geht weiter. Nichts ist für die Ewigkeit.

«Dann brauchen Sie meine Hilfe ja nicht mehr», verabschiedete sich die Frau aus dem Bus.

«Es tut mir leid», sagte Norah, noch immer atemlos. «Ich wollte pünktlich sein, aber dann … Ich weiss auch nicht …»

Ich wischte die Entschuldigung mit einer Handbewegung beiseite. Wir nahmen eine schmale Strasse, bogen um eine Ecke.

«Man scheint dich zu kennen», sagte ich.

«Jan hat hier viel Zeit verbracht», antwortete sie. «Wir beide haben hier viel Zeit verbracht. Es war unser zweites Zuhause.»

Wir gingen ein paar Schritte, als Norah plötzlich stehen blieb und meine Hand nahm. «Ich bin froh, dass du hier bist. Ich freue mich», sagte sie.

Sie war sicher froh. Ob sie sich freute, konnte ich nicht mit Sicherheit sagen. Sie versuchte ein Lächeln, doch es fiel verkrampft aus. Norah blieb vor einem grossen zweistöckigen Haus stehen. Es sah nicht aus wie eine Mühle, sondern wie ein Gutshaus. Norah öffnete die hölzerne Eingangstür und liess mich eintreten. Im Innern des Hauses war es erstaunlich hell, und es herrschte eine herrschaftliche, aber wohnliche Atmosphäre. Jan musste ein Vermögen verdient haben.

Norah führte mich durch das Entrée in die geräumige Wohnküche. Zu meinem Befremden machte sie keine Anstalten, ihre Habseligkeiten zu nehmen, damit wir nach Winterthur zurückkehren konnten. Statt dessen holte sie eine bereits offene Flasche Weisswein aus dem Kühlschrank und goss zwei Gläser ein.

«Lass uns nach draussen gehen», sagte Norah und trat vor mir durch die gläserne Terrassentür. Perplex folgte ich ihr. Die Gartenanlage, die sich auftat, war wahrhaft idyllisch. Blumen wucherten scheinbar wild, ein Bächlein floss leise plätschernd durch das hohe Gras, und im Zentrum des Gartens stand eine grosse Linde. Norah setzte sich an den schmiedeeisernen Tisch, auf dem bereits diverse Schälchen mit Knabbereien standen, stellte die Gläser ab.

«Du bist sicher hungrig», sagte sie und hielt mir die Oliven hin. Das Ganze wurde immer sonderbarer.

«Was soll das, Norah?», fragte ich.

«Was meinst du?»

«Das alles.» Ich machte eine Bewegung mit meiner Hand, die Haus, Garten, den gedeckten Tisch miteinbezog. «Was soll das?»

Norah lächelte ein kleines Lächeln, das Lächeln einer erschöpften Witwe. «Ich wollte es dir schön machen. Dir etwas Gutes tun, du weisst schon.»

«Du musst mir nichts Gutes tun.» Ich nahm ungeduldig einen Schluck von meinem Wein, obwohl ich ihn eigentlich gar nicht haben wollte. Ich hatte gestern mehr als genug gehabt. «Du hast mich gebeten, dich zu holen, Norah. Du hast mich geradezu angefleht. Ich habe gedacht, du hast einen Zusammenbruch. Ich habe alles stehen und liegen lassen, um hierherzukommen.»

Norah nickte.

«Aber für mich sieht es so aus, als würdest du es ganz gut schaffen. Weshalb bin ich hier, Norah? Sicher nicht, damit wir uns einen schönen Abend machen. Ich wollte dich abholen und sofort zurück nach Winterthur fahren.»

Norah trank ebenfalls einen Schluck von ihrem Wein, starrte in ihr Glas. «Das sieht nur so aus», sagte sie leise. «Ich schaffe es wirklich nicht. Du weisst nicht, wie das ist, Moira, diese endlos langen, einsamen Tage, die jeden Morgen vor mir liegen, diese Erinnerungen.» Eine Träne lief ihr über die Wangen. «Seit ich weiss, dass du kommst, geht es mir besser. Es spielt doch keine Rolle, ob wir eine Stunde früher oder später in Winterthur sind.»

«Weshalb bist du überhaupt hierhergekommen, wenn es dir hier so schlecht geht?»

«Es geht mir überall schlecht.» Norah sah sich im Garten um. «Ich wollte ihm nahe sein. Jan hat das hier geliebt. Ich dachte, vielleicht ist er hier wieder näher bei mir.»

Während ich vorsichtig abwog, was ich sagen wollte, nahm ich einen Schluck Wein. Er war süss und fruchtig, und er schmeckte teuer. Aber Geld spielte in diesem Haushalt keine grosse Rolle. «Ich habe es dir schon einmal gesagt, Norah: Ich bin deine Anwältin. Nicht deine Freundin. Ich bin heute hier, weil du mich darum gebeten hast und weil ich mir Sorgen gemacht habe. Wir können den Wein austrinken, die Oliven essen. Danach fahren wir zurück, und dann musst du dir jemand anderen suchen. Ich habe die Adresse einer guten Psychologin. Du brauchst professionelle Hilfe.»

Norah öffnete den Mund, als wollte sie etwas sagen, doch es kam kein Ton heraus. Mutlos liess sie ihre Schultern sinken; sie sah plötzlich klein und zerbrechlich aus.

«Und du hast ja auch noch Rebecca.»

Norah sah mich mit ihren dunkelblauen Augen an; es lag Schmerz in ihnen. «Ich bin ein einsamer Mensch, Moira.»

Nun, dann hatten wir ja etwas gemeinsam.

Norah sprach weiter. «Rebecca, ja, sie ist eine Freundin. Aber unsere Freundschaft ist nicht …» Sie schwieg, schien nachzudenken. «Rebecca liebt mich. Eine Freundschaft ist nicht einfach, wenn der andere eigentlich ganz andere Erwartungen hegt.» Norah lächelte traurig.

«Du meinst …» Ich musste das Gehörte erst einordnen.

«Rebecca ist in mich verliebt. Seit Jahren schon. Zu Beginn habe ich es nicht einmal gemerkt, stell dir das vor.» Norah machte eine abrupte Bewegung mit der Hand, und der Weisswein schwappte über ihre Finger. Wie eine Katze streckte Norah ihre rosa Zunge hinaus und leckte sie ab. «Jan war es, er hat mich darauf gebracht. Er hat sich ein bisschen über Rebecca lustig gemacht, sie imitiert, wie sie mich anhimmelt.» Beim Gedanken daran lächelte Norah. «Schliesslich habe ich Rebecca darauf angesprochen. Sie hat es sofort zugegeben. Das heisst», Norah machte eine wegwerfende Handbewegung, «sie hat es ja nie wirklich verheimlicht. Ich habe ihr gesagt, dass ihre Gefühle von mir nicht erwidert würden. Sie hat das akzeptiert. Wir sind Freundinnen geblieben, gute Freundinnen.» Norah trank einen Schluck. «Jetzt nach Jans Tod hatte ich das Gefühl, Rebecca mache sich Hoffnungen. Vielleicht habe ich mir das eingebildet, wer weiss? Aber ich wollte einfach eine Weile weg. Weg von ihr, weg von allem. Wie gesagt, ich dachte, hier», sie deutete auf den Garten, «hier könnte ich mich Jan nahe fühlen. Aber das war ein Irrtum. Ich bin auch hier einsam. Noch einsamer. Die Einsamkeit verfolgt mich.»

Sie verfolgt dich nicht, sie ist in dir drin, dachte ich. Und ich dachte über Rebecca nach. Wer hätte das gedacht? Mir gegenüber hatte sie sich wohlweislich bedeckt gehalten, was ihre Gefühle für Norah anbelangte. Unerwiderte Liebe, Eifersucht auf den Ehemann des Zielobjekts – was gibt es für ein schöneres Mordmotiv?

27

Ich liess mich von Norah überreden, in Schönenberg zu Abend zu essen. Sie schien extra eingekauft zu haben. Mir stiess das zwar etwas sauer auf, aber ich war gleichzeitig ganz schön hungrig. Und wie Norah gesagt hatte: Auf eine Stunde mehr oder weniger kam es jetzt auch nicht mehr an. Während Norah Gemüse klein schnitt und mit Kellen und

Pfannen hantierte, erzählte sie mir von ihren Bemühungen, die Beerdigung für Jan zu planen, damit alles schnell gehe, wenn sein Körper frei gegeben sei.

«Und die ganzen anderen Sachen», sagte sie.

«Andere Sachen?»

«Ach, du weisst schon. Versicherungen benachrichtigen, Todesanzeigen gestalten und so. Ich habe eine Broschüre erhalten mit den Dingen, die ich erledigen sollte.» Sie redete weiter, verlor sich in Aufzählungen, was alles zu tun und vorzukehren sei. Sie wirkte plötzlich abwesend und ein bisschen neben der Spur. Ich wusste nicht, ob sie mit mir redete oder mit sich selbst.

«Ich benehme mich lächerlich», sagte sie und hantierte mit einer Pfeffermühle, wandte mehr Kraft an als notwendig. «So, als wäre noch niemals jemand gestorben. So, als wäre ich die Erste, der das passiert. Dabei kommt das doch auf jeden von uns zu.»

«Das macht es nicht unbedingt einfacher», sagte ich vorsichtig. Obwohl ich eigentlich keinerlei Erfahrung mit dem Tod hatte. In meiner Familie starben die Menschen nicht, sie verschwanden einfach. Norah schien mir sowieso nicht zuzuhören.

«Erst meine Eltern und nun Jan. Ich sollte langsam versiert sein.» Sie lachte bitter.

Ich reichte ihr die Teller. Ausnahmsweise war ich um Worte verlegen.

Wir sassen wieder im Garten und assen und tranken eine Weile, ohne uns zu unterhalten.

«Habt ihr euch nahe gestanden?», nahm ich den Faden von vorhin wieder auf.

Norah hielt beim Kauen inne, warf mir einen überraschten Blick zu.

«Deine Eltern und du», ergänzte ich schnell. «Wart ihr euch nahe?»

Norah schluckte, senkte die Gabel. «O Gott, nein. Meine Eltern und ich, wir stammen nicht nur von verschiedenen Planeten, sondern aus vollkommen anderen Galaxien.» Sie machte ein Geräusch, halb Schnauben, halb Lachen. «Das war schon immer so. Wusstest du das nicht? Hat Maria nichts erzählt?»

Ich konnte mich nicht erinnern. Wir waren damals Teenager. Und bei Teenagern ist es doch so, dass sich die ganze Welt um sie selber dreht. Alles andere wird ausgeblendet.

«Das war ein Grund, weswegen deine Schwester und ich uns so gut verstanden haben. Unserer furchtbaren Eltern wegen.» Letzteres sagte sie mit einem ironischen Unterton, der nicht verbergen konnte, dass sie meinte, was sie sagte. «Entschuldige.» Norah warf mir einen Blick zu und hob, um Verzeihung bittend, die Schultern. «Ich hoffe, du nimmst das nicht persönlich.»

Ich winkte ab und trank einen Schluck Wein. Meine Eltern waren tatsächlich furchtbar gewesen. Doch es war eine Sache, wenn ich das sagte, und eine vollkommen andere, das von Norah zu hören. Es tat weh. Irgendwie. Ich ass einen letzten Bissen, mein Teller war leer. Norah schien an ihrer Mahlzeit lediglich gepickt zu haben. Kein Wunder, war sie so schlank. Ich sah mich im Garten um.

«Was ist das?» Ich deutete auf eine Statue, die halb verborgen unter der Linde stand und der ich bislang keine Beachtung geschenkt hatte.

«Ach das. Das ist Eos. Die Göttin der Morgenröte. Gefällt sie dir?» Norah fasste ihre Haare im Nacken zusammen. Sie schien keine Antwort zu erwarten. «Die hat Jan mir geschenkt und hier aufstellen lassen. Sie hat ein Vermögen gekostet. Jan hat gesagt, sie erinnere ihn an mich.»

Ich betrachtete die Statue, dann schaute ich zu Norah. Sie beobachtete mich unter gesenkten Lidern. Plötzlich ging mir ein Licht auf. Plötzlich wusste ich, weshalb Norah wollte, dass ich hierherkam und dieses wunderschöne Haus sah, das Jan für sich und Norah hergerichtet hatte, den Garten mit der Statue. Norah wollte mir zeigen, wie sehr Jan sie geliebt hatte. Sie wollte mir zeigen, dass er sie mehr geliebt hatte als mich damals. Vielleicht musste sie sich dessen selbst versichern. Ich verspürte Mitleid mit ihr. «Er muss dich sehr geliebt haben», sagte ich.

Norah führte ihre Tasse zum Mund. «Ja», sagte sie. «Er hat mich sehr geliebt. Und ich ihn.» Dann stellte sie abrupt die Teller zusammen und stand auf.

«Kaffee, bevor wir fahren?»

Ich nickte und sah ihr nach, als sie das Geschirr in die Küche trug. Norahs Stimmung hatte geändert. Ich versuchte wirklich, Geduld mit ihr zu haben, aber sie machte es mir nicht einfach. Während ich wartete, dachte ich über Norah nach. Ich dachte daran, was ich schon alles über sie erfahren hatte, was Rebecca mir erzählt hatte.

«Hattest du auch eine Affäre?», fragte ich Norah, als sie den Kaffee vor mich stellte.

«Was?» Norah liess die Arme hängen, starrte mich an.

«Hattest du eine Affäre?»

«Du fragst mich das? Jetzt, nachdem …» Norah machte eine Geste mit dem Arm, die ich nicht deuten konnte. Meinte sie, nachdem ich ihr Haus hier gesehen hatte? Oder nach der Bewirtung? Egal. Das war nicht wirklich von Bedeutung. «Ich habe etwas in der Richtung vernommen. Ich will die Beziehung zwischen dir und Jan verstehen, das ist alles.»

«Weshalb? Was willst du verstehen? Willst du einen Vergleich anstellen zwischen dir und mir?» Norah war nun geradezu feindselig.

«Nein, sicher nicht, Norah.»

Sie hörte mir gar nicht zu, starrte vor sich hin. Je länger je mehr war ich überzeugt, dass sie unbedingt diese Psychologin aufsuchen sollte. Ich holte meine Zigaretten aus der Tasche, hielt die Packung Norah hin. Sie schüttelte den Kopf, also zündete ich nur mir eine an.

«Entschuldige, Moira.» Norah sah mich an. Tränen schimmerten in ihren blauen Augen. «Es tut mir leid, wirklich. Ich wollte dich nicht anfahren.»

Ich nickte.

«Das war sicher dieser Idiot Paul», sagte Norah, mehr zu sich selbst als zu mir. Dann schaute sie mich an. «Paul ist ein schrecklicher Mensch. Kennst du ihn?»

Ich nickte.

«Ein schrecklicher Mensch», wiederholte sie.

Das war interessant. «Erzähl mir etwas über Paul», sagte ich.

28

Eine halbe Stunde später waren wir endlich auf dem Heimweg. Norah wollte nicht fahren, also sass ich am Steuer ihres sportlichen roten Peugeots. Es hatte wenig Verkehr, und so konnte ich meinen Gedanken nachhängen. Ich versuchte, die Informationen, die ich über Paul erhalten hatte, zu sortieren. Paul war Jans langjähriger Geschäftspartner, das hatte ich bereits gewusst. Allerdings waren sie nicht gleichberechtigte Partner; Jan hatte den Mehrheitsanteil gehalten. Paul hatte ebenfalls Kunstgeschichte studiert, war aber nach dem Studium als Quereinsteiger in die Wirtschaft gegangen. Er war der geborene Verkäufer, zog immer wieder neue Kunden an Land, hatte viele Kontakte. Das Zusammenspiel der beiden hatte Jan den Erfolg gebracht. Davon war zumindest Paul überzeugt, laut Norah. Paul akquirierte, Jan suchte die passenden Kunstobjekte. Anscheinend hatte Jan sich seit einiger Zeit mit dem Gedanken getragen, diese Partnerschaft zu beenden.

«Und jetzt?», hatte ich gefragt.

Norah hatte mich fragend an gesehen.

«Was ist jetzt, nach Jans Tod?»

Norah hatte die Stirn gerunzelt. «Oh mein Gott, ich weiss nicht. Daran habe ich noch gar nicht gedacht.»

Ich konnte ihr deswegen keinen Vorwurf machen. Im Moment gab es Dringlicheres zu tun. Ich fragte mich, weshalb Norah Paul nicht ausstehen konnte. Und umgekehrt. Das hatte nichts mit Jans Geschäft zu tun. Das war etwas Persönliches.

«Ich möchte immer noch gerne etwas über die Affären wissen», brach ich das Schweigen.

Auch wenn die Staatsanwältin überzeugt war von ihrer Raubmordthese, so gab es meiner Meinung nach einige Unklarheiten. Ich hatte das Gefühl, erst dann mit Jans Tod abschliessen zu können, wenn ich diesen auf den Grund gegangen war. Vielleicht war das anmassend, ich war schliesslich nicht die Witwe. Ich konnte trotzdem nicht anders.

Ich schielte zu Norah. Sie hatte das Gesicht abgewandt, sah auf ihrer Seite zum Fenster hinaus. Ich hatte mit einem Wutanfall gerechnet, aber Norah sah eher erschöpft aus denn aufgebracht.

«Jan hatte seine Geschichten», sagte sie, «ich hatte meine. Das hatte nichts mit uns beiden zu tun, mit unserer Ehe. Wir hatten uns trotzdem geliebt.»

Tja, das sagen alle. Die Betrogenen und die Betrüger reden sich das ein. «Jan hatte also mehrere Affären.»

Norah nickte.

«Weshalb hast du das der Staatsanwältin nicht gesagt?»

«Es ist nicht wichtig. Sie waren nie wichtig.»

«Aber diese letzte Frau», sagte ich, «die hat dir Angst gemacht.»

«Ich hatte Angst, Jan zu verlieren», flüsterte sie. Das hatte sie vor ein paar Tagen bereits gesagt, in Willys Wohnzimmer.

«Du hast keine Ahnung, wer die Frau war», fragte ich. Vielleicht hatte eine Spur Misstrauen in meinen Worten gelegen, denn Norah schüttelte heftig den Kopf.

«Könnte Paul etwas wissen?»

«Paul? Wieso Paul?» Norah klang plötzlich angriffslustig. Diesen Paul konnte sie wirklich nicht ausstehen.

«Weil er Jans Partner war?»

«Paul weiss nichts.»

«Wer dann?»

Norah seufzte genervt ob meiner Hartnäckigkeit. «Keine Ahnung. Und ich begreife nicht, weshalb das relevant sein soll.»

«Wenn Jan bei seinem Tod noch immer eine Geliebte hatte – wo ist sie jetzt? Weshalb hat sie sich nicht gemeldet? Sie wird sicher von seiner Ermordung erfahren haben.»

«Vielleicht ist sie verheiratet. Oder verreist.» Ich spürte mehr, als ich sah, dass Norah mit den Schultern zuckte. «Glaubst du, sie hat etwas mit Jans Tod zu tun?»

«Nicht wirklich, nein. Aber vielleicht weiss sie etwas, das wir nicht wissen.»

Wir schwiegen. Norah beugte sich vor und stellte das Radio an. Nichtssagende Popmusik füllte den Raum zwischen uns.

«Und du?», fragte ich.

«Ich?»

«Mit wem hattest du deine Geschichten?»

Norah sass nun mit dem Gesicht zu mir.

Ich wandte kurz den Kopf, um sie anzuschauen.

Sie spielte mit ihren Haaren. Vielleicht überlegte sie, ob sie mir die die Wahrheit erzählen oder eine Lüge auftischen sollte. Sie setzte zu einer Antwort an, doch in dem Moment läutete ihr Handy in ihrer Tasche. Mit unverhohlener Erleichterung griff sie danach. Nach einem Blick auf das Display wurde Norah aber noch einen Deut blasser als zuvor.

«Jans Eltern», flüsterte sie. «Was soll ich machen?»

Ich sagte nichts. Das Telefon läutete und läutete. Dann hörte es auf; wahrscheinlich war die Combox angesprungen. Ich nestelte mit einer Hand meine Zigaretten hervor, steuerte mit der anderen. «Darf ich?» Ich hielt das Päckchen in Norahs Richtung.

Sie erwiderte nichts, was ich als Zustimmung auffasste. Ich öffnete das Fenster einen Spalt. Nach ein paar Zügen widmete ich mich wieder Norah.

«Seid ihr gut ausgekommen?»

Norah musterte mich von der Seite argwöhnisch aus zusammengekniffenen Augen: «Wen meinst du?»

«Jans Eltern und du.»

Norah lachte bitter. «Nein, nicht wirklich.»

Ich wartete und rauchte.

Nach einem Moment redete Norah weiter. «Jans Eltern haben sehr viel Geld. Ich meine, Jan hat in den letzten Jahren selbst gut verdient, sehr gut sogar. Aber die Familie, die hatte vorher schon Geld.»

Ich nickte. Ich hatte Jans Eltern nie kennengelernt, und Jan hatte mir nicht viel über sie erzählt. Aber ich wusste, dass er aus reichem Haus kam. Ich hatte es gespürt, damals, als wir zusammen waren. Er hatte immer gekauft, was er wollte, ohne auf den Preis zu achten. Er hatte nie wegen des Geldes gejammert, und seine Schuhe waren massgefertigt gewesen. Unüblich für einen Studenten.

«Jans Eltern haben mich nie gemocht. Sie haben immer gedacht, ich sei hinter seinem Geld her. Vor unserer Hochzeit haben die Eltern auf Jan eingeredet, er solle einen Ehevertrag abschliessen. Jan hat davon nichts gehalten. Er hat es seinen Eltern übel genommen, dass sie mich nicht ins Herz schlossen. Die Eltern haben es mir übel genommen, dass Jan sich ihnen entfremdet hat. Und dann waren da noch die sehnlichst erwarteten Enkelkinder, die einfach nie kamen.» Sie seufzte laut. «Wir hatten wenig Kontakt. Es war nicht einfach für Jan.» Norah verknotete die Hände, entknotete sie wieder. «Familienkram. Du kennst das sicher. Und jetzt wollen sie wahrscheinlich über die Beerdigung sprechen. Oder das Erbe.» Sie lachte bitter.

Ich öffnete das Fenster noch etwas mehr und warf den Zigarettenstummel auf die Strasse. «Konntet ihr keine … Ich meine, war die Kinderlosigkeit gewollt?»

«Jan war zeugungsunfähig.»

«Und ihr habt nie eine Behandlung in Betracht gezogen?» Ich dachte an Corazollas.

«Jan wollte nicht. Das kam für ihn nicht in Frage.»

Ich schaute Norah von der Seite an. Ihr Gesicht, umrahmt von langem blondem Haar, lag im Halbdunkeln. Trotzdem konnte ich erkennen, dass ihr Mund angespannt war. Tiefe Linien zogen sich rechts und links ihrer vollen Lippen entlang. Linien, die ich vor einigen Stunden noch nicht gesehen hatte.

Ich brachte Norah zu einem Hotel in der Nähe meines Büros, stellte das Auto auf dem Parkplatz davor ab. Bevor wir uns verabschiedeten, sah ich Norah noch einmal direkt an. «War es Paul? Hast du mit ihm …?»

Nach einem Moment des Zögerns antwortete Norah mir.

«Nein», sagte sie, «nicht Paul. Ehrlich nicht.»

Tja, man verneint eine Frage nicht ohne Grund gleich doppelt. Norah hatte eine Affäre mit Paul gehabt. Und sie wollte offensichtlich nicht, dass diese Affäre bekannt wurde. Nachdenklich sah ich Norah an.

Sie lächelte mich an und griff nach meinem Arm. «Danke, Moira», sagte sie.

«Wofür?»

«Dass du mich abgeholt hast. Ich hätte das alleine nie geschafft.»

Ich nickte nur. Ich war mir da nicht so sicher. Dann ging ich zu Fuss nach Hause.

29

Das Wochenende verbrachte ich grösstenteils im Büro und arbeitete. Ich der nächsten Zeit stand einiges an, ausserdem musste ich mich wieder einmal um meine Honorarnoten und meine Buchhaltung kümmern. Das ist der Preis der Selbstständigkeit.

Am Sonntag ging ich am frühen Nachmittag nach Hause, um den Rest des Wochenendes zu geniessen. Ich stellte mich kurz unter die Dusche und zog frische Kleider an. Ich hatte einen freien Abend vor mir – und wusste nicht, was ich damit anfangen sollte. Trotz oder vielleicht auch wegen der vielen Stunden, die ich in den letzten zwei Tagen im Büro verbracht hatte, war ich unruhig. Ich brauchte Bewegung, aber für sportliche Aktivitäten war es mir zu heiss. Ich überlegte eine Weile, dann ging ich nach unten und lieh mir Willys Hund für einen längeren Spaziergang.

Charlie, der samtäugige Golden Retriever, sprang begeistert an mir hoch, so sehr gefiel ihm unser Vorhaben. Willy war ein bisschen zurückhaltender; er benahm sich wie eine Mutter, die ihr Kind einer unerfahrenen Babysitterin überlässt, dabei bin ich schon öfters mit Charlie unterwegs gewesen.

«Charlie soll im Schatten bleiben», rief er mir hinterher. «An der Sonne ist es zu heiss für ihn.» Es war ähnlich heiss wie vor ein paar Tagen vor dem abkühlenden Gewitter.

«Hundstage», sagte ich vorwurfsvoll zu Charlie. Er sah mich treuherzig an und bellte verständnisvoll. Wir schwenkten links in die Tössertobelstrasse ein und etwas später wieder nach rechts auf den Goldenbergweg, bis wir oben im Wald ankamen. Trotz des schönen Sommerabends hielt sich die Zahl der Spaziergänger in Grenzen, also liess ich Charlie von der Leine, und er trabte munter neben mir her. Ich begann, ihm Stöckchen zu werfen, was ihn hellauf begeisterte und in grosse Aufregung versetzte. Ich warf, er rannte schwanzwedelnd davon, suchte, bellte, schnappte nach dem Stöckchen, drehte sich im Kreis, trabte zu mir zurück und legte es mir zu Füssen. Das wiederholten wir einige Male. Und plötzlich war Charlie verschwunden. Ich rief ihm. Ich ging in die Richtung, in der er verschwunden war, wich ab vom Waldweg und schlug mich durch Gestrüpp und Unterholz – vergeblich. Ich war schweissgebadet, mein Mund war trocken, und mir war schwindlig. Ich wischte den Schweiss von meiner Stirn, stapfte weiter durch das Unterholz, weiter in den Wald hinein. Ich hörte meinen eigenen keuchenden Atem.

«Charlie. Charlie, fuss.» Ich lehnte mich an einen Baumstamm. Ohne Charlie konnte ich nicht zurückgehen. Willy würde mir das nie verzeihen. In einiger Entfernung hörte ich ein Rascheln. Erwartungsvoll hob ich den Kopf. Das Rascheln schien näher zu kommen.

«Charlie!» Ich nahm meine ganzen Kräfte zusammen und rannte los. «Charlie!» Ich kämpfte mich durch das Unterholz, erklomm eine Anhöhe. Und da sah ich ihn, Charlie, lebendig und guter Dinge. Munter trabte er mir entgegen, als wäre nichts gewesen.

«Charlie, was hast du…» Ich brach ab. Charlie trug etwas im Maul. Er kam zu mir, legte einen weissen Turnschuh vor mir nieder. Ich schnappte erschrocken nach Luft. Mein Herz schlug schnell, viel zu schnell. Ich begann zu schreien. «Maria», schrie ich. «Maria.» Danach war alles schwarz.

30

«Ich weiss nicht, was mit mir los ist.» Ich sass wieder einmal James gegenüber. Normalerweise fand ich es ganz angenehm, in einem seiner Sessel zu sitzen und mich mit ihm zu unterhalten. Heute nicht. Heute war mir beklommen zumute. Nachdem ich Norah heute Morgen im Hotel abgeholt und zur Polizei gebracht hatte, damit man ihr die Fingerabdrücke abnehmen konnte, hatte ich mich direkt in James' Praxis begeben.

James musterte mich, warf einen Blick auf meine Hände, die verkrampft die Armlehnen umfassten.

«Jetzt sag bloss nicht, dass ich mich entspannen soll.»

«Das habe ich nicht vor.»

«Dann ist ja gut.» Wir sassen einen Moment so da.

«Und jetzt?», fragte ich schliesslich.

«Jetzt erzählst du mir, was gestern passiert ist.»

Ich zögerte, wusste nicht, wo anfangen. Langsam und geduldig entlockte James mir alle Informationen: Ich war mit Charlie unterwegs gewesen. Charlie war weggerannt, ich hatte ihn gesucht. Charlie war wieder aufgetaucht und hatte einen weissen, knöchelhohen Turnschuh vor mich hingelegt. Ich war in Ohnmacht gefallen. Und zuvor hatte ich wohl Zeter und Mordio geschrien, so wurde es mir auf jeden Fall berichtet.

«Was hat der Schuh in dir ausgelöst?» James musterte mich über seine Brille hinweg.

Ich legte den Kopf in meine aufgestützte Hand. «Ich habe wohl gedacht, es sei Marias Schuh», sagte ich leise.

«Weshalb hast du das gedacht?»

«An dem Tag, als sie verschwand, da trug sie weisse Turnschuhe. Knöchelhohe weisse Turnschuhe. Die waren damals total angesagt.»

«Du hast gedacht, Charlie habe Maria gefunden.»

Hatte ich das gedacht? Ich erinnerte mich, dass ich den Turnschuh gesehen hatte, dass mein Herz sich angefühlt hatte, als würde es stehenbleiben, dass alles Blut aus meinem Kopf gewichen war. «Ja. Wahrscheinlich habe ich das.»

«Ist das ein realistischer Gedanke?»

Ich sah James verwirrt an: «Realistisch?»

Ungeduldig klopfte er mit den Fingern auf die Lehne seines Stuhls. «Ist es realistisch, dass ein Turnschuh nach vierundzwanzig Jahren aussieht wie neu? Nachdem er die ganze Zeit irgendwo halb vergraben im Wald gelegen hat?» Er gab die Antwort gleich selber. «Nein. Das ist nicht realistisch. Es ist vielmehr realistisch, dass es sich um einen ähnlichen Turnschuh und um einen grossen Zufall handelt, dass Charlie genau diesen Turnschuh findet und dir bringt.»

«Es gibt keine Zufälle. Es gibt nur Zeichen, die wir nicht deuten können.» Ich hörte die Stimme meines Vaters in meinem Kopf. Ich nahm mir vor, ihn heute noch anzurufen.

«Du hattest eine Panikattacke», fuhr James fort.

«Panikattacke?», wiederholte ich.

«Du hast Angst. Jahrelang hattest du deine Gefühle – deine Verwundbarkeit und deine Angst – ziemlich gut im Griff, oder hast sie zumindest mit Alkohol und anderem in Schach gehalten. Aber nun haben diese Gefühle plötzlich dich im Griff.»

Ich war sprachlos. «Das ist ja mal eine These», sagte ich betont trocken.

James ignorierte meinen Sarkasmus. Er wusste, dass er Recht hatte. Ich wusste es auch, wenn ich ehrlich war.

«Du solltest der Sache auf den Grund gehen. Sonst passiert es wieder.»

Deswegen sass ich hier. Nachdem ich gestern im Wald zusammengeklappt war, hatte ein Jogger, der durch mein Geschrei und Charlies Gekläffe auf uns aufmerksam geworden war, mich nach Hause gebracht.

Willy hatte natürlich ein grosses Tamtam veranstaltet, mich umsorgt und für den Rest des Abends nicht mehr aus den Augen gelassen. Endlich allein in meiner Wohnung hatte ich zwei Telefonate geführt, eines mit James und eines mit Béjart. Wie James sagte: Ich musste der Sache auf den Grund gehen. Entweder musste ich einen Weg finden, mit Maria abzuschliessen, ihr Verschwinden zu akzeptieren. Oder ich musste sie finden. Effizienz ist meine Stärke, also hatte ich beschlossen, doppelspurig zu fahren: James sollte mir beim Vergessen helfen, Béjart beim Finden.

«Und dein Fall?»

Ich sah James verwirrt an; ich war in Gedanken woanders gewesen.

«Dein toter Freund. Wie läuft der Fall?»

Ich dachte nach. Ich dachte an Jan und an Norah, an die offene Tür, das Diebesgut, an Rebecca, an Paul, an die Geliebte von Jan. Ich dachte an die Schüsse, mit denen Jan niedergestreckt worden war.

«Vielleicht war es tatsächlich Raubmord», sagte ich. «Aber ich glaube, es geht eigentlich um Liebe. Und um Verlust.»

«Liebe und Verlust», wiederholte James. «Wie bei dir. Unsere Themen für das nächste Mal.»

31

Von der Wartstrasse aus, wo James seine Praxis hat, ging ich zu Fuss zum «Tibits» am oberen Ende der Altstadt. Es war erneut ein herrlicher Spätsommermorgen, warm, aber noch nicht zu warm. Ich versuchte, alle unguten Gedanken für zehn Minuten beiseite zu schieben und den Spaziergang durch die Stadt zu geniessen. Das erwies sich als nicht einfach. Für eine autofreie Zone herrschte in der Marktgasse erstaunlich viel Verkehr – Montagmorgen in der Altstadt.

Im «Tibits» war es angenehm leer, die Kundschaft sass draussen und genoss die Sonne. Ich ging zum Tresen und bestellte einen doppelten Espresso. Ich hatte in der Nacht nicht gut geschlafen, schon wieder nicht. Den Kaffee und ein Glas Wasser auf einem Tablett balancierend, nahm ich die Treppe ins Untergeschoss. Die einzigen Gäste hier waren eine hübsche Enddreissigerin, ein Mädchen von etwa vier Jahren und ein Baby. Die Enddreissigerin musste Aimée Messmer sein, Kriminalbeamtin im Mutterschaftsurlaub, spezialisiert auf verschwundene Personen. Sie hatte am Telefon diesen Treffpunkt vorgeschlagen.

«Es wird kein Mensch da sein ausser uns», hatte sie richtig vorausgesagt. «Wir können ungestört reden, und Lily kann spielen.» Lily war wohl das kleine Mädchen, das konzentriert malte und nicht aufsah, als ich auf den Tisch zuging. Aimée hingegen blickte auf und sah mich forschend an. Sie stand auf – etwas ungeschickt wegen dem Baby – lächelte und streckte mir die Hand entgegen.

«Sie sind also Moira van der Meer», sagte sie. «Genauso habe ich Sie mir vorgestellt.»

Ich war verdutzt. Meist hörte ich das Gegenteil. Ich nahm ihre Hand und drückte sie. «Aimée Messmer, nehme ich an. Wir haben telefoniert.»

Sie nickte, setzte sich wieder und strich eine widerspenstige dunkle Locke aus dem Gesicht. Sie entsprach ganz und gar nicht der gängigen Vorstellung einer Polizeibeamtin.

«Ich hoffe, ich bereite Ihnen keine Umstände», sagte ich.

Aimée schüttelte den Kopf. «Dann hätte ich nicht angerufen. Mutterschaftsurlaub ist schön und gut, aber ich bin ganz froh, endlich wieder einmal über etwas anderes zu reden als über Windeln und wunde Brustwarzen.»

Sie grinste, und ich musste ob ihrer Unverblümtheit ebenfalls grinsen. Sie gefiel mir, diese Aimée Messmer.

«Als Guido mich gebeten hat, ein wenig Zeit für dich aufzubringen, habe ich sofort zugesagt.» Sie stutzte. «Entschuldige. Ich hoffe, es ist in Ordnung, wenn wir uns duzen.»

Ich nickte. «Béjart und du, ihr kennt euch von der Arbeit, richtig?»

«Auch», sagte Aimée mit zweideutigem Unterton.

In dem Moment hob das kleine Mädchen, das bislang in seine Zeichnung vertieft gewesen war, den Kopf. «Sieh mal, Mama.»

«Sehr schön», bewunderte Aimée die pinkfarbenen Einhörner, die ihre Tochter gemalt hatte. Es waren glückliche Einhörner, das konnte sogar ich sehen. Alle lächelten breit. «Das hast du gut gemacht, Lily.»

Lily. Béjart und Lily. Nun fiel der Groschen endlich. Béjart hatte Lily schon oft erwähnt.

«Lily ist … Du bist …» Ich brach ab.

Lily hob den Kopf und sah mich aufmerksam an.

Aimée lachte. «Lily ist Guidos Tochter. Aber wir sind nicht zusammen. Es ist eines Tages – oder besser eines Abends – einfach passiert.» Sie beugte sich vor und sah mir in die Augen. «Also kein Grund, sich Sorgen zu machen.»

«Oh nein, Guido und ich, wir sind nicht … Ich mache mir keine Sorgen», stammelte ich verlegen.

«Guido ist mein Papa.» Lily sah mich ernst an.

Ich nickte und betrachtete sie. Nun, da ich es wusste, erkannte ich Béjarts Züge in ihr. Ich riss mich von Lilys Anblick los, widmete meine Aufmerksamkeit Aimée. «Béjart hat gesagt, du bist die richtige Ansprechperson, wenn es um vermisste Personen geht.»

«Und mir hat er gesagt, ich solle mir gefälligst Mühe geben.»

Wir grinsten uns erneut an.

«Ich versuche, meine Schwester zu finden. Sie ist vor vierundzwanzig Jahren verschwunden.»

«Erzähl mir mehr.»

Also setzte ich mich Aimée und Lily und dem Baby gegenüber und erzählte alles, was ich über Marias Verschwinden wusste. Es war nicht viel. Nachdem ich geendet hatte, gab das Baby einen Laut von sich, als hätten meine Ausführungen es aufgeschreckt.

«Das ist übrigens Leo», sagte Aimée. Ich nickte dem Baby zu. Die Frage nach dem Vater verkniff ich mir. Solange es nicht Guido war, ging es mich nichts an.

Aimée schien nachzudenken. «Die Polizei hat damals also intensiv nach Maria gesucht», sagte sie.

Ich nickte, obwohl es sich nicht wie eine Frage angehört hatte.

«Sie wird mit Sicherheit noch immer in den einschlägigen Datenbanken erfasst sein.»

Mir war nicht klar, worauf Aimée hinauswollte.

Sie sah aus, als habe sie mir gleich etwas Unangenehmes zu sagen. «Weisst du, Moira, die Leute glauben immer, heutzutage sei es nahezu unmöglich einfach zu verschwinden, mit den ganzen sozialen Netzwerken, der Digitalisierung, den Kameras an allen Enden und Ecken.»

Ich wollte etwas einwenden, doch Aimée gebot mir mit einer Handbewegung Einhalt. «Deine Schwester ist vor vierundzwanzig Jahren verschwunden, da war die ganze Technik weniger weit. Aber das Grundproblem ist dasselbe: Verschwinden ist nicht gleich Verschwinden. Menschen verschwinden aus den unterschiedlichsten Gründen. Einige laufen weg von einem schrecklichen Zuhause, andere flüchten vor der Strafverfolgung. Die einen verlieben sich und brennen mit jemandem durch, andere schliessen sich einer Terrororganisation im Nahen Osten an. Und dann gibt es das andere Verschwinden, das ungewollte: entführte Kinder, verwirrte Demente, Menschen mit Wahnvorstellungen. Je enger man den Grund für ein Verschwinden eingrenzen kann, desto höher die Wahrscheinlichkeit, die vermisste Person zu finden.» Aimée legte sich das Baby auf den anderen Arm und strich ihm sanft über das Köpfchen. Es gurgelte begeistert. Aimée sah Leo an, sprach aber zu mir. «Wenn die Polizei damals nichts herausgefunden hat, dann bleibt eigentlich nur eines: Geh der Sache auf den Grund, wo sie angefangen hat. Forsche im innersten Zirkel nach: in deiner Familie.»

«Meine Familie weiss nichts.»

«Die Familie weiss meist mehr, als sie sagt.»

Ich erwiderte nichts, widmete mich meinem Espresso, den ich vollkommen vergessen hatte. Er schmeckte abgestanden. «Du sagst mir also, dass mir eigentlich niemand helfen kann ausser ich mir selbst.»

Aimée hob die Schultern. «In erster Linie will ich damit sagen, dass man sich in die verschwundene Person hineinfühlen muss: Denk wie sie, fühl wie sie, handle wie sie.»

Das war leichter gesagt als getan; seit dem Verschwinden von Maria war zu viel Zeit vergangen.

«Ausserdem», fuhr Aimée fort, «ausserdem ist es tatsächlich nicht so leicht – und war es auch vor vierundzwanzig Jahren nicht – von der Bildfläche zu verschwinden. Leute, die es schaffen, sind wirklich schwer zu finden.»

Ich war irgendwie enttäuscht. Ich hatte mehr von diesem Gespräch erwartet. Als Béjart mir gesagt hatte, er würde für mich den Kontakt zu einer Expertin für vermisste Personen herstellen, hatte mein Herz schneller geschlagen. Ich hatte mir von Aimée erhofft, dass sie den Fall, der mich und andere seit Jahrzehnten beschäftigte, innert einer halben Stunde lösen würde. Wie naiv ich mich bisweilen anstelle! Wie dumm ich sein kann!

Ich wollte aufstehen und mich verabschieden, überlegte es mir aber anders. Mit beiden Händen umfasste ich mein Wasserglas. «Was, wenn Maria tot ist?»

Aimée warf einen raschen Blick auf Lily, die nun nicht mehr am Zeichnen war, sondern mit gespitzten Ohren zuhörte.

«Geh mir ein Glas Wasser holen, Maus, ja?» Lily schien angesichts der schwierigen Aufgabe vor Stolz zu wachsen. Sie nickte und erhob sich. Aimée sah ihr nach. Erst als Lily ausser Hörweite war, nahm sie den Faden auf. «Du meinst, falls Maria ermordet und nie gefunden wurde?»

«Ja.»

«Wenn Maria tot ist und ihre Leiche in all den Jahren nicht gefunden wurde, dann wird man sie wahrscheinlich nie finden.»

Ich wich ihrem Blick aus und überlegte. «Und wenn sie irgendwann gefunden, aber nicht identifiziert wurde?»

«Das kommt hier sehr selten vor.»

«Aber es ist eine Möglichkeit, nicht?» Meine Stimme hatte einen bittenden Unterton.

Aimée sah mich durch ihre Brille mit ihren warmen braunen Augen lange an. «Eigentlich nicht, nein. Davon gibt es in der Schweiz nicht einmal einen Fall pro Jahr. Ausserdem ist deine Schwester zur Hälfte schwarzafrikanischen Ursprungs. Die schwarzafrikanische Population hier ist nicht wirklich gross und war zur Zeit des Verschwindens noch viel kleiner. Maria wäre definitiv identifiziert worden.»

Ich liess die Worte auf mich wirken. Entweder war Maria tot und an einem abgelegenen Ort verscharrt. Oder sie hatte verschwinden wollen, und alles war von langer Hand geplant gewesen. Minutiös geplant.

Lily kam zurück, vorsichtig ein Glas in beiden Händen haltend. «Ich habe es geschafft, Mama», sagte sie mit strahlendem Lächeln. Mir traten Tränen in die Augen.

32

Ich kaufte an einem Take Away ein Sandwich mit Tomaten und Käse. Das musste als Mittagessen genügen; ich war in einer knappen halben Stunde mit Asim am Bahnhof verabredet. Unser Termin mit der Wunschkinder-Klinik stand bevor. Ich setzte mich im Stadtpark auf eine Bank am Schatten, biss in mein Sandwich. Das Brot schmeckte wie Pappe, und der Käse war gummig, die Tomaten fad. Ich rümpfte angewidert die Nase, biss trotzdem nochmal ab. Ich hatte Hunger. Nach einem dritten und letzten Bissen wickelte ich den Rest wieder in den Plastik und warf ihn in den nächsten Mülleimer. Essen wegwerfen ist mir zuwider, aber in diesem Fall blieb mir keine andere Wahl. Ich sollte wieder mehr auf meine Ernährung achten. In letzter Zeit war ich nur selten zum Kochen gekommen und ass stattdessen diesen Fertigfrass, der nach nichts schmeckte.

Ich zog meine Zigaretten und mein Handy aus der Tasche, sah nach der Zeit: Ich hatte noch eine Viertelstunde. Ich wählte eine Nummer. Es läutete. Niemand ging ran. Nach einigen Minuten versuchte ich es erneut mit demselben Ergebnis. Ich fluchte leise. Seit ich wieder Kontakt mit meinem Vater hatte, hatten wir einige Male telefoniert. Ziemlich oft sogar. Mein Vater hatte das Telefon immer abgenommen, wenn ich angerufen hatte. Ich fragte mich, weshalb er das jetzt nicht tat.

Am Bahnhof begab ich mich auf das richtige Gleis und sah mich nach Asim um. Plötzlich stand er vor mir.

«Moira», sagte er, zog mich leicht an sich und gab mir drei Küsse auf die Wangen. Er roch anders als sonst, nicht nach pikanten Gewürzen und Kräutern, sondern nach einem teuren Rasierwasser. Er sah auch anders aus. In Hemd und elegantem Jackett hätte ich ihn beinahe nicht erkannt.

«Elegant siehst du aus», sagte ich und sah an mir herunter, «da falle ich richtig ab dagegen.»

Asim grinste zufrieden. «Wenn wir schon ein Kind zusammen planen, dann wenigstens mit Stil.»

Ich musste ebenfalls grinsen. Anscheinend hatte Asim mit seiner Zeugungsunfähigkeit Frieden geschlossen.

Die Wunschkinder-Klinik war im sechsten Stock in einem der neueren Hochhäuser in Zürich-West. Wir nahmen den

Lift. Hinter uns betrat eine Frau im schicken Business-Kostüm die Kabine. Wahrscheinlich arbeitete sie in der Anwaltskanzlei, die drei Stockwerke belegte. Als ich den Knopf für den sechsten Stock drückte, lächelte sie uns wissend zu.

Der Lift entliess uns direkt in einen grossen Empfangsraum, der mit indirektem Licht beleuchtet war. Alles hier schien neu zu sein, neu und teuer: die breiten glänzenden Bodendielen, der futuristische, halbrunde und unbesetzte Empfangstresen, die crèmefarbenen Wände mit den abstrakten Bildern. Asim und ich sahen uns etwas unsicher an, machten ein paar Schritte in den Raum hinein.

Plötzlich stand eine kleine adrette Brünette vor uns. Ich hatte sie nicht kommen sehen. Sie trug einen weissen Kittel und eine weisse Hose und lächelte uns mit ebenso weissen Zähnen an.

«Herr und Frau van der Meer?»

«Eigentlich sind wir…», begann Asim, aber ich unterbrach ihn. Über unseren Familienstand konnten wir sie später aufklären.

«Genau», sagte ich. «Wir haben einen Termin bei Doktor Brock.»

Die Brünette verzog bedauernd das Gesicht. «Doktor Brock ist leider verhindert. Wir haben Sie umgebucht auf Doktor Altmann.»

Das passte mir gar nicht. Die Corazollas waren von Doktor Brock behandelt worden, von ihm wollte ich Informationen. «Wir hätten lieber Doktor Brock. Er ist schliesslich der Beste, nicht?» Ich lächelte liebenswürdig. «Sein guter Ruf eilt ihm jedenfalls voraus. Es gibt doch sicher eine Möglichkeit…»

Die Brünette lächelte entschuldigend und schüttelte den Kopf. «Nein, wirklich nicht, es tut mir leid. Doktor Brock ist heute nicht abkömmlich.»

Ich seufzte genervt.

«Ich versichere Ihnen, Doktor Altmann ist ebenfalls sehr kompetent. Ansonsten wäre sie nicht hier.» Sie wartete keine Antwort ab, sondern wandte sich bereits um. «Kommen Sie bitte mit.»

Asim und ich sahen uns an. Ich zuckte mit den Schultern. Was blieb uns anderes übrig, als ihr zu folgen? In der Mitte eines langen Flurs machte die Brünette Halt und öffnete eine der vielen Türen.

«Doktor Altmann wird gleich hier sein. Darf ich Ihnen etwas zu trinken bringen?»

Wir lehnten ab und setzten uns in die Sessel, die vor einem grossen Schreibtisch standen. Kaum war die Brünette aus dem Raum, liess ich meinem Ärger freien Lauf.

«So ein Mist», schimpfte ich, «nun haben wir den ganzen Weg umsonst auf uns genommen. ‹Doktor Brock ist heute nicht abkömmlich›», äffte ich die Brünette nach. «Weshalb hat man uns dann einen Termin gegeben?»

Asim nahm meine Tirade gelassen zur Kenntnis. Er schien sich mehr für den Raum, in dem wir uns befanden, zu interessieren.

«Leer hier, nicht?», sagte er. «Keine Fotos auf dem Schreibtisch, keine Papiere, nichts.»

Ich sah mich ebenfalls um. Es stimmte. Auf dem Schreibtisch waren keine Unterlagen, keine Papiere, keine persönlichen Gegenstände, es gab auch kein Bücherregal, nichts. Diese Doktor Altmann übertrieb es eindeutig mit der Ordnungsliebe. Oder sie hatte einfach sehr wenig zu tun.

«Dafür wieder diese Bilder», fuhr Asim fort. Er deutete auf die Wände. «Das sind dieselben wie draussen beim Empfang. Was soll das bloss darstellen?» Etwas ratlos starrte er auf die runden Formen.

Ich studierte die Bilder. Lediglich die Farben variierten von Bild zu Bild.

«Eizellen», rief ich triumphierend.

Asim zuckte zusammen.

«Das sind Eizellen», wiederholte ich.

«Exakt. Oocyten, also Eizellen, darum dreht sich hier bei uns alles. Deshalb schmücken wir auch die Wände damit.»

Asim und ich drehten uns um. Unbemerkt war durch eine weitere Türe eine Frau hinter uns ins Zimmer getreten. Sie, eine zierliche Blondine mit hellblauen Augen, kam auf uns zu, umrundete den Schreibtisch und streckte uns über die leere Tischplatte hinweg lächelnd die Hand entgegen. «Ich bin Doktor Altmann», sagte sie. «Es freut mich, dass Sie den Weg zu uns gefunden haben. Auch wenn dieser Weg sicherlich kein einfacher ist und war.» Sie lächelte uns an, ihre Worte klangen einstudiert. Wahrscheinlich sagte sie das zu allen Paaren mit Fertilitätsproblemen.

«Bekannte haben uns Ihre Klinik empfohlen», sagte ich. «Sie waren allerdings bei Doktor Brock in Behandlung.»

Doktor Altmanns Lächeln wurde unmerklich schwächer. «Wir sind ein Team von zwei Ärzten hier», sagte sie. «Man entscheidet sich für unsere Klinik, nicht für einen von uns.»

Nett angedacht. Aber Doktor Brock war nun einmal ein sehr bekannter Fertilitätsarzt, wo hingegen Doktor Altmann als Newcomer bezeichnet werden musste – nur schon aufgrund ihres Alters. Sie war sicherlich keinen Tag älter als ich.

«Aber wenden wir uns doch Ihnen zu.» Doktor Altmann hatte sich wieder gefangen und agierte professionell. «Sie haben Probleme, schwanger zu werden, ja?» Doktor Altmann sah mich forschend an.

Ich drehte mich halb zu Asim, doch der war mir keine Hilfe: Er verkniff sich gerade ein Grinsen. Ich runzelte wütend die Stirn.

«Nicht direkt, nein. Es ist vielmehr so …» Ich sprach nicht weiter. Ich ärgerte mich, dass ich den Termin unter meinem richtigen Namen vereinbart hatte und nicht für Herrn und Frau Müller. Ich hatte nicht nachgedacht. Ich wollte an Informationen kommen, aber Doktor Altmann etwas vorzulügen, schien mir plötzlich riskant.

Doktor Altmann bemerkte mein Zaudern, zog daraus aber ihre ganz eigenen Schlüsse.

«Soll ich Ihnen beiden zuerst unsere Klinik zeigen? Ein kleiner Rundgang hilft manchmal über die Anfangsschwierigkeiten hinweg.»

Ich hätte sie umarmen können. «Gerne.» Ich stand so schnell auf, dass Doktor Altmann zusammenzuckte. «Sehr gerne. Nicht wahr, Asim?» Ich sah ihn auffordernd an.

Er nickte gehorsam.

Nachdem wir durch weitläufige Flure gewandert waren und Besprechungszimmer, Ruhezimmer und Operationssäle zu sehen bekommen hatten, standen wir vor dem Herzstück der ganzen Klinik – dem Labor. Es befand sich in der Mitte der Klinik – alle Flure schienen zum Labor zu führen – und war in einem von allen Seiten einsehbaren, gläsernen Kubus untergebracht. Hier wurden die Eizellen begutachtet und verlesen – die guten ins Töpfchen, die schlechten ins Kröpfchen – , hier wurden die Spermien aufbereitet, die Eizellen befruchtet. Hier wurde an den Hoffnungen und Träumen künftiger Eltern gearbeitet.

«Unsere neuste Errungenschaft ist das Time-Labs. Die befruchteten Embryonen werden alle fünf Minuten fotografiert. Durch diese Methode lassen sich die besten Embryonen auswählen und …»

Ich war längst abgeschweift und hörte nicht mehr zu. Stattdessen beobachtete ich die Biologin, wie sie durch ein Mikroskop einen Blick auf etwas warf, das sich in einer Petrischale befand.

«Ist das Jessica?», hörte ich mich fragen. «Wie hiess sie nochmal mit Nachnamen?» Das kam für mich selbst überraschend.

Doktor Altmann unterbrach ihre Ausführungen abrupt und warf einen Blick auf die Laborantin. Frau Corazolla hatte sich nicht an den Namen erinnern können, nur Jessica war ihr geblieben, weil eine Freundin von ihr auch so hiess.

«Langhardt», sagte sie automatisch. «Nein. Nein, das ist nicht Jessica Langhardt. Sie ist nicht hier.»

«Weshalb nicht?»

«Sie ist krank.» Doktor Altmann sah mich irritiert an. «Sie kennen sie?»

«Unsere Bekannten haben sie erwähnt.»

Doktor Altmann hob eine perfekt gezupfte Augenbraue und sah mich zweifelnd an.

«Sie soll sehr nett gewesen sein, Jessica Langhardt», fuhr ich fort.

Doktor Altmann lächelte, aber dieses Lächeln erstreckte sich nicht auf ihre Augen. «Ich glaube, Sie haben genug gesehen. Wir können uns jetzt in meinem Sprechzimmer Ihrem Anliegen widmen.» Sie drehte sich energisch um und eilte davon.

33 Zurück im Besprechungszimmer wollte Doktor Altmann endlich zum Kern der Sache kommen, nämlich zu unserem unerfüllten Kinderwunsch.

Asim und ich zeigten uns unschlüssig, was den Kinderwunsch betraf und meinten, wir würden uns erst noch einmal alles durch den Kopf gehen lassen.

Da war es vorbei mit Doktor Altmanns Geduld. Sie lehnte sich in ihrem Sessel zurück und klopfte demonstrativ mit dem Fuss auf den Boden. «Sie haben sich eine Stunde lang hier alles zeigen lassen, ohne sicher zu sein, ob sie überhaupt Kinder wollen?» Sie sah uns aus zusammengekniffenen Augen ungläubig an.

«Ob wir auf diesem Weg Kinder wollen», warf Asim tapfer ein.

Doktor Altmann richtete ihre Augen auf ihn, und er schien um einige Zentimeter zu schrumpfen. «Darf ich Ihnen einen Rat geben?», sagte Doktor Altmann. «Wenden Sie sich das nächste Mal an eine andere Klinik.» Sie erhob sich, nickte uns zu und verliess das Zimmer mit rauschendem Kittel.

Asim und ich bemühten uns um eine ernste Miene.

«Hast du ihr Gesicht gesehen», sagte Asim, «als ich ‹auf diesem Weg› gesagt habe?» Wir prusteten los und konnten nicht mehr aufhören zu lachen, bis die kleine Brünette kam, um uns zum Ausgang zu geleiten. Wir bemühten uns um Haltung. Während wir hinter ihr hergingen, vermied ich es, Asim anzusehen, andernfalls wäre es damit vorbei gewesen.

Wir waren schon beinahe beim Empfangstresen angelangt, da sah ich aus dem Augenwinkel, wie eine der Türen, die vom Flur abgingen, sich schloss. Ich blieb stehen. «Was …», begann ich.

Die Brünette drehte sich zu mir um. «Gibt es ein Problem?», erkundigte sie sich. «Haben Sie etwas vergessen?»

«Ich habe einen Moment lang gedacht, ich hätte jemanden gesehen. Jemanden, den ich kenne», sagte ich.

Asim sah mich neugierig an.

«Das tut mir leid», entschuldigte sich die Brünette. «Eigentlich achten wir darauf, dass sich unsere Klienten nicht begegnen. Deswegen gibt es auch keinen allgemeinen Wartebereich. Wir versuchen, die Intimsphäre der Klienten, so gut es geht, zu schützen.»

«Wen hast du da drinnen gesehen?», fragte Asim, als wir die Klinik verlassen hatten.

Ich zögerte. «Eine Bekannte», antwortete ich. «Ist nicht wichtig.» Bevor die Tür sich vorhin geschlossen hatte, hatte ich für einen Wimpernschlag lang eine Frau mit langen blonden Haaren gesehen. Das ist Norah, hatte ich gedacht, aber nun war ich mir nicht mehr sicher. Es konnte auch jemand ganz anderer gewesen sein. Ich hatte sie schliesslich nur von hinten gesehen, und von hinten ähnelt eine langhaarige Blondine der andern.

«Bringt dich unser Ausflug in die Wunschkinder-Klinik weiter?», wechselte Asim das Thema. «Oder haben wir unsere Zeit vertan?»

«Es hat sich definitiv gelohnt», sagte ich. Dem war tatsächlich so: Immerhin wusste ich nun den Nachnamen von Jessica, der empathischen Biologin. Da ich von der Klinik mit Sicherheit keine weiteren Informationen erhalten würde, musste ich mich an sie halten.

Am Bahnhof Winterthur verabschiedete ich mich von Asim und ging in mein Büro. Ich war nun voll drin im Fall der verschwundenen Eizellen und wollte gleich nach Jessica Langhardt forschen. Ich hoffte, ich würde sie via Internet ausfindig machen können. Kaum hatte ich mich in meinen Computer eingeloggt, läutete mein Handy. Mein Vater. Ich nahm ab.

«Mmesoma. Du hast mich gesucht.»

Ich stutzte einen Moment, erinnerte mich dann an meinen neuen Namen. Mir wurde warm ums Herz. Dann dachte ich an das, was Aimée gesagt hatte: Entweder sei Maria seit Langem tot, oder sie wollte verschwinden, mich und unsere Mutter verlassen und nie wieder auftauchen. Ich erzählte meinem Vater von diesem Gespräch. Ich wartete auf eine Reaktion von ihm. Vergeblich. «Und?», fragte ich schliesslich ungeduldig.

«Was und?»

«Was sagst du dazu?», herrschte ich ihn an.

«Was soll ich dazu sagen? Das sind alles nur Worte. Nur Worte. Warte, bis es so weit ist. Warte, bis Maria gefunden werden will. Wenn es so weit ist, wird sie dir ein Zeichen geben.»

«Ein Zeichen geben? Und wie soll das gehen? Maria ist nicht hier. Wahrscheinlich ist sie tot.» Meine Stimme klang schrill. Ich war aufgebracht.

«Schsch Ojoli, schsch. Reg dich nicht auf, Ojoli.» Mein Vater flüsterte beruhigende Worte in den Hörer.

Ich stellte ihn mir vor, wie er da sass in seinem Innenhof, dessen Mauern von Bougainvillea umrankt waren. Ich wähnte mich plötzlich zurück in meiner Kindheit. Manchmal, wenn ich nachts einen Albtraum gehabt hatte, hatte mein Vater dieselben Worte geflüstert: «Beruhige dich, Ojoli. Es ist alles in Ordnung, Ojoli.»

«Was bedeutet das?»

«Was bedeutet was?»

«Ojoli. Was bedeutet es?»

Mein Vater lachte. «Nichts. Es ist ein Kosename. So wie Mäuschen. Oder Liebling. Ojoli. Mein Liebling.»

Zum zweiten Mal traten mir heute die Tränen in die Augen. Ich räusperte mich energisch. «Denkst du denn nie an

Maria?», nahm ich den Faden wieder auf. Meine Stimme klang belegt.

«Ich denke immerzu an sie. Aber wir müssen warten, bis es so weit ist. Wir müssen auf das Zeichen warten.»

Ich seufzte. Ojoli hin oder her, mein Vater hatte sich vom saufenden Lebemann zum kryptischen Wahrsager gewandelt. Ich war unschlüssig, in welcher Rolle er mir besser gefiel.

Er fragte mich nach Fortschritten bei der Aufklärung von Jans Tod.

Ich erzählte, was in den letzten Tagen gegangen war, erwähnte, dass die Witwe von Jan Maria gekannt hatte.

«Ach ja?», sagte mein Vater. Er war eine Weile still. «Da hast du es», meinte er dann. «Das ist ein Zeichen.»

«Ein Zeichen wofür?»

«Ein Zeichen, dass überall Zusammenhänge sind», fuhr mein Vater fort. «Nichts steht losgelöst. Alles gehört zusammen. Und so musst du es betrachten.»

Ich seufzte ungeduldig. Dieses Gefasel half mir nicht weiter. Ich wollte mich verabschieden und auflegen, erinnerte mich aber daran, was Aimée ebenfalls noch gesagt hatte: Forsche im innersten Zirkel nach.

«Weshalb ist Maria verschwunden?», fragte ich meinen Vater.

«Ich weiss es nicht, Mmesoma. Ich war ja nicht da.»

Mein Vater war damals bereits in Nigeria gewesen. Er hatte uns verlassen. Zwei Jahre, bevor meine Schwester verschwand, hatte er seine Zelte hier abgebrochen und war, ohne ein Wort zu sagen, abgehauen. Die altbekannte Wut regte sich in mir. Mein Vater hatte Recht: Er konnte nicht wissen, weshalb Maria verschwunden war. Aber vielleicht hatte es dennoch mit ihm zu tun. Vielleicht war sie verschwunden, weil er nicht mehr da war. Ich legte auf.

34 Das Telefonat beschäftigte mich mehr, als ich mir eingestehen wollte. Bevor ich mich davon erholen konnte, bekam ich unerwarteten Besuch. Besuch, der durch die Hintertür kam. Ein kurzes Klopfen an meiner Bürotür, dann streckte Béjart seinen markanten Kopf zu mir herein. Ich sah ihn sprachlos an. Mit ihm hatte ich nicht gerechnet.

«Béjart. Das ist jetzt gerade etwas ungünstig.»

Er tat, als habe er nichts gehört und kam näher. «Hast du etwa geweint, van der Meer?»

Schnell wischte ich mir über das Gesicht und warf ein Taschentuch, das ich zerknüllt in meinen Händen hielt, in den Papierkorb unter meinem Schreibtisch. «Ich weine nicht.»

«Natürlich nicht», sagte Béjart spöttisch. «Du weinst nie, nicht wahr, van der Meer?»

Er spielte wohl auf die Nacht letzte Woche an. Die Nacht, in der ich mich sinnlos betrunken und ihm etwas vorgeheult hatte. «Was willst du?», fragte ich harsch und überspielte mein Unbehagen.

Béjart musterte mich. «Du bist manchmal wirklich merkwürdig.»

«Bist du gekommen, um mir das zu sagen? Das weiss ich bereits, aber danke trotzdem.»

Béjart gab keine Antwort, starrte mich nur weiter an. «Gib es zu.»

Ich sah ihn fragend an.

«Gib zu, dass du geweint hast.» Seine Stimme klang ganz liebevoll.

Ich war des Spielchens müde. «Also gut. Ich habe geweint. Zufrieden?»

«Weswegen?»

«Ich habe ein Telefonat geführt, das mich sehr aufgewühlt hat.»

«Mit wem?»

«Sag mal, ist das eine Einvernahme?»

Béjart antwortete schon wieder nicht, wartete geduldig.

«Mit meinem Vater», brummte ich schliesslich.

«Alles klar.» Béjart holte sich einen Stuhl aus dem Besprechungszimmer und setzte sich mir gegenüber. «Du bist also dabei, dich deiner Vergangenheit zu stellen.» Er verschränkte locker die Arme. «Mit Aimée hast du dich heute auch getroffen, habe ich gehört.» Béjart schien, wie immer, alles zu wissen.

Ich war verstimmt und gab vor, Papiere zu ordnen.

«Bist du jetzt sauer?» Béjart grinste.

«Nein.» Ich sah ihn nicht an.

«Klar bist du sauer.»

Ich beschloss, einen Themenwechsel vorzunehmen. Zur Abwechslung würden wir über sein Privatleben reden. «Ich habe Lily kennengelernt.»

Béjarts Gesichtsausdruck änderte sich augenblicklich. Ein liebevoller Ausdruck lag in seinen Augen, und er lächelte stolz. «Sie ist toll, nicht?»

Ich nickte. «Sie ist toll.»

Einen Moment lang lächelten wir uns an, vereint im Gedanken an ein kleines Mädchen.

Dann schloss ich geräuschvoll eine Akte. «Und weshalb bist du hier, Béjart?»

Béjart war hier, weil er Neuigkeiten hatte in Bezug auf die Projektile. Es gab keine Übereinstimmungen mit früher abgefeuerten Kugeln, keine Übereinstimmung mit einer registrierten Waffe. Etwas anderes hatte ich nicht erwartet. Niemand, der bei klarem Verstand war, würde eine registrierte Waffe für einen Mord benutzen. Ausser natürlich, die Waffe war gestohlen. Die Waffe, mit der Jan getötet worden war,

war entweder irgendwo auf dem Schwarzmarkt gekauft worden, oder der Besitzer hatte sie bereits vor 2008 besessen – seither musste man Waffen registrieren lassen. Eine rückwirkende Registrierungspflicht wurde nicht eingeführt. Grundsätzlich weiss kein Mensch, wie viele Waffen sich in Schweizer Haushalten befinden.

«Fingerabdrücke?», fragte ich, ohne mir grosse Hoffnung zu machen.

Béjart schüttelte den Kopf. «Zu früh. Aber was ich raus gehört habe, ist, dass man auf Hunderte von Teilabdrücken und einige Komplettabdrücke gestossen ist. Krügers hatten wohl oft Besuch. Ein ziemlich aussichtsloses Unterfangen, alle Abdrücke zuordnen zu können.»

Ich nickte. Auch diesbezüglich hatte ich nichts anderes erwartet. «Weshalb erzählst du mir das alles? Hast du keine Angst, Ärger zu bekommen?»

Béjart hob die breiten Schultern. «Ich vertraue dir, van der Meer. Du wirst die Informationen für dich behalten.»

Ich war gerührt. Béjart, der sich mit Leib und Seele dem Polizeidienst verschrieben hatte, nahm es für einmal mit den Vorschriften nicht so genau.

«Ausserdem wird die Kummer dich sicher bald informieren.»

«Steht eine Verhaftung an?»

«Mehr kann ich nicht sagen, tut mir leid.»

Ich nickte. Er hatte genug für mich getan.

Eine halbe Stunde später schlenderten wir nebeneinander her, nahmen die Überführung über die Wülflingerstrasse. Béjart hatte mich zum Essen eingeladen. Erst hatte ich nicht gewollt, doch Béjart konnte sehr überzeugend sein.

«Essen musst du sowieso», hatte er gesagt. «Weshalb also nicht mit mir?»

Das war ein schlagendes Argument, also willigte ich ein.

Es war ungewohnt, neben Béjart zu gehen. Üblicherweise trafen wir uns irgendwo auf ein Bier, manchmal auch bei mir zu Hause oder in meinem Büro. Ich war um Worte verlegen und fühlte mich, als hätte ich ein Rendez-Vous.

Reiss dich zusammen Moira, sagte ich zu mir selbst. Du gehst mit deinem Kumpel Béjart einen Happen essen. Kein Grund, aufgeregt zu sein. Kein Grund, Herzflattern zu bekommen. Er ist schliesslich nicht George Clooney.

Mittlerweile waren wir in der Bahnhofunterführung angekommen. Es war kühl hier unten unter den Gleisen, und es stank nach abgestandenem Urin.

«Habe ich dir erzählt», fing Béjart an, da wurden wir von lautem Geschrei unterbrochen. Béjart und ich sahen uns an, dann rannten wir los, nahmen die Stufen zum Bahnhofplatz hinauf im Laufschritt. Oben sahen wir, woher die Schreie stammten. Zwei junge Männer waren dabei, aufeinander loszugehen. Eine Bierbüchse lag auf dem Boden, eine hellgelbe Pfütze hatte sich gebildet. Einer der beiden, ein muskulöser Glatzkopf, holte mit dem Fuss aus und trat den anderen Mann in die Kniekehlen. Der ging zu Boden, wo er weiterhin mit Tritten traktiert wurde. Mit den Armen versuchte er, seinen Kopf zu schützen. Ein schmales Rinnsal Blut lief ihm aus dem Mundwinkel. Passanten standen in einigen Metern Abstand, beobachteten das Geschehen mit Abscheu oder Angst.

«Aufhören», schrie ich. «Sofort aufhören!» Ich rannte zu den beiden hin.

«Moira, nein!» Béjart versuchte, mich zurückzuhalten.

Ich stürmte durch die Gaffer hindurch auf den Glatzkopf zu. Er sah mich aus den Augenwinkeln herannahen und drehte sich zu mir um.

«Schwein», sagte ich zu ihm.

Seine Augen verfinsterten sich, und er machte einen Schritt auf mich zu. Von der Bankstrasse her näherte sich ein Polizeiauto mit Blaulicht, eine Ambulanz folgte dahinter. Der Schläger rammte mich mit der Schulter, so dass ich beinahe hinfiel, und rannte davon. Ich kniete mich nieder und legte dem Mann am Boden die Hand auf die Stirn. «Es ist alles gut», sagte ich. «Die Ambulanz ist gleich hier.» Er zitterte unkontrolliert.

Später, der Verletzte war bereits abtransportiert und die Menschenansammlung hatte sich zerstreut, wurde mir erst wirklich bewusst, was geschehen war. «Da wird ein Mensch bewusstlos getreten», sagte ich zu Béjart. «Und alle schauen zu. Niemand hilft.»

«Jemand hat die Polizei und einen Krankenwagen gerufen.»

Ich ging nicht auf seinen Einwand ein. «Das sind alles Feiglinge», sagte ich wütend.

«Die hatten einfach Angst, Moira.»

«Ich hatte auch Angst. Trotzdem habe ich versucht, etwas zu unternehmen.»

«Du hattest keine Angst, Moira. Du bist einfach immer so gottverdammt wütend.» Béjarts Stimme war einen Deut lauter geworden. «Und du hast überhaupt nichts getan, ausser dass du dich idiotisch benommen hast. So einen Typen greift man nie allein an.»

Wir standen vor dem Kiosk, die Pendler strömten aus dem Bahnhof. Wir waren im Weg. Ich hatte mehr von Béjart erwartet. Ich hatte erwartet, dass mein Vorgehen ihm Eindruck machen würde. Ich hatte erwartet, dass er sich um mich kümmern würde nach meinem mutigen Einschreiten. Dass er mich in den Arm nahm. Statt dessen war er verärgert. «Du hättest mir ja helfen können», sagte ich schneidend.

Wir starrten uns an.

«Ich gehe nach Hause.» Béjart wandte den Blick ab. «Mir ist der Appetit vergangen.»

«Aber …», fing ich an.

«Lass es gut sein, Moira.» Er hob die Hand, und es sah einen Moment lang so aus, als wolle er mir über die Wange streichen, aber er liess die Hand wieder sinken. Er drehte sich um und ging davon.

Wütend und enttäuscht blieb ich zurück. Ich fühlte mich im wahrsten Sinn des Wortes sitzen gelassen. Ich hatte mich auf den Abend mit Béjart gefreut. Nun nach Hause gehen kam nicht in Frage. Ich ging die hundert Meter zum Busbahnhof und setzte mich an einen der Tische vor dem Lokal, das täglich vierundzwanzig Stunden geöffnet hat. Kein sehr angenehmer Ort, aber passend zu meiner Stimmung. Ich bestellte einen gespritzten Weissen, sauer. Während ich daran nippte, musterte ich die Leute, die unterwegs waren, den Bahnhofplatz bevölkerten. Ich liess die Szene von vorhin in meinem Kopf Revue passieren: die Schlägerei, mein Einschreiten, Béjarts Reaktion. Plötzlich ging mir ein Licht auf. Béjart hatte Angst um mich gehabt. Deswegen seine heftige Reaktion. Ein idiotisches Grinsen trat auf mein Gesicht. Béjart wollte den Abend nicht mehr mit mir verbringen. Egal, ich wusste nun, dass ihm etwas an mir lag. Meine Energie kehrte zurück. Ich beschloss, den Abend anders zu nutzen. Ich wollte versuchen, Antworten zu finden. Antworten auf einige Fragen, die mich seit Jans Tod beschäftigten.

35

«Du? Was willst du denn hier?» Rebecca stand im Türrahmen. Sie trug eine kurze Hose und ein verwaschenes T-Shirt. Die Haare hatte sie mit einem Tuch zurückgebunden, Schweissperlen standen auf ihrer Stirn. Sie war sich ihres

Aussehens bewusst und offensichtlich nicht begeistert von meinem Besuch. Verlegen hob sie ihre Hände, die in gelben Gummihandschuhen steckten. «Ich putze gerade.»

«Darf ich reinkommen?»

Rebecca zögerte.

«Es dauert nicht lange. Ich habe nur noch ein paar Fragen.»

Rebecca seufzte ungehalten. «Von mir aus», murmelte sie. Sie öffnete die Tür weiter und trat zur Seite.

Rebecca führte mich in die Küche. Sie drehte mir den Rücken zu und streifte die Handschuhe ab. Ich setzte mich unaufgefordert an den kleinen Küchentisch. Jan war seit acht Tagen tot, und ich hatte das Gefühl, noch einmal von vorne zu beginnen. Oder erst richtig anzufangen. Ich wartete, bis Rebecca sich gesetzt hatte. Dann befragte ich sie so, wie man es aus dem Fernsehen kennt: Hatte Jan Feinde? Nahm er Drogen? Wollte irgendjemand ihn aus dem Weg schaffen? Die Antworten waren nicht sehr ergiebig. Rebecca wusste weder etwas von Feinden, noch von Drogen oder Morddrohungen.

«Was willst du eig...»

Ich liess Rebecca nicht ausreden. Die Fragen vorhin hatten vor allem als Ablenkung gedient. Nun kam ich zum Kern der Sache. «Du hast mir das letzte Mal erzählt, Norah und Jan hätten beide Affären gehabt.»

Rebecca zuckte mit den Schultern und schaute angestrengt auf die Tischplatte. Das Thema schien ihr nicht zu behagen.

«Was für Probleme gab es zwischen Jan und Norah? Ich meine – Affären hat man nicht einfach so.»

Etwas huschte über Rebeccas Gesicht. Sie schien mit sich zu ringen. «Naja», sagte sie zögerlich, «wenn ich es dir anvertraue, dann ist es so, als würde ich mit einem Arzt sprechen, oder?»

«Genau», sagte ich.

Rebecca verzog das Gesicht. «Es gab da wohl so einiges, was nicht gut lief. Sie steckten gerade in einer Krise.»

«Wirklich?», fragte ich. «Warum?»

Rebecca zuckte mit den Schultern. «Jan hatte eine andere kennengelernt. Es war wohl nichts Ernstes. Aber doch irgendwie ernst genug. Ich weiss nicht, wer sie war. Er hat mit der Frau Schluss gemacht, um es noch einmal mit Norah zu versuchen. So hat Norah es mir auf jeden Fall erzählt.»

Ich dachte, Jan habe bis am Schluss eine Affäre gehabt. Vielleicht hatte ich das falsch verstanden. «Seit wann ging das?»

«Ach herrje.» Rebecca schnitt eine Grimasse. «Norah hatte angefangen. Sie hatte ihn betrogen. Jan fand es heraus, und danach war alles anders. Jan hatte eine erste Affäre, nichts Ernstes, und dann eine zweite.»

«Zwei?»

«Von mehr weiss ich nicht», sagte sie.

«Und Norah?»

«Was ist mit ihr?»

«Mit wem hatte sie ihre Affäre?»

«Ich weiss nicht.» Rebecca zog an einer Haarsträhne. Sie log.

«Ich glaube dir nicht», sagte ich. «Du bist ihre beste Freundin.»

Rebecca schwieg.

«War es Paul?»

Rebecca zog fester an ihrer Haarsträhne. Das musste wehtun. «Ich habe es Norah versprochen», murmelte sie.

«Es war also Paul.»

Rebecca sagte nichts mehr, aber das war egal. Mit ihrem Verhalten hatte sie meine Vermutung bestätigt. Mir war schleierhaft, warum Norah diese Affäre verheimlichte. Jan war tot. Was spielte es da noch für eine Rolle? Ich sah nicht klar. Aber darüber wollte ich später nachdenken. Jetzt hatte ich anderes zu tun. «Gab es andere?»

Rebecca zuckte die Achseln. «Ich habe ihr Fremdgehen nie wirklich gutheissen können. Deswegen haben wir nicht darüber geredet. Dieses Lügen und Verheimlichen ist nichts für mich. Ich weiss nicht, ob noch mehr Männer im Spiel waren. Ich weiss nur von …»

«Von Paul», ergänzte ich.

«Hattest du auch eine Affäre mit Norah?», fragte ich.

Die Frage traf Rebecca wie ein Blitz aus heiterem Himmel. «Was?» Sie liess ihre Haare los und setzte sich gerade hin. «Wie kommst du darauf?»

«Du bist in sie verliebt, oder nicht?»

Rebeccas Gesicht rötete sich, und sie sprang auf. «Was hat das damit zu tun?»

«Was das damit zu tun hat? Alles! Unerwiderte Liebe, Eifersucht, Mord. Das ist geradezu klassisch.»

«Du spinnst ja! Denkst du wirklich, ich …» Ihre Stimmer versagte, und die Röte wich einer ungesunden Blässe. Sie ging zur Spüle, trank einige Schlucke Wasser und befeuchtete mit den Händen Stirn und Wangen. Dann drehte sie sich zu mir um. «Ich habe gearbeitet, als Jan ermordet wurde. Nachtschicht. Das kannst du überprüfen, wenn du willst.» Sie warf mir einen Blick zu, der wohl spöttisch hätte sein sollen, aber nur mein Mitleid erregte. «Ich hatte nie eine Chance bei Norah und werde auch nie eine haben. Das weiss ich. Weswegen sollte ich dann ihren Mann umbringen?» Sie lachte bitter.

Ich sagte nichts, liess sie reden.

«Ich liebe Norah, seit ich sie kenne. Nenn es Liebe auf den ersten Blick. Ich komme nicht von ihr los. Also nehme ich das, was ich kriegen kann. Ich bin ihre beste Freundin. Nicht mehr. Aber auch nicht weniger.» Rebecca sah plötzlich zehn Jahre älter aus.

Kurz darauf verabschiedete ich mich. Es war alles gesagt. Als ich auf der Türschwelle stand, hielt Rebecca mich zurück.

«Weisst du, mit Norah ist es so … Ich meine, sie ist wirklich meine beste Freundin und ich liebe sie. Aber …» Sie schnitt eine Grimasse.

«Aber?» fragte ich.

«Aber da hat sie – hatte sie – diesen tollen Ehemann, ein tolles Haus, keinerlei Geldsorgen. Und trotzdem ist es nie genug. Sie ist nie wirklich glücklich. Das, was andere zufriedenstellt, reicht bei Norah einfach nicht. Nie. Und irgendwann fragt man sich, ob sie überhaupt jemals zufrieden sein kann.» Rebecca sprach wie zu sich selbst, den Blick nach innen gerichtet. «Dabei würde ich sie gerne glücklich machen. Ich würde alles dafür geben.»

36

Ich stand vor Rebeccas Haus und sah auf die Uhr. Bald halb neun Uhr abends. Spät, aber noch nicht zu spät. Schliesslich war Sommer, es war hell. Ich verzichtete auf die Zigarette, die ich zu gerne geraucht hätte, schwang mich in meinen Fahrradsattel und trat in die Pedale. Knapp zwanzig Minuten später stand ich vor einem Neubau in Hegi, ein grosser, grün-grauer Klotz, der nicht gerade billig aussah. Ich sah an der Fassade hoch, sah die grossen Balkone, auf denen die Bewohner sassen und den Feierabend genossen. Irgendwo da oben war Paul Petersen. Hoffte ich auf jeden Fall; es konnte natürlich auch sein, dass er nicht zu Hause war. Aber es war Montagabend, da standen meine Chancen, ihn anzutreffen, gut. Ich ging die Namensschilder neben dem Hauseingang durch, läutete. Ich wollte Norahs Liebhaber auf den Zahn fühlen. Petersen war für mich ein ziemlich grosses Fragezeichen. Aber vielleicht konnte ich dem heute abhelfen.

Nichts geschah auf mein Läuten hin, also versuchte ich es nochmals. Diesmal liess ich meinen Finger mit etwas mehr Nachdruck auf dem Klingelknopf ruhen.

«Hallo?», klang es kurz darauf undeutlich aus der Gegensprechanlage.

«Moira van der Meer hier, Herr Petersen.» Ich winkte lächelnd in die Kamera. Paul Petersen hatte mich bestimmt längst erkannt. «Ich möchte mich mit Ihnen unterhalten.»

«Worüber?»

«Über Jan und Norah.»

Er schien zu überlegen, auf jeden Fall war es eine Weile still.

«Herr Petersen?», fragte ich irgendwann. Ich meinte, einen leisen Seufzer zu hören.

Der Türöffner summte.

Die Wohnung von Paul Petersen war – leer. Natürlich gab es da eine Couch und einen Fernseher, einen Esstisch und Stühle, ein grosses Gemälde an der Wand. Doch trotz der ganzen – vermutlich teuren – Inneneinrichtung wirkte sie leer. Unbewohnt und anonym. Ich konnte keinen persönlichen Gegenstand entdecken, kein Möbelstück, das eine Geschichte zu haben schien.

«Hübsch», wollte ich sagen, brachte es aber nicht über mich. «Tolle Aussicht», sagte ich statt dessen. Das stimmte tatsächlich. Durch die bodentiefe Fensterfront hatte man einen Blick auf den gesamten Eulachpark.

«Wissen Sie, wie spät es ist?», fragte Paul. Es sollte wohl aggressiv wirken, aber er klang einfach nur müde. Müde und hoffnungslos. So sah er auch aus. Er schien zugenommen zu haben, seit er bei mir in der Kanzlei aufgetaucht war. Sein Gesicht war aufgedunsen, sein Bauch dehnte sein Hemd aufs Äusserste.

Ich verzichtete auf eine Antwort.

Paul liess mich im Wohnzimmer stehen und ging in die offene Küche nebenan, nahm sich eine Dose Bier aus dem Kühlschrank. Er hielt mir das Bier entgegen mit der stummen Frage, ob ich ebenfalls eines wolle.

Ich schüttelte den Kopf.

Paul öffnete die Dose, trank einen Schluck. «Kommen Sie.» Er lotste mich durch eine gläserne Schiebetür auf den grossen Balkon, liess sich schwerfällig in einen Rattanstuhl sinken.

Ich tat es ihm nach. Minuten vergingen, in denen wir nur dasassen.

Paul begann, an seinem Hemdkragen zu nesteln, strich sich über die Haare und nippte unnötig oft an seinem Bier. «Und?» fragte er schliesslich.

Die Schweigetaktik zeitigte Erfolg. Die meisten werden plötzlich gesprächig, reden, obwohl sie fünf Minuten vorher noch kein Wort hatten sagen wollen.

«Darf ich?» Ich nahm meine Zigaretten aus der Tasche.

Er nickte und wedelte ungeduldig mit der Hand.

Ich zündete mir eine Zigarette an, nahm bedächtig einige Züge. «Erzählen Sie mir von Norah.»

«Norah, Norah.» Paul schien noch unruhiger zu werden. «Was soll ich Ihnen über Norah sagen.»

Ich antwortete nicht, liess ihn weiter schmoren.

Er trank einen Schluck Bier, atmete geräuschvoll aus und

setzte sich gerade hin. Er schien einen Entschluss gefasst zu haben. «Norah und ich hatten eine Affäre.» Er sah mich unter schweren Lidern hervor an. «Aber das wissen Sie vermutlich schon, deswegen sind Sie hier.» Paul stockte, hörte auf etwas in seinem Inneren, war ganz in Gedanken. «Ich war verrückt nach Norah.» Er lachte, aber es klang alles andere als belustigt. «Bin ich vermutlich immer noch. Auch wenn ich wegen ihr alles verloren habe.»

Ich hob fragend die Augenbrauen, stiess Rauch aus.

Er begann zu erzählen. Er erzählte, wie alles angefangen hatte, wie er immer mehr den Kopf verloren hatte. «Da war nur noch Norah. Alles andere ist unwichtig geworden.» Er hatte sie gedrängt, sie solle Jan verlassen. «Sie hat mich ausgelacht. Ja, ausgelacht hat sie mich. ‹Weswegen sollte ich deinetwegen einen Mann wie Jan verlassen?›, hat sie gesagt.» Er beugte sich vor und langte nach meinen Zigaretten.

Ich liess ihn gewähren. «Sie haben sich mit ihrer Rolle als Liebhaber abgefunden.»

«Ich musste. Ich hatte keine Wahl. Norah ganz aufgeben, das konnte ich nicht.»

«Ich nehme an, Norah hat die Affäre angefangen», sagte ich.

Paul nickte und zog an seiner Zigarette.

«Weshalb? Verliebt war sie offensichtlich nicht in Sie.»

Paul zuckte zusammen. Das hatte ihn getroffen. Aber es war die Wahrheit.

«Ich glaube», sagte er, «ich glaube, sie brauchte diese Spannung. Manchmal bekam Norah von Jan nicht die Aufmerksamkeit, die sie brauchte. Sie ist», er suchte nach einem Vergleich, «sie ist wie eine Pflanze, die sehr viel Wasser braucht. Sonst geht sie ein, verkümmert.» Er tat einen Zug und spülte mit Bier nach. «Und sie genoss die Macht, die sie über mich hatte. Ich hätte alles für sie gemacht, alles.»

Ich rauchte und beobachtete ihn. Etwas machte ihm zu schaffen. Etwas, von dem ich noch nichts wusste.

«Und?»

«Nichts und.»

«Sie sind nicht grundlos in mein Büro gekommen, um Norah anzuschwärzen, Paul. Da steckt etwas dahinter. Ich würde gerne wissen, was es ist.» Ich tat einen letzten Zug und drückte meine Zigarette aus.

Paul rauchte ebenfalls zu Ende und warf seinen Stummel in die leere Bierdose. Es zischte. «Jemand hat Jan gesteckt, dass wir eine Affäre hatten. Ich ...»

«Wann war das?», unterbrach ich ihn.

«Vor einigen Monaten. Jan hatte mich sofort rauswerfen wollen, aber so einfach war es dann doch nicht. Wir waren Teilhaber, wenn auch nicht mit gleichen Anteilen, und die Kunden mögen mich. Jan wusste, dass es allein nicht so einfach werden würde. Ausserdem widerstrebte es ihm, mich auszuzahlen.» Paul seufzte schwer. «Wir kamen überhaupt nicht mehr klar miteinander und mussten der Kunden wegen trotzdem an einem Strick ziehen. Es war fürchterlich.» Er wischte sich mit der Hand über die Stirn.

«Deswegen ist Jan nicht mehr gerne ins Büro gegangen.»

Paul nickte. «Jan war mein bester Freund. Ich bin selbst schuld. Aber gegen Norah bin ich nicht angekommen. Und sehen Sie mich jetzt an.» Er deutete mit dem Zeigfinger auf sich. «Sehen Sie, was aus mir geworden ist. Ich bin nur noch ein Schatten meiner selbst. Alles wegen ihr. Ich wollte, dass sie dafür büssen muss. Deswegen bin ich zu Ihnen gekommen.»

Paul wollte Mitleid, aber das konnte ich ihm nicht geben. Er liess mich völlig kalt.

«Sie glauben also nicht wirklich, dass Norah Jan umgebracht hat.»

«Jan war Norahs Leben. Sie hätte ihn niemals töten können. Das habe ich nur so gesagt. Ich wollte sie bestrafen.»

«Zu einer Affäre gehören bekanntlich zwei.»

«Die Affäre ist eine Sache. Aber Norah hat mich verraten. Ich bin absolut sicher, dass sie Jan von uns erzählt hat.»

«Weshalb sollte Norah so etwas tun? Damit hätte sie sich selbst geschadet. Jan war sicherlich nicht erfreut zu hören, dass seine Frau eine Affäre mit Ihnen hatte.»

Paul winkte ab. «Norah wusste, Jan würde ihr verzeihen. Sie wollte ihr Ziel erreichen. Dafür hat sie sich vorübergehend selbst geopfert.»

«Und was war ihr Ziel?»

«Sie wollte mich weghaben.»

«Aus dem Geschäft?»

«Aus dem Geschäft, aus Jans Leben. Jan hatte immer viele Freunde. Aber über die Jahre sind es immer weniger geworden. Dafür hat Norah gesorgt. Selbst zu seiner Familie hatte Jan kaum noch Kontakt. Ich war so ziemlich der einzige Freund, der ihm geblieben war. Jan hatte Norah, er hatte die Arbeit, und er hatte mich.» Paul nahm sich noch eine Zigarette, zündete sie an. «Am Schluss hatte er mich auch nicht mehr.»

Ich dachte nach. Ich fragte mich, ob Paul mir die Wahrheit erzählte. Etwas stimmte nicht, sagte mir mein Gefühl. Dasselbe Gefühl, dass ich bei Paul bereits in meinem Büro gehabt hatte.

«Norah will offensichtlich nicht, dass nun noch jemand von der Affäre mit Ihnen erfährt. Sie hat mir nichts gesagt.

Der Staatsanwältin ebenfalls nicht. Können Sie sich das erklären?»

«Norah ist die trauernde Witwe. Nichts soll dieses Bild stören», sagte Paul gehässig.

Vielleicht hatte er Recht. Vielleicht auch nicht. Das erschien mir als Grund ziemlich dürftig, aber die Menschen sind seltsam. «Was geschieht nun mit dem Geschäft?», fragte ich.

«Keine Ahnung. Jans Anteil geht an Norah. Ich nehme an, wir werden es auflösen.» Paul starrte trübselig vor sich hin.

Ich hatte das Gefühl, genug gehört zu haben und erhob mich.

Paul machte keine Anstalten, aufzustehen.

«Ich finde allein hinaus», sagte ich. Er reagierte nicht. Ich war bereits im Wohnzimmer, als mir noch etwas einfiel. Ich machte kehrt, streckte den Kopf durch die Balkontür.

Paul schien sich keinen Millimeter bewegt zu haben.

«Jan hatte doch auch eine Geliebte. Oder besser zwei. Wer waren sie?»

Paul sah überrascht auf. Er schien erst jetzt zu bemerken, dass ich noch hier war.

«Ich weiss nicht.»

«Kommen Sie schon, Petersen. Auch wenn es zwischen Jan und Ihnen nicht mehr gut lief, werden sie das eine oder andere mitbekommen haben.»

Paul zerquetschte die Bierdose in seiner Hand. Ein hässliches Geräusch erklang. «Sie hiess Cindy. Dunkle Haare. Von einer zweiten weiss ich nichts.»

Cindy? Wer hiess heutzutage noch Cindy? «Wann war das mit Cindy?»

Paul zuckte mit den Schultern. «Naja, jetzt. In den letzten Monaten vor seinem …» Er sprach das Wort Tod nicht aus.

Als würde es wahr werden, wenn er es sagte. In den letzten Monaten also. Cindy war demnach die zweite Beziehung gewesen. Die ernste Beziehung.

«Sie arbeitet in diesem Lokal an der Neuwiesenstrasse, es hat einen spanischen Namen. Sie hat mich mal bedient. Wer weiss, vielleicht hat Jan sie auch da kennengelernt.»

Jan hatte seine Frauen also immer noch in schummrigen Lokalen kennengelernt. Ich ging endgültig.

Paul hob matt die Hand zum Abschied.

Es war beinahe zehn, als ich zu Hause war. Ich ass in der Küche eine Kleinigkeit, rauchte meine Gute-Nacht-Zigarette auf der Fensterbank, dachte über Rebecca und Paul nach, über Norah. Irgendetwas hatte Norah an sich. Die Menschen schienen reihenweise verrückt nach ihr zu sein.

Ich ging zu Bett. Ich war müde. Der Tag war lang und ereignisreich gewesen. Bevor ich einschlief, musste ich aber noch eine einzige Sache erledigen. Ich nahm mein Handy, schrieb eine Nachricht: «Es tut mir leid Guido.» Ich drückte auf senden. Zehn Minuten später war ich eingeschlafen und schlief den tiefen, ungestörten Schlaf der Gerechten.

37

Am nächsten Tag war ich früh im Büro. Ich musste endlich einige Dinge auf die Reihe kriegen, sonst war es langsam schlecht bestellt um meine Karriere als Anwältin. Ich hatte mehrere Nachrichten von ungeduldigen Mandanten auf dem Anrufbeantworter, die auf dieses Schreiben oder jene Auskunft warteten. Seit Jans Tod hatte ich alles und jeden vernachlässigt. Ich arbeitete mehrere Stunden konzentriert.

Gegen elf machte ich mir in der Küche einen Kaffee, setzte mich in den Hinterhof. Das Licht war heute anders, langsam konnte man den Herbst erahnen. Ich trank genüsslich, rauchte eine Zigarette, die zweite erst an diesem Morgen. Ich war stolz auf mich.

Ein dunkelgrüner Kombi nahm rasant die Einfahrt, die zum Parkplatz hinter meiner Kanzlei führt. Ich setzte mich gerade hin. Dieses Auto kannte ich. Asim öffnete schwungvoll die Tür, stieg aus.

«Ich habe sie!», rief er.

Mit offenem Mund starrte ich ihn an.

Asim war tagsüber normalerweise zurückhaltend mit Alkohol. Und mit Alkohol am Steuer sowieso. «Ich habe sie, Moira!», wiederholte er und sah mich auffordernd an.

«Hm, toll Asim», sagte ich und versuchte, ihn beruhigend anzulächeln. «Ganz toll. Möchtest du ein Glas Wasser?» Ich nahm ihn behutsam am Arm und führte ihn zu den Stufen, die zum Hintereingang führten. «Komm, wir setzen uns in die Küche und trinken ein schönes Glas Wasser.»

Ungeduldig entriss Asim mir seinen Arm. «Was ist bloss los mit dir, Moira? Ich habe dir gesagt, ich habe sie und du redest von Wasser trinken.» Er sah mich ungläubig an.

Ich war am Ende meiner Geduld. «Ich weiss, dass du sie hast, Asim. Ich bin nicht schwerhörig.»

«Freust du dich denn gar nicht? Es war nämlich nicht einfach, das kann ich dir sagen.»

Ich seufzte. Wir schienen zwei verschiedene Sprachen zu sprechen.

Asim sah mich noch immer erwartungsvoll an.

Ich setzte mich auf die oberste Treppenstufe, klopfte auffordernd auf die freie Fläche neben mir. Während Asim sich umständlich hinsetzte, zündete ich eine Zigarette an und reichte sie ihm.

«Also, Asim», sagte ich. «Nun verrate mir doch endlich, wen du hast.»

«Na, Jessica Langhardt natürlich. War das nicht klar? Ich habe sie gefunden.» Er blies einen Rauchkringel in die Luft.

Wie sich herausstellte, hatte die Sache mit den verschwundenen Eizellen Asim keine Ruhe gelassen. Er hatte hin- und herüberlegt, und war zum Schluss gekommen, dass als nächstes diese Jessica Langhardt befragt werden müsse. Daran hatte ich ja auch schon gedacht.

Asim hatte sich daran gemacht, sie zu suchen. Im Telefonverzeichnis war sie nicht eingetragen und auch auf facebook hatte Asim kein Glück. Aber nach längerem Durchforsten des Internets war Asim schliesslich fündig geworden. Jessica war Mitglied eines Laufclubs in Zürich. Das ging aus einem Jahresbericht des Clubs hervor, der für jedermann lesbar im Netz zu finden war. Asim hatte Kontakt zu einem der anderen Mitglieder geknüpft – die Telefonnummer oder Mailadresse hatte er ebenfalls online recherchiert – und war so irgendwie an die Kontaktdaten von Jessica Langhardt gelangt. Asim blieb vage, was diesen Teil der Geschichte betraf. Wahrscheinlich hatte er jemandem einen gewaltigen Bären aufgebunden, um Jessicas Adresse zu erhalten.

Ich beschloss, nicht nachzuhaken. Was man hat, das hat man.

«Gute Arbeit, Asim», lobte ich ihn.

Asim freute sich über das Kompliment, doch dann verschluckte er sich am Rauch seiner Zigarette und bekam einen Hustenanfall. Ich klopfte ihm auf den Rücken, aber das machte es nur noch schlimmer. Ich stand auf, um Asim ein Glas Wasser zu holen. Während ich den Finger unter den Wasserstrahl hielt, bis das Wasser kühl war, läutete das Telefon in meinem Büro. Schnell ging ich nach nebenan und nahm ab. Staatsanwältin Kummer war am Apparat. Es hatte eine Verhaftung gegeben.

38 Am frühen Abend traf ich mich informell mit Staatsanwältin Kummer. Wir sassen uns im Café Lind gegenüber. Die Kummer beäugte neidisch meinen Weisswein.

«Ich muss nachher wieder ins Büro», sagte sie und nippte ergeben an ihrem stillen Wasser.

«Ist er geständig?», fragte ich.

«Bis jetzt nicht.» Die Kummer biss in einen Apfel, den sie mitgebracht hatte. Sie sah mich scharf an. «Das ist vertraulich.»

Ich nickte.

«Die Medienmitteilung ist bereits raus. Es wird nur über das Notwendigste informiert: Im Fall Krüger hat es eine Verhaftung gegeben. Die Tat wird im Zusammenhang mit anderen Einbruchsfällen untersucht. So in etwa.» Wieder biss sie ein Stück ihres Apfels ab. «Haben Sie mit Frau Krüger gesprochen?», fragte sie kauend.

«Noch nicht. Ich wollte unser Gespräch abwarten.» Ich trank einen Schluck Wein. «Sagt er gar nichts?»

Die Kummer legte den Kopf schief. Wahrscheinlich überlegte sie, wie viel sie mir verraten sollte. «Noch einmal: Das bleibt unter uns.»

Ich hob die Hand. «Ehrenwort.»

«Tja, ich weiss nicht, wie viel Wert das Ehrenwort eines Anwalts hat», sagte die Kummer trocken, «aber gut … Ihnen vertraue ich aus irgendeinem Grund.» Sie legte das Apfelgehäuse in den Aschenbecher. «Er sagt zu allem, er sei es nicht gewesen. Selbst die Einbrüche, die ihm anhand der Spuren eindeutig nachgewiesen werden können, streitet er ab.»

«Und Sie sind sicher, dass er es war?»

«Ich bin sicher.» Sie sah alles andere als sicher aus. Mit einer Hand rieb sie an einem schuppigen roten Fleck, der sich an ihrem Nasenflügel gebildet hatte. Die Kummer war nervös. Sie musste etwas vorweisen, brauchte dringend einen Täter. «Die Vorgehensweise ist dieselbe bei den Einbrüchen und beim Mord an Jan Krüger. Er stellt das Auto in einiger Entfernung ab, geht durch den Garten, bricht die Hintertür auf. Es gibt keine Abweichung.»

«Ausser dem Mord.»

Darauf ging die Kummer nicht ein.

«Beweise? Spuren?»

Kummer schüttelte den Kopf. «Bis jetzt nichts Eindeutiges. Wir brauchen ein Geständnis. Oder die Waffe.»

Man hatte Tahiri auf frischer Tat ertappt, als er dabei war, in ein weiteres Haus einzusteigen. Tahiri trug Handschuhe, was fehlende Fingerabdrücke erklären konnte. Er versuchte, vom Tatort zu fliehen, liess Einbrecherwerkzeug zurück und wurde nach wenigen Metern von der Polizei gestellt. In einem Auto, das in der Nähe abgestellt und dessen Nummernschilder als gestohlen gemeldet worden waren, wurde Diebesgut gefunden. Tahiri war mit Sicherheit für die Einbruchserie der letzten Zeit verantwortlich. Ob er auch für Jans Tod verantwortlich war, da hatte ich meine Zweifel. Was die Kummer mir gesagt hatte, überzeugte mich nicht.

«Er leugnet alles», sagte die Kummer und griff seufzend nach ihren Zigaretten. Der lange Arbeitstag war ihr anzusehen; die Haare waren zerzaust und die Kleidung zerknittert. «Aber ich werde ihn schon noch auf Kurs bringen.»

Ich hüllte mich in Schweigen.

«Sie sind nicht überzeugt», stellte die Kummer fest.

«Nicht wirklich.»

«Niemand hindert Sie daran, weiterhin Ihre eigenen Nachforschungen anzustellen», meinte sie. «Das tun Sie doch schon die ganze Zeit.»

Ich hob die Augenbrauen. Ich wunderte mich, woher sie das wusste. Hatte Paul sich beschwert? Oder Rebecca?

«Kommen Sie mir bei meinen Ermittlungen nicht in die Quere.» Die Kummer drückte ihre Zigarette aus und stand auf. «Und stellen Sie sich darauf ein, keinen Erfolg zu haben. Wir haben den Täter.»

Ich leerte mein Weinglas. «Wenn Sie meinen», sagte ich lapidar. Ich sah ihr nach, wie sie zurück zur Staatsanwaltschaft ging. Dann rief ich Norah an und bat sie zu mir ins Büro.

39

«Hast du verstanden, was ich gesagt habe, Norah?», fragte ich und griff aus einem Instinkt heraus nach ihrer Hand. «Es ist jemand verhaftet worden. Die Staatsanwaltschaft ist überzeugt, dass es sich um Jans Mörder handelt.»

Norah schaute mich merkwürdig an und entzog mir ihre leblose Hand. Sie stand auf, stellte sich ans Fenster und sah auf den kleinen, verwilderten Garten hinaus.

«Ist es jetzt vorbei?», flüsterte sie.

«Ich weiss nicht», sagte ich. «Ich bin nicht sicher, ob es vorbei ist, Norah.» Ich wollte noch etwas sagen, aber sie kam mir zuvor.

«Ich kann nicht schlafen», murmelte sie. «Wenn ich schlafe, sehe ich immer diesen Vogel in meinen Träumen. Es ist eine Eule oder so was. Sie sitzt nur da, aber plötzlich stürzt sie sich auf mich. Wie in ‹Die Vögel›.»

Sie drehte sich zu mir um. «Was hat das zu bedeuten, Moira? Was will dieser verdammte Vogel von mir?»

«Ich weiss nicht, Norah», sagte ich. Ich sagte nicht, dass die Eule früher auch Totenvogel genannt worden war. Ich sagte nicht, dass man äusserst empfänglich ist für Übersinnliches, wenn man einen geliebten Menschen verloren hat.

«Setz dich, Norah.» Ich rückte ihr einen Stuhl zurecht. «Wir müssen reden. Ich will mit dir über Jans Mörder sprechen.»

«Ja?», sagte Norah vorsichtig.

«Ich bin nicht überzeugt, dass dieser Tahiri Jan tatsächlich erschossen hat.»

«Aber du hast mir doch gerade gesagt, dass er verhaftet worden ist», sagte Norah verwundert. Endlich setzte sie sich.

«Trotzdem. Ich bin nicht überzeugt. Willst du wissen, weshalb ...»

«Nein», unterbrach sie mich. «Nein, ich will nichts wissen.»

Ich schwieg überrascht. Damit hatte ich nicht gerechnet. «Norah», versuchte ich es erneut. «Es ist wichtig.»

«Warum ist es wichtig? Jan ist tot.»

«Jan ist tot, das stimmt», sagte ich mit sanfter Stimme. «Und es ist wichtig zu wissen, wer dafür verantwortlich ist. Findest du nicht, Norah?»

Sie gab keine Antwort.

«Ich möchte noch einige Nachforschungen anstellen, Norah. Ich möchte herausfinden, ob Tahiri der Richtige ist.»

«Wen interessiert's?», kreischte Norah plötzlich. «Wen interessiert's?»

«Mich interessiert es», sagte ich ruhig. «Und dich sicherlich auch, wenn du in Ruhe darüber nachdenkst. Wenn du», ich zögerte, «wenn du dich beruhigt hast.»

«Was macht das für einen Scheissunterschied?», kreischte Norah weiter. «Er kommt nicht zurück. Nichts kann ihn wieder lebendig machen. Ist doch scheissegal, wer ihn erschossen hat. Er ist und bleibt tot.» Ihr Gekreische ging in einen Weinkrampf über.

Ich kramte in der Schublade nach einer Packung Taschentücher und hielt sie ihr hin. Dann holte ich ihr ein Wasser.

«Es tut mir leid, Moira. Ich weiss auch nicht. Ich bin nicht mehr ich selbst.»

Ich winkte ab. Ich stellte das Glas vor sie hin und setzte mich wieder. «Auch wenn du nicht dafür bist, Norah: Ich werde mich ein wenig umhören. Ich muss wissen, dass der Mörder gefasst ist. Der richtige Mörder.» Ich trommelte mit den Fingern auf die Tischplatte. «Natürlich mache ich das nicht im Rahmen unseres Mandates. Es ist… Es ist mir ein persönliches Anliegen.»

«So sehr hängst du also noch an Jan.»

«Es geht nicht um Jan.»

«Nein?» Sie stand auf. «Um was dann?»

«Um Gerechtigkeit.» Das klang selbst in meinen Ohren schwach.

Norah schnaubte herablassend.

«Ist das in Ordnung?» Irgendwie war mir ihr Einverständnis wichtig.

Norah öffnete die Tür. «Tu, was du tun musst, Moira», sagte sie, ohne sich umzudrehen.

40

Am folgenden Abend sass ich mit Willy und Béjart auf Willys Terrasse bei Abendsonne und Weisswein. Ich hatte die beiden aufgeboten. Ich musste den Fall der vielen Zufälle mit jemandem besprechen. Ich brauchte den Austausch, ich brauchte neue Anregungen, um weiterzukommen.

«Wir sprechen nicht über die laufenden Ermittlungen», hatte Béjart gefordert. «Ich habe keine Lust auf Ärger.» Immerhin war er für den Mord an Jan Krüger direkt der Kummer unterstellt.

«Kein Wort über die laufenden Ermittlungen», hatte ich versichert.

«Dann bin ich dabei, van der Meer.»

Die Schlägerei beim Bahnhof und meine SMS, in der ich mich entschuldigt hatte, waren mit keinem Wort erwähnt worden. Ich war froh. Längere Zeit mit Béjart verkracht zu sein, das hätte ich nicht gut ertragen.

Nun sassen wir auf der Terrasse, und ich war trotz der traurigen Umstände unseres Beisammenseins ziemlich glücklich für meine Verhältnisse: ein lauer Abend, zwei nette Männer an meiner Seite, eine gute Flasche Wein. Ich fasste für Willy die Geschehnisse seit Jans Tod zusammen. Auch für Béjart war wohl das eine oder andere Detail neu. Schweigend sassen wir eine Weile da, jeder hing seinen Gedanken nach.

«Und nun scheint da eine einfache Lösung in Sicht zu sein», sagte Willy schliesslich. «Fast schon zu einfach.»

«Die Kummer scheint selbst Zweifel an ihrem Verdächtigen zu haben», warf ich ein.

Béjart bedachte mich mit einem scharfen Blick, enthielt sich aber einer Bemerkung. «Was meinen Sie mit ‹zu einfach›?», fragte er Willy.

Willy zuckte mit den Achseln. «Die Lösung der Staatsanwältin scheint sehr bequem zu sein. Ein Einbrecher, der aus Versehen mordet. Gut, das gibt es. Aber hier scheint es mir doch eher unlogisch zu sein.»

«Unlogisch?», hakte ich nach.

«Nun ja.» Willy beugte sich vor, stützte das Kinn auf die gefalteten Hände. «Weshalb sollte der Verdächtige in derselben Gegend, in der er jemanden umgebracht hat, einen weiteren Einbruch verüben? Da muss er ja damit rechnen, geschnappt zu werden.»

Béjart nickte. «Aber dieser Einbrecher ist vielleicht nicht sonderlich intelligent», wandte er ein.

«Weshalb hat er drei Schüsse auf Jan abgegeben?» Dieses Detail hatte die Kummer mir verraten. «Das deutet auf etwas Persönliches hin. Hass. Oder Liebe.»

«Oder Angst.» Béjart zuckte die Achseln, trank einen Schluck Wein. «Der Einbrecher hat das Haus leer geglaubt, ist auf Jan gestossen, hat es mit der Angst zu tun bekommen, und bevor er weiss, was er tut, schiesst er.» Béjart übernahm die Rolle des advocatus diaboli und versuchte, Willy und meine Argumente zu zerpflücken. Er zwinkerte mir zu.

Ich musste ein Lächeln unterdrücken. Zwischen uns lag etwas in der Luft.

«Sehen Sie das nicht auch so, Moira?»

Ich blinzelte verwirrt, beugte mich vor und stopfte mir eine gefüllte Olive in den Mund, damit ich keine Antwort geben musste. Irgendwie hatte ich vollkommen den Faden verloren.

«Willy hat gemeint, der Einbrecher hätte die Waffe doch bei der Verhaftung auf sich tragen müssen, Moira. Schliesslich hat er sie beim Einbruch in Jans Haus auch dabei gehabt.» Béjart lächelte mich süffisant an. «Was meinst du dazu?»

Ich versuchte, die Olive zu schlucken, aber sie schien sich in meinem Mund zu vervielfachen. Ich verschluckte mich, rang nach Atem, trank einen Schluck Wein. Béjart klopfte mir nicht gerade zimperlich auf die Schultern.

«Ich bin ganz Willys Meinung», sagte ich schliesslich.

«Vielleicht hat der Einbrecher es aber auch absichtlich vermieden, die Waffe noch länger bei sich zu tragen?», hielt Béjart dagegen. «Vielleicht hat er sie nach dem Mord entsorgt, damit man ihm nichts nachweisen kann. Ohne Tatwaffe kann es schwierig werden, das weisst du.»

Tja, das wusste ich nur zu gut. Ohne Tatwaffe und ausreichendes Motiv würde eine Verurteilung schwierig werden. Obwohl, das Motiv war bei Raubmord gegeben. Wenn es denn Raubmord war.

«Ich glaube einfach nicht, dass Tahiri für den Mord verantwortlich ist.» Ich hatte mich von der Olive erholt. «Es kommt noch etwas hinzu: das Diebesgut.»

Willy und Béjart sahen mich fragend an. Ich trank schnell einen Schluck Wein, war ganz bei der Sache. «Die ganzen Sachen, die aus dem Haus von Jan und Norah verschwunden sind. Sie sind nicht wieder aufgetaucht. Nicht beim Einbrecher, nicht bei einem Hehler.»

«Weisst du das mit Sicherheit?»

Ich nickte. «Die Kummer hat gesagt, sie hätten keine Beweise, also wurde bei Tahiri nichts gefunden. Und wenn das Diebesgut in Umlauf gebracht worden wäre, dann wüsste ich davon. Mein Kontakt hätte mich informiert.»

Béjart hatte auch da ein Gegenargument zur Hand. «Vielleicht hat Tahiri die Sore irgendwo versteckt, wollte zuwarten, bis Gras über die Sache gewachsen ist. Immerhin war die Ermordung von Jan Thema in den Medien.»

Dagegen konnten weder Willy noch ich etwas vorbringen. Möglich war alles.

Wieder schwiegen wir alle für einen Moment. Béjart reichte die Teller mit den Snacks herum, Willy füllte die Gläser auf. Dann setzte er sich wieder hin, hielt den Rücken gerade und sah mich und Béjart an.

«Wenn es nicht dieser Tahiri war, nur mal angenommen», sagte er, «wer würde dann in Frage kommen?» Die Frage war an mich gerichtet.

Ich hob hilflos die Schultern. Wenn ich das nur wüsste.

«Was ist mit diesem Paul?», fragte Willy. «Oder einer anderen den beiden nahestehenden Person?»

Béjart und ich sahen uns an. Ich seufzte. «Norah ist es nicht gewesen. Erstens hat sie ein Alibi und zweitens – wenn ihr sie jetzt sehen könntet… Sie ist einem Zusammenbruch nahe. Sie ist es nicht gewesen.» Ich dachte nach. «Aber Norah und Jan waren untreu», sagte ich dann. Ich hatte das Gefühl, es war wichtig.

Willy runzelte die Stirn. «Und was heisst das für uns?», fragte er.

«Es heisst…», sagte ich. Ich musste nachdenken. «Es heisst», sagte ich schliesslich, «dass viele Menschen verletzt wurden. Vorausgesetzt es ist nicht Tahiri, so gibt es unter Umständen mehr Verdächtige, als ich zunächst gedacht habe.»

«Falls Tahiri es nicht gewesen ist, wäre alles wieder offen», sagte Béjart nach einem Moment des Überlegens. «Aber solche Spekulationen bringen uns nicht weiter.»

Willy trank einen Schluck, tippte mit einem Finger nachdenklich an das Weinglas. «Vielleicht sollten Sie noch weitere Informationen über Jan sammeln, Moira», sagte er zu mir gewandt. «Nur für den Fall, dass sich der Hauptverdächtige als unschuldig erweist.»

Ich war grundsätzlich mit ihm einer Meinung: Je mehr ich wusste, desto besser. Ich nahm mir vor, so bald als möglich Kontakt mit dieser Cindy aufzunehmen, Jans Freundin.

Willy erhob sich, um eine neue Flasche Wein zu holen.

Béjart und ich sassen allein auf der lauschigen Terrasse, die letzten Sonnenstrahlen tauchten die Weinrebe an der Hauswand in goldenes Licht, Grillen zirpten im Gras.

Béjart sah mich über den Rand seines Glases hinweg an. «Weshalb ist dir das so wichtig, Moira?», fragte er.

«Was meinst du?»

«Du weisst genau, was ich meine.»

«Nein, weiss ich nicht.»

«Du bist eine miserable Lügnerin.»

Ich errötete leicht, was bei meinem dunklen Teint aber nicht zu sehen war.

«Weshalb engagierst du dich so für den Fall?» Béjart liess nicht locker.

Ich dachte über seine Frage nach. «Jan war einmal wichtig für mich», sagte ich schliesslich. «Und Norah war wichtig für meine Schwester.» Ich war mir nicht sicher, ob das die Antwort war, die Béjart hatte hören wollen, aber so war es für mich. Ich spürte Béjarts dunkle Augen auf mir ruhen, sein Blick war intensiv und unlesbar.

Plötzlich hob er sein Glas: «Auf dich, Moira.»

41

Ich sass an meinem Schreibtisch im Büro und machte mir eine Aktennotiz zu einem Mandantengespräch, als mein Handy klingelte. Ein schneller Blick auf das Display sagte mir, dass es Celina war, meine Mutter. Ich seufzte. Gestern auf der Terrasse hatte Willy mir gesagt, dass das geplante Essen mit Celina und mir am Samstag in einer Woche stattfinden solle. Nach der schlimmen Nacht vor einer Woche, in der Willy und Béjart mich einem Zusammenbruch nahe aufgefunden hatten, hatte ich Willy zugesagt, an einem solchen Mutter-Tochter-Essen teilzunehmen. Ich bereute meine Zusage, aber auf die Schnelle war mir keine Ausrede eingefallen. Offenbar hatte meine Mutter ein Anliegen, was dieses Essen betraf. Weshalb sollte sie mich sonst um diese Uhrzeit anrufen? Immerhin war es noch nicht einmal Mittag. Üblicherweise schlief sie jetzt noch ihren Rausch aus. Ich beschloss, das Gespräch hinter mich zu bringen. «Ja?»

«Hallo? Spreche ich mit Moira?»

«Natürlich sprichst du mit mir, Celina, das weisst du. Was willst du?»

Meine Mutter schwieg eine Weile.

«Ist es wegen dem Essen bei Willy? Ich werde da sein, keine Sorge.»

«Was? Wovon redest du?»

Hatte Willy noch nicht mit meiner Mutter gesprochen? Oder hatte sie es bereits wieder vergessen?

«Weshalb rufst du an, Celina?» Ich wollte dieses Telefonat so schnell als möglich beenden und weiterarbeiten.

«Es ist wegen Jan Krüger», sagte Celina. «Ich habe gehört, du vertrittst seine Frau. Norah.»

«Woher weisst du das?» Ich hätte nicht gedacht, dass sie überhaupt etwas von Jans Tod mitbekommen hatte, angesäuselt, wie sie meist war.

«Ist das wichtig? Ich weiss es eben.» Meine Mutter klang nicht wie sie selbst. Ich hörte sie einatmen. «Mach es nicht. Leg das Mandat nieder.»

«Was? Wovon sprichst du?» Ich klopfte mit einem Stift ungeduldig auf den Tisch und sah die Notizen auf meinem Bildschirm durch.

«Leg das Mandat nieder. Es ist nicht gut für dich. Norah ist nicht gut für dich.» Der Stift entglitt meinen Händen und fiel zu Boden. «Sie war nicht gut für Maria. Und sie wird auch für dich nicht gut sein.»

«Was heisst: Sie war nicht gut für Maria. Sie waren Freundinnen.» Ich nahm einen anderen Stift zur Hand und malte kleine Kreise auf ein Blatt Papier.

«Eben.»

Ich kapierte nicht, was Celina von mir wollte. Und ehrlich gesagt hatte ich keine Lust, ihrem Gefasel länger zuzuhören. «Celina, hast du mir irgendetwas zu sagen? Wenn nicht, dann lege ich jetzt auf.»

«Maria war auf dem Weg zu Norah, als sie verschwunden ist. Kannst du dich nicht daran erinnern?» Die Stimme meiner Mutter klang belegt, und ich hörte, wie sie nach etwas griff und einen Schluck trank. «Maria ist nie bei Norah angekommen.»

«Das weiss ich, Celina. Aber dafür kann Norah nichts.» Wieder hörte ich, wie sie trank.

«Nein. Dafür kann sie nichts. Aber sie ruft alte Erinnerungen wach. Schmerzhafte Erinnerungen.»

Ich mochte nicht mehr länger zuhören. Ich mochte nicht über Maria nachdenken. Und ich mochte nicht zuhören, wie meine Mutter sich Schluck für Schluck betrank. Ich legte auf. Meine Mutter rief noch mehrere Male an, aber ich nahm nicht ab. Ich stand auf, um mir in der Küche ein Wasser zu holen. Ich hatte einen schlechten Geschmack im Mund.

42

Am Nachmittag fuhr ich nach Zürich – schon wieder. Entgegen aller meiner Grundsätze war ich nicht mit dem Zug unterwegs, sondern mit meinem selten genutzten Auto. Ich wollte allein sein, ich wollte rauchen, und ich wollte Musik hören. Ich brauchte Abstand von dem ganzen Jan-Norah-

Kram und wollte mich mit etwas anderem beschäftigen, aus dem Büro kommen.

Ich hatte beschlossen, auf gut Glück Jessica aufzusuchen – Wunderknabe Asim hatte nicht umsonst ihre Adresse in Erfahrung gebracht. Es war kurz nach zwei, und die Autobahn nach Zürich war für einmal nicht übermässig befahren. Der Himmel strahlte in einem klaren Blau, und wahrscheinlich hockte jeder, der konnte, im Schwimmbad. Ich zündete mir eine Zigarette an und drehte die Musik lauter. Cassandra Wilsons *Harvest Moon* passte nicht zum Wetter, aber ganz bestimmt zu meinem heutigen Tag. Das Telefonat mit meiner Mutter hatte mich beelendet. Ich verdrängte jeden Gedanken daran, versuchte, nur auf die Musik zu hören. Es gelang mir halbwegs.

Ich parkierte in der Blauen Zone an der Brahmsstrasse und stieg aus. Mir war etwas schwindlig, aber das lag an den vielen Zigaretten, die ich in der letzten Stunde geraucht hatte. Trotz Navigationsgerät hatte ich mich mehrmals verfahren und dadurch hatte die Fahrt ziemlich lange gedauert. Ich schaute mich um und versuchte, mich zu orientieren. Ich hatte keinen blassen Schimmer, in welche Richtung ich zu gehen hatte.

Drei Passanten später kam ich endlich an meinem Zielort an: Hier wohnte Jessica Langhardt. Ich erklomm die metallene Treppe zum Laubengang im ersten Stock des Hauses, suchte nach dem richtigen Namensschild. Ich drückte auf die Klingel. Nichts regte sich im Innern der Wohnung. Ich klingelte erneut. Wieder nichts. Obwohl ich damit hatte rechnen müssen, war ich enttäuscht. Ich überlegte, ob ich eine Nachricht hinterlassen sollte, entschied mich aber dagegen. Ich wandte mich ab, und in dem Moment wurde hinter mir die Wohnungstür geöffnet.

«Wollen Sie zu mir?» Ich drehte mich um. Ein grazile Frau im Pyjama stand vor mir, das lange, glatte schwarze Haar zerzaust, ein Tuch um den Hals gebunden.

«Ich weiss nicht», sagte ich zögerlich. «Sind Sie Jessica Langhardt?»

Wir musterten uns gegenseitig. Schliesslich nickte sie. Sie war offensichtlich noch immer krank. Ihre dunklen, leicht schräg stehenden Augen glänzten fiebrig.

«Ich habe Sie mir anders vorgestellt», sagte ich und hätte mir sogleich die Zunge abbeissen mögen. Diesen Satz höre ich selbst zu oft. Meine Reaktion schien für Jessica nicht neu zu sein.

«Ich bin adoptiert», sagte sie gelassen. «Und Sie?»

Ich konnte mir ein Lächeln nicht verkneifen. Sie gefiel mir.

Jessica reichte mir ein Glas Wasser und setzte für sich selbst Teewasser auf. Ich lehnte mich an die Theke, die Küche und Wohnzimmer voneinander trennte und sah mich unauffällig um. In den letzten Tagen war ich in vielen fremden Wohnungen gewesen, aber diese hier gefiel mir mit Abstand am besten. Trotz des dunklen Parkettbodens war sie hell und licht, es gab wenige, erlesene Möbel. An einer Wand hing ein Gemälde in Blau- und Sandtönen, eine andere Wand zierten unzählige gerahmte Fotos.

Ich hatte Jessica gesagt, ich sei Rechtsanwältin und käme im Zusammenhang mit der Wunschkinder-Klinik.

Nach kurzem Zögern hatte sie mich hereingebeten. «Was hätten Sie getan, wenn ich nicht zufällig krank zu Hause gewesen wäre?», hatte sie mich gefragt.

«Ich wäre ein andermal wiedergekommen», hatte ich geantwortet.

Jessica hatte mich mit unergründlichem Gesichtsausdruck angeschaut. «Sie scheinen viel Zeit zu haben.»

Ich hatte mich einer Antwort enthalten. Ich hatte ihr schlecht sagen können, dass dieser Ausflug nach Zürich hauptsächlich einem Zweck diente: mich abzulenken von den anderen Tragödien in meinem Leben. Zeit war da definitiv zweitrangig.

«Kommen Sie.» Jessica ging mit ihrem Teebecher in der Hand voraus, setzte sich auf eine helle Couch, wickelte sich in eine Decke. «Sommergrippe. Draussen hat es dreissig Grad, und ich habe Schüttelfrost.» Sie verzog den Mund und sah aus wie ein hübscher Breitmaulfrosch.

Ich nahm ihr gegenüber in einem Sessel Platz.

«Rauchen dürfen Sie hier drinnen nicht.»

Ich sah Jessica verwundert an.

«Sie riechen danach», sagte Jessica erklärend.

Mir wurde heiss vor Verlegenheit. Nach meinem Rauchgelage im Auto stanken meine Kleider zum Himmel. «Ich mache gerade harte Zeiten durch», sagte ich. Weiss der Himmel, woher diese Ehrlichkeit kam. Ich trank einen Schluck von meinem Wasser. «Erzählen Sie mir von der Wunschkinder-Klinik», sagte ich dann.

Jessica pustete in ihren Tee, sah mich nicht an. Sie wollte Zeit gewinnen. «Ich arbeite da», sagte sie schliesslich ausweichend. «Aber das wissen Sie.»

«Doktor Altmann hat mir gesagt, dass sie krank sind.»

Keine Reaktion.

«Doktor Brock habe ich leider nicht angetroffen», fuhr ich in leichtem Ton fort.

Bei der Erwähnung von Doktor Brock schien Jessica zusammenzuzucken. Ich versuchte, mich in sie hinein zu fühlen. Sie wollte offensichtlich etwas loswerden, ansonsten hätte sie mich nicht hereingebeten. Aber etwas hinderte sie gleichzeitig daran. Ich musste nachhelfen. Ich liess einen

Moment verstreichen, deutete auf die Wand mit den vielen Fotos. «Hübsche Bilder. Ihre Familie?»

Überrascht von dem Themenwechseln wandte Jessica sich zu den Fotos um. «Ja. Das sind meine Eltern.» Sie zeigte auf ein Foto in der Mitte. «Der Rest ist auch Familie. Onkel, Tanten. Patenkinder.»

Ich nickte. «Sie ist Ihnen wichtig, die Familie, nicht?»

Jessica runzelte die Stirn, versuchte herauszufinden, was ich mit der Frage bezweckte.

Ich lächelte unschuldig.

«Ja. Ist doch normal, nicht?»

Wieder nickte ich. «Sie erinnern sich bestimmt an Herrn und Frau Corazolla», wechselte ich erneut übergangslos das Thema.

Jessica trank einen Schluck Tee. «Ich glaube nicht», sagte sie.

Ich beugte mich vor, sah sie eindringlich an: «Kommen Sie, Jessica. Es ist wichtig. Gerade Sie müssten das doch verstehen.»

«Weshalb gerade ich?» Sie sah mich aufrichtig erstaunt an.

«Sie sind adoptiert. Mit Sicherheit haben Sie sich irgendwann in Ihrem Leben mit Ihrer Herkunft befasst. Haben Sie ihre leibliche Mutter gesucht und gefunden? Ich denke nicht. Es gibt kein Foto von ihr.» Ich wies wieder auf die Wand mit den Bildern. «Spukt die Frage, wer Sie sind, woher Sie kommen, bis heute in Ihrem Kopf herum?»

Jessica wurde noch blasser. Ihre Finger umklammerten den Rand der Decke. «Gehen Sie», sagte Jessica mit gepresster Stimme. «Verlassen Sie meine Wohnung.»

Ich machte keine Anstalten aufzustehen. Ich hatte sie bald so weit. «Jessica», sagte ich und suchte wieder ihren Blick.

«Wollen Sie wirklich, dass eine andere junge Frau irgendwann an ihrer Herkunft zweifelt? Wollen Sie verantworten, dass ein Mensch nicht weiss, von wem er abstammt? Ein Leben lang getäuscht wird? Ich glaube nicht. Sie sind ein mitfühlender Mensch. Sonst hätten Sie nie mit Frau Corazolla gesprochen.» Ich nahm ihre kleine kalte Hand, drückte sie. «Erzählen Sie mir, was in der Klinik mit den Eizellen passiert.»

Hilflos hob Jessica die schmalen Schultern. Ihre Augen glänzten verdächtig. Sie zog ihre Hand aus meiner, griff nach einem Taschentuch und schnäuzte sich.

«Ich kann nicht»», sagte sie.

Ich lächelte sie gewinnend an. «Keine Sorge. Niemand wird davon erfahren.»

Das war natürlich gelogen, und Jessica wusste das. Sie schüttelte den Kopf.

«Bitte.»

Sie blieb hart. «Nein», sagte sie.

Ich hatte verloren.

43

Ich sass draussen vor einer Bar, genehmigte mir einen Schluck meines gespritzten Weissen, sauer. Eigentlich sollte ich jeglichen Alkohol meiden, schliesslich wollte ich noch Auto fahren. Andererseits musste das nicht gleich sein. Ich sah auf meine Uhr. Der Abend war jung, ich war in Zürich und hatte nichts vor.

Vielleicht sollte ich mich etwas vergnügen, bevor ich nach Winterthur zurückkehrte. Dort erwartete mich genug Tristesse. Einen Tisch neben mir sass ein Mann Anfang vierzig, ebenfalls allein, vom Typ her hätte ich gesagt ein Anwalt – ich muss es ja wissen. Er hatte mich bereits aufmerksam gemustert, als ich mich gesetzt hatte. Nun warf er mir immer wieder Blicke zu, die ohne Zweifel eine Aufforderung enthielten.

Ich nahm mein Glas in eine, eine Zigarette in die andere Hand und erhob mich. Ich hatte nichts zu verlieren. Beim Nachbartisch bat ich den mutmasslichen Anwalt um Feuer.

Er zückte noch so gerne sein silbernes Zippo. «Hi. Ich bin Jean-Pierre», sagte er dann. Während ich an meiner Zigarette zog, lächelte er zu mir hoch und rückte auffordernd einen Stuhl zurecht. Ich hatte das Spiel lange nicht mehr gespielt. Es funktionierte noch immer nach den gleichen Regeln.

Jean-Pierre sah gut aus mit der gebräunten Haut, den hellen Augen und dem zurückgekämmten vollen Haar. Attraktiv, aber eigentlich nicht nach meinem Geschmack. Ich konnte seine weissen Zähne sehen. Er war alles in allem ziemlich perfekt. Vor meinem inneren Augen tauchte plötzlich Jan auf, der Jan von früher, der mir in einer düsteren Bar mit dem Bierglas zuprostete.

«Ich kann nicht», hörte ich mich sagen. «Tut mir leid.» Ich stellte mein Glas auf den Tisch und entfernte mich eilends.

«He», rief der Typ erbost hinter mir her. «Was soll das? Du denkst doch nicht, dass ich das bezahlen werde?»

Ich drehte mich um und sah, wie er mein halbvolles Glas aufgeregt in der Luft schwenkte. Ich winkte ihm zu und ging weiter. Ich schlenderte eine Zeit lang durch Strassen und Gassen. Dann betrat ich eine Imbissbude und bestellte einen Kebab mit Dürüm, extra scharf, ohne Zwiebeln. Ich genoss die relative Kühle im Innern und ass meinen Kebab, den Blick auf einen Bildschirm über der Theke gerichtet, auf dem in einer Endlosschleife Musikvideo nach Musikvideo gezeigt wurde.

Als ich mit meiner Mahlzeit fertig war, stellte der Kebabverkäufer eine Tasse Schwarztee vor mich hin. Ich nippte an dem süssen, starken Getränk und überlegte, was ich weiter mit mir anfangen sollte, nun, da ich mir mein Abenteuer mit Jean-Pierre verbockt hatte. Nicht, dass ich es bereute. Ich war froh. Ich fühlte mich zu alt, um neben einem Fremden aufzuwachen, selbst wenn er noch so gut aussah. Ausserdem war da noch Béjart. Wir waren nicht zusammen, aber irgendetwas war zwischen uns. Ich musste erst einmal das klären. Irgendwann.

Ich blickte nach draussen. Auf der anderen Strassenseite befand sich ein kleiner Kinokomplex. Es war lange her, seit ich mir zuletzt einen Film angeschaut hatte.

Ich sass in der zweithintersten Reihe. Ausser mir waren nur drei Zuschauer im Saal. Ich hatte die Wahl zwischen einem Sozialdrama und einer Komödie und hatte mich für letztere entschieden. Dramen erlebte ich selbst gerade zur Genüge.

44

Nachdem der mässig lustige Film geendet hatte, war ich noch immer nicht müde. Ich hatte Lust auf Gesellschaft und auf Rotwein. Ausserdem wollte ich Asim berichten, dass ich Jessica aufgesucht hatte. Deswegen war ich, nachdem ich mein Auto endlich wieder gefunden hatte, zu Asims Restaurant an der Büelrainstrasse gefahren.

Es war kurz vor elf, als ich das «Alibaba» betrat. Der Gastraum war leer; die wenigen Gäste sassen draussen an den kleinen Bistrotischen, unterhielten sich, genossen ein letztes Glas Wein.

Ich durchquerte das Lokal, umrundete den Tresen und schaute durch die Durchreiche in die Küche. Auch hier war niemand. Miriam, die Servicemitarbeiterin, kreuzte meinen Weg mit einem Tablett leerer Gläser und lächelte mich an. Sie wusste, dass ich mit Asim befreundet war.

«Er ist hinten», sagte sie und wies mir mit dem Kinn den Weg. «Immer dem Rauch nach.»

Ich grinste.

Tatsächlich war das Kabuff, das Asim sein Büro nannte, total verraucht, obwohl Fenster und Türe offenstanden. Asim sass vor seinem Computer, die Lesebrille auf der Nase, eine Zigarette hing in seinem Mundwinkel, und er tippte eifrig mit zwei Fingern.

«Du löst noch Feueralarm aus», sagte ich.

Asim zuckte zusammen, und vor Schreck entglitt ihm die Zigarette. Hastig nahm er sie zwischen zwei Finger und sah mich über die Brillengläser hinweg strafend an. «Musst du dich anschleichen?»

«Anschleichen?» Ich zog einen Stuhl heran, befreite ihn von einem Stapel Unterlagen und setzte mich neben Asim. «Selbst wenn ich mit Trompeten und Fanfarenstössen hier aufgetaucht wäre, hättest du mich nicht wahrgenommen.»

Asim gab keine Antwort, sah mich nur unglücklich an.

Ich nahm die Packung Zigaretten, die zwischen irgendwelchen Papieren auf dem Schreibtisch lag, und zündete mir eine an.

«Hast du Kummer, Asim?»

Er seufzte schwer.

Ich verkniff mir ein Lächeln.

«Das», rief er und breitete die Arme aus, «das macht mir Kummer!»

Nach einigem Nachhaken konnte ich in Erfahrung bringen, dass irgendetwas an Asims Steuererklärung den Behörden missfallen hatte. Er war gezwungen, seine Buchhaltung des vergangenen Jahres durchzugehen und Fehler aufzuspüren.

«Lass das den Märki machen», sagte ich. «Für irgendwas bezahlst du ihn.» Märki war Asims Treuhänder und zuständig für seine Buchhaltung – und auch für die meiner Kanzlei.

«Das geht nicht.»

«Weshalb nicht?»

Asim grummelte irgendetwas vor sich hin, verschob einen Stapel Papiere von rechts nach links.

«Ich habe kein Wort verstanden, Asim.»

Wieder seufzte Asim schwer. «Märki ist verhaftet worden.»

«Was?» Vor Überraschung hatte ich zu stark an meiner Zigarette gezogen und hustete. Märki sah aus wie ein Ausbund an Tugend. «Weswegen?»

«Was weiss ich. Ungetreue Buchführung wahrscheinlich», sagte Asim und wies mit der Hand anklagend auf den Computerbildschirm. «Ist mir auch egal. Aber es stinkt mir gewaltig, dass ich den ganzen Scheiss hier nun selbst machen muss – nachdem er mir das Ganze eingebrockt hat. Er hat meine Steuererklärung und alles gemacht.»

Ich murmelte ein paar mitfühlende Worte. Insgeheim machte ich mir Sorgen und fragte mich, ob auf mich Ähnliches zukommen würde. Ich hoffte, Märki habe nicht überall gepatzt.

«Bist du aus einem bestimmten Grund hier?», fragte Asim. Ich wollte antworten, aber er liess mich nicht zu Wort kommen. «Ich brauche jetzt dringend etwas zu trinken. Warte hier.» Er stand auf und verliess das Kabuff.

Ich schien nicht zu einer guten Zeit gekommen zu sein. Ich liess meinen Blick durch das Kabuff schweifen: Papiere und

Unterlagen und Belege auf jeder freien Fläche, leere Kaffeetassen und ein voller Aschenbecher. Über allem hing ein feiner Dunst aus Zigarettenrauch. Nun seufzte auch ich. Wenn das nur gut kam.

Asim stand mit einer Flasche unter dem Arm und zwei Gläsern in der Hand im Türrahmen und machte Anstalten, sich wieder in seinen Bürostuhl zu setzen.

Ich stand schnell auf. «Lass uns nach draussen gehen.» Ich wedelte mit der Hand. «Hier kriegt man kaum Luft.»

Wir setzten uns im Garten an einen Tisch, der etwas abseits stand, und Asim schenkte Wein ein.

«Ich habe heute Jessica Langhardt aufgesucht.»

«Was?» Asim schien verwirrt.

«Jessica Langhardt. Die Biologin», erklärte ich.

«Ich weiss, wer Jessica Langhardt ist», sagte Asim abwesend und leerte mit einem Schluck sein Glas um mehr als die Hälfte. Dann zündete er sich eine Zigarette an, stiess den Rauch aus und sah an mir vorbei.

Asim schien verstimmt. Ich fragte mich, ob es mit Jessica zu tun hatte. Vielleicht hatte er gedacht, ich würde ihn weiterhin miteinbeziehen beim Fall der verschwundenen Eizellen.

«Sie hat nichts zu den verschwundenen Eizellen sagen wollen.»

«Gar nichts?» Nun hatte ich Asims Aufmerksamkeit.

Ich schüttelte den Kopf. «Gar nichts. Aber sie weiss etwas.»

Asim rauchte seine Zigarette zu Ende und drückte sie aus. «Wie kommst du darauf?»

Ich zündete mir eine Zigarette an. «Sie will reden. Aber sie hat Angst vor diesem Doktor Brock. Den Eindruck hatte ich.»

«Vielleicht hast du Recht», sagte Asim. «Vielleicht hat sie Angst. Aber vielleicht ist tatsächlich nichts dran an dieser Geschichte. Vielleicht irren sich deine Mandanten, und die Klinik ist sauber.»

Ich fröstelte in meiner sommerlichen Kleidung. Die Temperatur war merklich gesunken; die Luft war feucht und kühl. Ich verschränkte meine Arme. «Mir ist kalt.»

Asim ging eine Decke für mich holen. Ich rauchte und trank von meinem Wein. Mein Handy läutete in meiner Tasche. Es war halb zwölf in der Nacht. Das musste ein Notfall sein.

«Gehe ich straffrei aus?»

«Wie bitte?» Ich konnte die Stimme am anderen Ende nicht zuordnen.

«Ob ich straffrei ausgehe, wenn ich rede.»

Nun erkannte ich sie. Es war Jessica Langhardt.

«Angenommen, in der Klinik hat es Vorfälle gegeben», fuhr sie fort. «Vorfälle, die … die nicht ganz in Ordnung waren und an denen mehrere Personen mehr oder weniger beteiligt waren. Erhalte ich Straffreiheit, wenn ich alles erzähle?»

«Ein Geständnis wird auf jeden Fall zu Ihren Gunsten ausgelegt», sagte ich diplomatisch. Jessica schien das zu genügen. Auf jeden Fall redete sie weiter. Sie redete lange. Ich bat Asim, der mit der Decke unter dem Arm wieder am Tisch erschienen war, pantomimisch um Papier und Stift und machte mir Notizen. Ich hatte Gänsehaut an den Armen, aber nicht, weil mir kalt war. Was ich von Jessica zu hören bekam, war haarsträubend.

Gegen Ende unseres Gesprächs, wir hatten sicherlich eine halbe Stunde telefoniert, fragte ich Jessica, weshalb sie sich nun doch entschlossen hatte, die Wahrheit zu sagen.

«Ich habe meine leibliche Mutter nie gefunden», sagte sie. «Ich habe eine Menge Energie und Zeit dafür aufgewendet, sie zu suchen. Irgendwann habe ich aufgegeben. Aber es vergeht kein Tag, an dem ich nicht an sie denke. Kein Tag, an dem ich mich nicht frage, weshalb sie mich weggegeben hat.»

«Es tut mir leid», sagte ich.

«Das muss es nicht», sagte Jessica. «Ich habe gelernt, damit zu leben. Nicht alle können das. Einige zerbrechen daran, ihre Abstammung nicht zu kennen. Deswegen rede ich mit Ihnen. Weil ich nicht verantwortlich sein möchte. Weil es sich nicht richtig anfühlt.»

45

«Vielen Dank, Lisa. Du hast was gut bei mir.» Ich legte auf. Nun konnte ich einen weiteren Punkt von meiner Liste streichen.

Ich hatte mich am Wochenende entspannen, die Arbeit für zwei Tage hinter mir lassen wollen, aber das war mir nicht gelungen. Ich hatte viel nachgedacht, war ruhelos gewesen und hatte mich in der Nacht stundenlang hin- und hergewälzt. Nach dem Gespräch mit Jessica liess mir der Fall der verschwundenen Eizellen keine Ruhe, ich wollte so bald als möglich einiges in Gang bringen, machte mir Gedanken zum bestmöglichen Vorgehen. Und mit dem Verlauf, den die Untersuchungen zu Jans Tod nahmen, war ich alles andere als zufrieden. Ich musste meine eigenen Nachforschungen vorantreiben. Ich musste unbedingt mit dieser Cindy sprechen.

Schlaflos hatte ich den Kirchglocken gelauscht. Irgendwann hatte ich es nicht mehr ausgehalten. Ich hatte mich auf meine geliebte Fensterbank gesetzt und die schlafende Stadt unter mir betrachtet. Dann hatte ich einen Entschluss gefasst: Ich würde meine Kanzlei für die nächsten Tage schliessen, alle Termine absagen oder verschieben und nur noch das Allernotwendigste erledigen. So hatte ich Zeit, mich ausschliesslich meinen beiden Problemfällen zu widmen. Ich musste sie zu einem Abschluss bringen, sonst würde ich nicht zur Ruhe kommen.

Noch in der Nacht hatte ich eine Liste geschrieben, was alles zu tun und zu organisieren war. Punkt für Punkt arbeitete ich diese Liste nun ab. Soeben hatte ich Lisa Lehmann, eine Anwaltskollegin, gebeten, mir für einige Tage den Rücken frei zu halten und als meine Vertretung einzuspringen. Ich besprach den Telefonbeantworter entsprechend, packte meine Aktentasche und verliess mein Büro.

Gegen elf Uhr stand ich im Eingang des Lokals, in dem gemäss Paul diese Cindy arbeitete. Ich wollte vor dem Mittagsandrang mit Cindy sprechen. Aber wie ich da in diesem Lokal stand, bezweifelte ich, dass es hier einen grossen Andrang geben würde. Es war ein düsterer Laden, zum Trinken geeignet, aber nicht zum Essen. Ich fragte mich, was Jan und Paul hier verloren hatten. Obwohl – bei Jan erstaunte es mich nicht wirklich. Er hatte eine Vorliebe für verruchte Beizen und dunkle Spelunken.

Eine dunkelhaarige Frau stand hinter dem Tresen und trocknete Gläser. Sie sah auf, als ich eintrat. Sie war älter, als ich gedacht hatte, und weit weniger hübsch. Ich setzte mich auf einen Barhocker ihr gegenüber.

«Sind Sie Cindy?»

Sie hob eine gezupfte Augenbraue. «Wer will das wissen?»

Ich grinste. Sie war irgendwie cool, diese Cindy – wenn sie es denn war. «Moira van der Meer, Anwältin.» Ich streckte ihr die Hand entgegen.

Sie zögerte, wischte dann ihre Hand am Geschirrtuch trocken und reichte sie mir.

«Sie sind also Cindy», sagte ich.

Sie nickte und trocknete weiter Gläser.

«Ich muss mit Ihnen reden.»

Wieder hob sie eine Augenbraue.

Ich fragte mich, ob sie das vor dem Spiegel geübt hatte. «Es geht um Jan. Jan Krüger.»

Cindy liess das Geschirrtuch sinken, während ich ein paar einleitende Worte verlor. Zuerst blieb Cindy stumm.

«Ich habe ihn hier kennengelernt. Ich wusste, dass er verheiratet ist.» Cindy hatte sich endlich dazu herabgelassen, mit mir zu reden. «Wir haben ein bisschen geflirtet, aber das war ganz harmlos. Na ja, zumindest hat es harmlos angefangen. Aber dann bin ich ihm zufälligerweise ein paar Tage später über den Weg gelaufen, drüben, bei ‹Lina's›. Er hat sich bei mir ausgeweint wegen Norah.»

«War er in Sie verliebt?», fragte ich.

Cindy zuckte zusammen und ihr Mund verzog sich.

Ich schien einen wunden Punkt getroffen zu haben.

«Am Anfang machte es den Eindruck, aber ehrlich gesagt, glaube ich nicht, nein.»

«Erzählen Sie mir etwas über Jan und Norah», sagte ich.

«Norah hat ihn nach Strich und Faden betrogen», sagte Cindy und trat gegen den Tresen. Ihre Wut musste raus. «Mit diesem Geschäftspartner von Jan, diesem Paul.»

Das wusste ich bereits. Aber vielleicht konnte Cindy mir noch mehr erzählen.

«Und Jan wusste Bescheid», hakte ich nach.

«Und ob.»

«Und dieser Typ war nicht der einzige?»

«Keine Ahnung. Aber da lief wohl immer mal wieder was.»

«Wie war das?», fragte ich. «Ich meine, wie war die Ehe? Gab es ein bestimmtes Problem oder …»

«Wollen Sie wissen, wie es war?», fragte Cindy aufgebracht und fuchtelte herum. «Die waren freiwillig unglücklich. Ehrlich, es konnte einem schlecht werden. Streit, Versöhnung, Streit, Versöhnung. Aber so ist es vielleicht. Manche Leute ziehen sich gegenseitig runter. Runter und runter und immer weiter runter.»

«Angeblich war es die grosse Liebe», fuhr Cindy fort. «Angeblich waren sie das ideale Paar. Tja, nichts ist perfekt.»

Ich fragte mich, was Jan an ihr gefunden hatte. Sie sah nicht schlecht aus auf eine etwas gewöhnliche Weise, aber sie war nicht wirklich sympathisch. Hart und zornig wirkte sie. Aber was wusste ich schon, was sie in ihrem Leben alles durchgemacht hatte? Eines war klar: Sie konnte Norah nicht das Wasser reichen. Cindys Härte, ihre burschikose Art mochten Jan angezogen haben. Wahrscheinlich war es ihm nach recht kurzer Zeit zu viel gewesen. «Nein, da haben Sie Recht», sagte ich. «Hat Jan … ich meine, abgesehen von Ihnen. Hatte er …»

«Sie wollen wissen, ob er mit anderen Frauen geschlafen hat? Mit einer bestimmt, die hat er sogar mal erwähnt. Linda oder Lea oder Lara. Lena vielleicht. Aber ganz bestimmt nicht, während er mit mir zusammen war.» Sie biss ihren Kiefer so fest zusammen, dass ihre Wangenknochen hervortraten. «Er hat ein paar Wochen vor seinem Tod mit mir Schluss gemacht. Er wollte es noch einmal mit ihr versuchen, mit Norah.» Sie schnaubte – ich konnte nicht erkennen ob vor Ungeduld oder vor Wut.

Dann nahm sie wieder ihr Geschirrtusch zur Hand. «Ist das alles? Ich habe zu tun.» Das war unübersehbar. Es herrschte noch immer gähnende Leere im Lokal.

«Kennen Sie sie? Die frühere Geliebte, meine ich?»

Wenn Blicke töten könnten, dann wäre ich auf der Stelle zusammengebrochen.

«Nein.» Sie sagte es mit eisiger Stimme. «Das habe ich doch gesagt. Ich kann mich nicht mal an ihren Namen erinnern.»

Ich glaubte ihr. So etwas konnte man nicht vortäuschen, eine solche Verachtung. «Eine letzte Frage. Weshalb haben Sie sich nicht bei der Polizei gemeldet? Nach Jans Tod meine ich?»

«Weshalb sollte ich? Wir waren nicht mehr zusammen. Ich hatte keinen Kontakt mehr. Was hätte ich der Polizei zu sagen gehabt?»

Tja, was. Nichts, was die Polizei brennend interessiert hätte, das stimmte. Für die Polizei und die Staatsanwaltschaft hatte der Verdächtige schon sehr früh festgestanden. Ich war mir ziemlich sicher, dass Cindy nicht für Jans Tod verantwortlich war. Sie war zornig und wütend auf Jan. Aber wenn sie ihn erschossen hätte, dann vor zehn anderen Menschen. Sie war ehrlich, im Guten wie im Schlechten. Kalkül und Vertuschung waren nicht ihre Art.

46

«Paul, ich muss Sie noch etwas fragen.» Ich stand vor dem Lokal. Durch die trübe Scheibe fühlte ich Cindys Blick auf mir. Es war mir egal. Ich hatte das Gefühl, etwas Wichtigem auf der Spur zu sein, auch wenn ich selbst nicht genau wusste, was es war. Also hatte ich draussen zum Telefon gegriffen und Paul angerufen. «Hatte Norah andere Affären – ausser Ihnen?»

Paul antwortete nicht, aber ich hörte, wie er sich eine Zigarette anzündete und daran zog.

«Paul?»

Er blies den Rauch aus. Bei diesem Geräusch überkam mich eine unbändige Gier nach einer Zigarette. Ich hatte heute erst eine geraucht, kurz nach dem Aufstehen. Danach war ich zu beschäftigt gewesen.

«Als Sie bei mir in der Wohnung waren, habe ich versucht Ihnen aufzuzeigen, wie Norah ist. Vielleicht ist es mir nicht wirklich gelungen. Sonst würden Sie nicht fragen.»

«Was meinen Sie?»

Er schien in Rätseln zu sprechen.

Wieder zog er an der Zigarette, hielt den Atem an. Er wollte den Rauch so lange wie möglich in der Lunge behalten. Gleichzeitig mit dem Ausatmen sprach er weiter. «Norah ist eine von diesen Frauen, die Aufmerksamkeit brauchen. Das Gefühl, hofiert zu werden. Ich glaube, sie geniesst die Vorstellung, dass ein Mann – also irgendein Mann, ich zum Beispiel – ihr bis ans Ende der Welt folgen würde. Alles für sie tun würde. Was danach kommt, interessiert sie nicht. Das traute Glück, das interessiert sie nicht. Das ist wie der lange, öde zweite Akt eines Films, den kein Mensch sehen will.»

Ich fragte mich, ob Paul betrunken war. Er sprach merkwürdig, gab mir keine Antwort auf meine Frage. «Ich verstehe nicht. Heisst das also ja?»

Paul lachte, ein unglückliches Lachen, das mich schaudern liess. «Sie wollte vielleicht nicht. Aber sie konnte nicht anders.» Paul wollte auflegen, aber ich kam ihm zuvor.

«Und was waren das für Männer? Kennen Sie sie?»

«Nein.»

Ich wartete, aber da kam nichts mehr. Anders als bei Cindy wusste ich nicht, ob ich ihm glauben sollte. Für den Moment beliess ich es dabei. Ich hatte das Gefühl, hier nicht weiterzukommen. «Eine allerletzte Frage, Paul: Wo waren Sie in der Nacht, als Jan erschossen wurde.»

Paul überlegte eine Weile. «Zu Hause», sagte er schliesslich. «Allein. Ein tolles Alibi, nicht?» Wieder lachte er sein freudloses Lachen. Dann legte Paul auf.

47

Ich nahm die letzten Meter des schmalen gewundenen Wegs, der von der Rychenbergstrasse durch Willys grossen Garten zum Hauseingang führt. Nach dem Telefonat mit Paul hatte mich eine bleierne Müdigkeit befallen, und ich hatte beschlossen, nach Hause zu gehen und eine kurze Siesta zu halten. Nach der schlimmen Nacht kam mir nichts so verlockend vor, wie für eine Stunde in mein Bett zu sinken und zu schlafen. Ich hatte mich zu früh gefreut. Kaum hatte ich das Haus betreten, schnellte Willys Kopf wie ein Schachtelteufel aus seiner Wohnungstür.

«Willy!» Ich griff mir ans Herz. «Sie haben mich zu Tode erschreckt.»

Willy sah überhaupt nicht schuldbewusst aus. «Ich habe Sie nicht für derart schreckhaft gehalten, liebe Moira.» Dann trat er auf den Flur und zog die Wohnungstür halb hinter sich zu, winkte mich verschwörerisch zu sich. «Sie müssen mit zu mir kommen», flüsterte er.

«Weshalb?», flüsterte ich zurück. Ich kam mir idiotisch vor. «Ich muss mich dringend hinlegen», sagte ich in normaler Lautstärke.

«Hinlegen können Sie sich später. Erst kommen Sie zu mir.»

So hartnäckig kannte ich ihn gar nicht, normalerweise respektierte er die Bedürfnisse anderer. Ich wollte weiter argumentieren, liess es aber sein. Ich war zu müde, um mich gegen Willy zu behaupten. Seufzend folgte ich ihm. Drinnen begrüsste mich Charlie, als hätte er mich monatelang nicht gesehen.

«Kommen Sie, Moria.» Willy hielt mir die Tür zum Wohnzimmer auf. Ich machte einen Schritt und blieb wie angewurzelt stehen. Auf dem Biedermeiersofa sass Celina, meine Mutter, und schaute in den blühenden Garten hinaus. Sie hatte mir gerade noch gefehlt. Ich wollte gleich einen Abgang machen, aber Willy hatte sich hinter mich gestellt.

«Es muss sein, Moira», sagte er leise. «Sie müssen mit ihr reden. Es geht ihr sehr schlecht.»

«Das ist kein Grund», sagte ich etwas weniger leise. «Meiner Mutter geht es immer schlecht. Ausserdem sehen wir uns am Samstag.»

Nun hatte auch meine Mutter mich bemerkt. Sie erhob sich und schien auf uns zukommen zu wollen, blieb dann aber unentschlossen stehen.

«Bis Samstag ist es lange hin», sagte Willy.

«Es kann nicht lange genug sein», murmelte ich.

«Schämen Sie sich, Moira.» Willy sah mich streng an und ging an mir vorbei. Er nahm Celina sanft am Arm. «Sieh mal, wen ich für dich aufgegabelt habe, meine Liebe.» Er führte Celina zurück zum Sofa. «Setz dich doch wieder, Celina. Und Sie, Moira, können meinen Sessel haben. Ich habe in der Küche zu tun.»

Clever eingefädelt, das musste ich ihm lassen. Ich seufzte und setzte mich. Was blieb mir anderes übrig? Am liebsten hätte ich mir in Willys guter Stube eine Zigarette angezündet.

«Was willst du?», fragte ich Celina.

Sie antwortete nicht. «Wie geht es dir?», fragte sie stattdessen.

«Gut.»

«Du siehst aber nicht so aus, als ob es dir gut ginge.»

Ich hatte eine böse Antwort auf der Zunge, verkniff sie mir aber. «Was willst du, Celina?», wiederholte ich meine Frage.

Meine Mutter öffnete den Mund und schloss ihn wieder. Sie beugte sich vor und nahm ein schön geschwungenes Glas zur Hand. Es war zur Hälfte mit einer dunklen Flüssigkeit gefüllt. Portwein, nahm ich an. Die Flasche stand auf dem Beistelltisch.

«Musst du dir erst Mut antrinken?», sagte ich und schämte mich sogleich dafür.

Celina war bei meinen Worten leicht zusammengezuckt.

Damit hatte ich definitiv eine Grenze überschritten. «Es tut mir leid.» Ich beugte mich vor und suchte ihren Blick. «Wirklich.»

Sie stellte das Glas zurück und nickte. Dann strich sie mit einer Hand ihren Rock glatt. «Ich muss mit dir über Maria reden», sagte sie.

Ich lehnte mich zurück. Ich wollte an jedem anderen Ort sein, nur nicht hier. «Ich will nicht über sie reden.»

«Du musst auch nicht reden. Nur zuhören.»

Ich gab mich geschlagen. Wenn sich meine Mutter etwas in den Kopf gesetzt hatte, war sie schwer davon abzubringen. Ich liess sie reden. Das erschien mir weniger anstrengend. Weit gefehlt!

Celina erzählte mir von der Zeit, bevor Maria verschwunden war. Sie erzählte mir, wie Maria sich verändert hatte, sich mit neuen Freunden umgeben hatte, unter anderem mit Norah. Sie sei des Öfteren spät nach Hause gekommen, ihre Schulleistungen seien abgesackt. Manchmal sei Maria wie weggetreten gewesen. Celina hatte vermutet, dass sie Drogen nehmen würde, aber Maria habe das vehement abgestritten.

«Ich habe von all dem nichts bemerkt», sagte ich skeptisch.

«Du warst zu sehr mit dir selbst beschäftigt, Moira.»

«Ich war achtzehn!», begehrte ich auf.

«Das war kein Vorwurf», sagte meine Mutter ungewohnt sanft. «Du hattest viel um die Ohren. Maturavorbereitungen, Jungs, was man halt so hat in dem Alter. Und ausserdem hat dich das Verschwinden deines Vaters sehr mitgenommen.» Sie beugte sich vor und hob die Hand. Es sah aus, als wolle sie mich berühren, doch mitten in der Bewegung stockte sie und liess die Hand sinken.

«Dass Dad uns verlassen hat, hat Maria viel mehr mitgenommen als mich.»

Celina sah mich erstaunt an. «Das stimmt nicht, Moira. Da irrst du dich.»

Ich wusste nicht, was ich darauf entgegnen sollte. Stattdessen stand ich auf, nahm mir ein Glas aus der Vitrine und schenkte mir grosszügig Portwein ein. Ich hob mein Glas. «Santé», sagte ich ironisch. Mit einem Schluck leerte ich das Glas zur Hälfte. «Und weiter?», fragte ich dann.

«Was meinst du?» Meine Mutter schien den Faden verloren zu haben.

«Wie die Geschichte, die du mir erzählen wolltest, weitergeht.»

«Wie ich gesagt habe: Maria hatte sich verändert. Ich war hilflos, wusste nicht, was ich tun sollte.»

«Dir Hilfe holen? Ihr den Umgang mit ihren Freunden verbieten vielleicht?»

«Das war nicht so einfach. Maria hatte ihren Kopf.» Meine Mutter schaute vor sich hin.

«Und was hast du gemeint mit ‹Norah war nicht gut für sie›? Ist damals etwas vorgefallen mit Norah und Maria?»

Celina schüttelte den Kopf. «Nein, eigentlich nicht. Vielleicht war da gar nichts. Ich assoziiere Norah mit Marias Verschwinden, weil sie auf dem Weg zu ihr war. Deswegen habe ich diese negativen Gedanken Norah gegenüber.» Sie seufzte. «Ich weiss es nicht. Ich weiss nur, dass Maria nicht mehr dieselbe war. Und dass Norah eine ihrer neuen Freundinnen war.»

Wir waren beide eine Weile still und dachten beide an Maria. Das düstere Bild, das meine Mutter gerade von Maria gemalt hatte, unterschied sich definitiv von meinen Erinnerungen. Ich dachte an Maria als an die Kleine, die Schutzbedürftige, Empfindsame. Wenn es Ärger gegeben hatte, so war der meist von mir verursacht worden. So hatte ich bisher gedacht.

«Kurz bevor Maria verschwunden ist, hatten wir einen grossen Streit», unterbrach Celina meine Gedankengänge. «Erinnerst du dich?»

Ich schüttelte den Kopf. Ich hatte keinen blassen Schimmer, wovon sie redete.

«Ich habe Maria angeschrien. Ich habe geschrien, dass ich sie liebe. Und was um Himmels Willen aus ihr geworden sei. ‹Du bist nicht mehr du selbst›, habe ich zu ihr gesagt. Maria hat bloss auf dem Boden gesessen und gelacht. Sie hat auf dem Boden gesessen, die Augen verdreht und gelacht.» Meine Mutter schüttelte den Kopf.

Da war etwas, was Celina mir verschwieg. Ich sah es an ihrer gerunzelten Stirn, im trüben Weiss ihrer Augen.

«Sie hat etwas gesagt», sagte ich. «Zu dir.»

«Ja», sagte Celina. «Das hat sie. Sie hat gesagt … Sie hat gesagt, sie wisse, dass ich sie nicht richtig liebe. Und da bin ich wirklich ausgerastet. Ich habe ein Glas nach ihr geworfen – nicht nach ihr, eher an die Wand. Wie konnte sie so etwas glauben? Wie konnte sie glauben, dass ich sie nicht liebte, verdammt? Ich hatte getan, wozu ich fähig war. Ich meine: Was weiss ich denn schon über die Liebe?» Sie sah mich mit einem Blick an, tieftraurig.

Ich griff nach meinem Port und leerte das Glas. Dann stand ich auf. Ich hatte genug gehört. «Ich muss jetzt gehen», sagte ich.

Mutter nickte, die Augen abgewandt.

Unter dem Türrahmen wandte ich mich noch einmal zu ihr um. «Danke», sagte ich. «Danke, dass du es mir gesagt hast.»

Sie nickte wieder.

Wir konnten uns nicht in die Augen sehen. Ich sah mich suchend nach Willy um und fand ihn in der Küche, in einem Topf rührend.

Er sah auf und lächelte mich an. «Schön, dass Sie ...» Er kam nicht weiter mit dem, was er hatte sagen wollen.

Ich umarmte ihn, fiel ihm sozusagen um den Hals.

Etwas ungelenk drückte er mich an sich. «Na, na», murmelte er.

Ich löste mich von ihm, sah ihn an. «Das Leben ist wirklich verdammt beschissen», sagte ich. Und dann brach ich in Tränen aus.

48

Ich konnte es mir nicht leisten, lange über das Gespräch mit Celina nachzudenken. Ich hatte zu tun. Energisch schnäuzte ich mir oben in meiner Küche die Nase. Dann setzte ich mich an den Esstisch, öffnete mein Notebook und begann zu schreiben.

Stunden später war ich fertig. Ich las mir alles noch einmal durch, korrigierte, wo nötig.

Mein Handy brummte. Asim schreib mir eine SMS: «Hast du mit Corazollas gesprochen?» Ja, hatte ich, heute früh. Sie hatten meinen Ausführungen staunend gelauscht. Claire hatte zu weinen begonnen, und es hatte eine Weile gedauert, bis sie sich wieder beruhigt hatte. Danach hatten wir das weitere Vorgehen besprochen. Wie vereinbart schrieb ich zurück: «Wir sehen uns morgen.» Bevor ich mich wieder meiner Schreibarbeit zuwandte, rief ich bei Jessica Langhardt an.

«Wie fühlen Sie sich?», fragte ich.

«Wie gegessen und wieder ausgekotzt.»

Für eine so grazile Person hatte Jessica mitunter einen erstaulich derben Wortschatz.

«Und ich sehe auch so aus.»

«Sind Sie bereit für morgen?», erkundigte ich mich.

«Ich bereue es», sagte Jessica anstelle einer Antwort.

«Was bereuen Sie?»

«Mich Ihnen anvertraut zu haben.»

«Sie sind intelligent. Sie wussten, worauf Sie sich einlassen.»

«Nein.»

«Doch. Sonst hätten Sie weiterhin geschwiegen. Oder Sie wären direkt zur Staatsanwaltschaft gegangen.»

Es war lange still. «Das Verrückte daran ist, dass ich Sie irgendwie mag.»

Ich steckte mir eine Zigarette an und trat ans offene Fenster. «Die Mühseligen und Beladenen erkennen einander.»

«Bibelfest sind Sie auch noch?», höhnte Jessica. «Was können Sie nicht?»

«Sie irren sich», sagte ich und zog lange an meiner Zigarette. «Eigentlich bin ich ziemlich unfähig.» Ich stiess den Rauch aus und sah ihm nach, wie er in den Himmel emporstieg.

49 Corazollas wohnten im Park Hochwacht, einer Überbauung oberhalb des Vogelsangquartiers. Ich hatte Jessica am Bahnhof abgeholt, und nun standen wir vor der Wohnungstür von Claire und Manfredo. Ich hatte damit gerechnet, dass Jessica einen Rückzieher machen würde und war entsprechend erleichtert, dass dem nicht so war.

«Sie kennen mich schlecht», sagte sie. Sie war sehr blass. «Ich mache keine halben Sachen.»

Ich bewunderte das. Es war alles andere als einfach, seine Verfehlungen öffentlich zu machen – und dann erst noch vor der Presse.

Jessica hatte Verstörendes von der Wunschkinder-Klinik berichtet: Doktor Brock habe mehrere Male Eizellen von Kinderwunsch-Patientinnen abgezweigt, in Stickstoff eingefroren und in einem Röhrchen in einer eigens dafür bereitgestellten goldenen Kassette konserviert. Die Eizellen aus der goldenen Kassette seien für die Übertragung auf andere Frauen bestimmt gewesen, hatte Jessica gesagt. «Frauen, die trotz Hormontherapie keine Eizellen entwickelten, erhielten Eizellen aus diesem Vorrat. So waren alle zufrieden, Doktor Brock hat gut verdient, und die Statistiken sahen wunderbar aus.»

«Wie sind Sie denn da nur hineingeraten?», hatte ich Jessica gefragt.

«Ich weiss nicht», hatte Jessica gesagt. «Doktor Brock und Doktor Altmann konnten sehr überzeugend sein. Vor allem Doktor Brock liess überhaupt keinen Widerspruch zu, sein Wort war Gesetz. Wenn ich nicht mitgemacht hätte, dann hätte er dafür gesorgt, dass ich nirgends mehr einen Job finde. Tja, so hat es angefangen. Und dann habe ich keine Möglichkeit mehr gesehen, da rauszukommen. Mitgegangen, mitgehangen.» Sie hatte sich geräuspert.

«Und nun sind Sie aufgetaucht, und mir ist klar geworden, dass ich so nicht weitermachen kann. Nicht weitermachen darf.»

Am Wochenende hatte ich mir lange den Kopf zerbrochen, welche Taktik im Fall der verschwundenen Eizellen am erfolgversprechendsten war. Diese Story über die Machenschaften aus der Wunschkinder-Klinik war Dynamit. Ich konnte nun, mit Jessica als Zeugin, Strafantrag bei der Staatsanwaltschaft stellen. Diesen Antrag hatte ich tags zuvor, nach der Unterhaltung mit Celina, verfasst und bereits zur Post gebracht. Das erschien mir aber nicht Strafe genug. Doktor Brock und Doktor Altmann sollten an den Pranger gestellt werden. Die Öffentlichkeit sollte Bescheid wissen über das Gebaren eines grössenwahnsinnigen Arztes, der meinte, sich an kein Gesetz und keine ethische Richtlinie halten zu müssen.

Ich hatte in den letzten Jahren einige Medienkontakte geknüpft. Als Anwältin ist es immer von Vorteil, einen guten Draht zur vierten Gewalt zu haben. Diese Kontakte würden mir nun im Fall der verschwundenen Eizellen sehr nützlich sein. Ich hatte mich für Ralph Meyer entschieden; er arbeitet beim namhaftesten Boulevardblatt der Schweiz. Ihm hatte ich die Geschichte der Corazollas erzählt: Gestohlene Eizellen in einer Zürcher Kinderwunschklinik, ein renommierter Arzt sei in die Sache verstrickt. Meyer war gleich darauf angesprungen.

Heute trafen wir uns mit ihm in der Wohnung der Corazollas. Jessica würde noch einmal alles berichten, und Claire Corazolla würde ihre Seite einbringen.

Claire öffnete uns die Tür.

Jessica neben mir erstarrte. «Ich …», begann sie zögernd. «Ich kann Ihnen nicht sagen, wie leid es mir tut.»

«Ich weiss», sagte Claire. «Deswegen sind Sie hier.» Ihr Bauch hatte sich innerhalb von zwei Wochen weiter gerundet. Es war nicht mehr allzu lange bis zum Geburtstermin.

Wir traten ein. Claire führte uns ins Wohnzimmer, wo bereits Asim und Ralph Meyer und der Zeitungsfotograf auf uns warteten. Asim war eigentlich überflüssig, aber ich hatte ihn nicht übergehen wollen. Ohne ihn wären wir heute nicht hier. Nach einer Vorstellungsrunde setzten wir uns. Ich sah mich um. Das Wohnzimmer mit den dicken Perserteppichen und den exquisiten Möbeln würde sich gut machen auf den Fotos. Und Claire Corazolla sowieso; mit ihrer zerbrechlichen Schönheit würde sie die Leser auf ihre Seite ziehen; die Schwangerschaft trug das ihrige dazu bei.

«Und Sie sind überzeugt, dass dies der richtige Weg ist?», fragte mich Claire zum gefühlt hundertsten Mal. Sie war äusserst nervös bei dem Gedanken, dass ihr Name und ihre Geschichte öffentlich gemacht würden.

Manfredo trat hinzu, tätschelte seiner Frau beruhigend die Schultern. «Alles wird gut, Schatz. Wir haben das ausführlich mit Frau van der Meer besprochen. Doktor Brock hat nichts anderes verdient.»

Er zwinkerte mir zu, aber so gelassen, wie er sich gab, war er nicht. Seine Haut wirkte wächsern unter der Sommerbräune, und er hatte leichte Tränensäcke. Ich konnte es den beiden nicht verdenken. Was wir vorhatten, war alles andere als ein Sonntagsspaziergang.

Ralph Meyer räusperte sich. «Lassen Sie uns anfangen. Claire, erzählen Sie mir bitte, was Ihnen widerfahren ist.» Er stellte ein kleines Aufnahmegerät auf den Couchtisch. «Und anschliessend, Jessica, berichten Sie Ihre Erfahrungen aus dem Inneren der Wunschkinder-Klinik. Lassen Sie nichts aus. Die Leser wollen jedes pikante Detail wissen.»

50

Asim und ich standen vor dem Hauseingang der Corazollas.

«Ist gut gelaufen», sagte Asim

Ich nickte. Es war sehr gut gelaufen. Ralph Meyer hatte sich, als er die ganze Story gehört hatte, buchstäblich die Finger geleckt. Claire, Manfredo und Jessica hatten sich hervorragend geschlagen, bei Claire waren sogar einige fotogene Tränen geflossen.

Meyer und der Fotograf waren als Erste gegangen. Bald darauf folgten Asim und ich. Jessica blieb zu meinem Erstaunen noch.

«Claire und ich haben einiges zu bereden», hatte sie gesagt. Sie schien wirklich reinen Tisch machen zu wollen. Ich hoffte, Meyer würde wohlwollend über sie schreiben.

Der Artikel würde morgen erscheinen. Meyer wollte vorher Doktor Brock um eine Stellungnahme bitten. Ich war gespannt, wie er reagierte. Sein kleines Geheimnis war aufgeflogen.

«Und jetzt?», fragte mich Asim. «Was hast du vor?»

Ich zuckte die Schultern. Eigentlich hatte ich versuchen wollen, Jans erste Geliebte ausfindig zu machen. Aber als ich im Sonnenschein stand, war alle meine Energie verpufft. Das schnelle Auf-die-Beine-Stellen des Presseinterviews, die Anspannung deswegen, mein Schlafmangel – das bekam ich nun zu spüren.

«Ich weiss nicht», sagte ich.

«Ich könnte Hilfe gebrauchen», sagte Asim.

Ich setzte mich langsam in Bewegung, und Asim folgte mir. Er war wie ich zu Fuss hierhergekommen; es war nicht weit zurück in die Altstadt.

«Wobei?»

Asim blieb stehen und sah mich von der Seite her bedeutungsvoll an.

«Nein», sagte ich.

«Doch.»

Ich seufzte. Wie heisst es doch? Der einzige Weg, einen Freund zu haben, ist der, selbst einer zu sein. Ich habe nicht viele Freunde. Zwei, Willy und Asim. Drei, wenn ich Béjart mitzähle. Aber Béjart ist – etwas anderes, Undefiniertes. In meinem Alter sollte man besser aufgestellt sein, über ein soziales Netzwerk verfügen. Da dies nicht der Fall war, wollte ich die wenigen Freundschaften, die ich hatte, pflegen.

Ich verbrachte den Nachmittag also damit, ein wenig Ordnung in Asims Kabuff und in seine Buchführung zu bringen. Als ich einen Berg Papiere sortierte, läutete mein Handy. Ich musste es erst suchen und schaute aufs Display. Die Wunschkinder-Klinik. Ich nahm ab.

«Frau van der Meer?»

Ich bejahte.

«Doktor Altmann am Telefon. Von der Wunschkinder-Klinik.»

«Frau Altmann!» Den Doktortitel liess ich weg. «Was für eine Überraschung.»

«Die Presse hat mich soeben angerufen, ein …», sie schien einen Blick auf ihren Notizzettel zu werfen.

«Ralph Meyer», ergänzte ich.

«Er hat mich oder besser Doktor Brock angerufen und eine hanebüchene Geschichte erzählt. Eizellen seien in unserem Institut abhandengekommen, und es sei Anzeige gegen Doktor Brock und mich erstattet worden. Doktor Brock wurde um eine Stellungnahme gebeten.»

«Abhandengekommen? Gestohlen und für illegale Zwecke verwendet trifft es wohl eher», warf ich ein.

Doktor Altmann sprach nicht weiter. Es hatte ihr die Sprache verschlagen.

Ich wartete, aber es kam nichts. «Und was wollen Sie von mir?», fragte ich schliesslich.

«Was ich will? Na, Sie haben das Ganze doch eingefädelt. Unter einem Vorwand haben Sie sich in unser Institut eingeschlichen. Das kam mir damals schon spanisch vor, Ihr Auftritt mit diesem, diesem …» Ihr Stimme überschlug sich beinahe.

«Pakistani? Haben Sie nach diesem Begriff gesucht?», flötete ich in den Hörer. Ich nahm eine Bewegung hinter mir wahr und drehte mich um. Asim stand unter dem Türrahmen und trocknete die Hände an seiner Schürze ab. Er war in der Küche am Vorbereiten und trug wieder seine übliche Uniform: karierte Hose und weisses Kochhemd. Ich zwinkerte ihm zu, deutete mit dem Finger auf mein Telefon und flüstere lautlos «Altmann». Er schien verstanden zu haben, auf jeden Fall zog er einen Stuhl unter dem Tisch hervor und setzte sich. Ich stellte mein Handy auf Lautsprecher.

«Frau van der Meer, darf ich Ihnen einen Rat geben?» Doktor Altmann hatte sich am Riemen gerissen und klang nun sanft. «Sie machen aus einer Mücke einen Elefanten. Frau Corazolla kann offensichtlich nicht umgehen mit der Belastung, die eine Hormontherapie mit sich bringt. Die Ermittlungen werden im Sand verlaufen. Man wird Frau Corazolla in der Luft zerreissen und Sie gleich mit. Nehmen Sie diesen Unsinn zurück. Doktor Brock hat sehr empfindlich auf das alles reagiert, er ist, gelinde gesagt, schockiert.»

Ich wunderte mich, dass Doktor Altmann sich nicht zu schade war, das Sprachrohr von Doktor Brock zu sein. Aber wahrscheinlich waren ihre gemeinsamen Interessen zu gross.

«Widerrufen Sie vor der Presse und ziehen Sie den Strafantrag zurück.»

Ich hörte ein Geräusch, als würde Doktor Altmann sich in ihrem Sessel zurücklehnen. Ihre Stimme hatte nun einen stählernen Unterton angenommen. «Verderben Sie sich und uns nicht alles.»

Das hörte sich wie eine Drohung an, und ihr Tonfall liess keinen Zweifel daran, dass es ihr bitterernst war. Ich konnte das durchaus nachvollziehen. Eine miserable Presse und die Verwicklung in ein Strafverfahren waren für eine Reproduktionsklinik katastrophal. Das Institut von Doktor Brock und Doktor Altmann machte sicherlich Millionenumsätze. Das wollte man sich nicht wegen ein paar läppischer fehlender Eizellen durch die Lappen gehen lassen.

«Wenn Sie meinen Rat nicht beherzigen, werden wir Sie wegen Verleumdung anzeigen. Sie haben keine Beweise für Ihre abstrusen Behauptungen.»

«Es gibt eine Zeugin: Jessica Langhardt.»

Doktor Altmann lachte blechern. «Das ist eine wirklich verlässliche Zeugin», spottete sie. «Sie wissen, dass Jessica unter Depressionen leidet? Sie beschäftigt sich zu sehr mit der eigenen Vergangenheit. Deswegen will sie uns nun in die Pfanne hauen, sucht einen Schuldigen für ihren Schmerz. Projektion nennt man das.»

Sie wollte noch etwas sagen, aber ich fiel ihr ins Wort. Ich mochte ihr nicht mehr länger zuhören. Ihre Gehässigkeit verursachte mir Übelkeit. «Vielen Dank, Frau Altmann, für Ihre Ausführungen und Ihren Rat. Ich werde darüber nachdenken.»

Asim schnitt neben mir eine Grimasse. Ich legte auf und griff nach meinen Zigaretten.

«Blöde Kuh», sagte Asim. «Die macht sich gerade in die Hosen vor Angst.»

51 Am nächsten Morgen war ich früh auf und warf vor dem Kaffee einen Blick in die Online-Ausgabe der Zeitung. Der Artikel über die Wunschkinder-Klinik prangte an prominenter Stelle. «Illegale Eizellspende in renommierter Zürcher Klinik», lautete die Schlagzeile. Ralph Meyer hatte seine Sache gut gemacht. Im Wesentlichen stand im Artikel alles, was Jessica Langhardt und Claire Corazolla ausgesagt hatten. Ein Foto der schwangeren, in Tränen aufgelösten Claire würde unzählige Leserherzen berühren. Ich wurde namentlich erwähnt als die kämpferische Anwältin an Claires Seite. Jessica war «eine sichere Quelle».

Etwas weiter unten war die Stellungnahme von Doktor Brock zu lesen. Auch er war abgebildet, allerdings mit einem dicken schwarzen Balken quer über seinen Augen, und es wurden nur seine Initialen genannt. Beim Lesen seiner Stellungnahme lachte ich laut auf. Doktor Brock gab zu, dass es bei der Behandlung von Claire Corazolla Ungereimtheiten gegeben habe. Diese Ungereimtheiten hätten allerdings nichts mit finsteren Machenschaften zu tun, wie ihm unterstellt werde. Eigentlich sei es völlig simpel: Er, Doktor B., habe an diesem Tag seine Lesebrille vergessen. Die Behandlungen habe er trotzdem vornehmen müssen, der richtige Zeitpunkt sei ein wichtiger Faktor bei der Kinderwunschbehandlung. Wegen seiner Sehschwäche habe er vor dem Einsetzen der Embryos die Petrischalen vertauscht, da diese nur auf dem Deckel angeschrieben gewesen seien, und ohne die Brille habe er die Aufschrift nicht richtig lesen können. So habe er drei Eizellen von Claire Corazolla einer anderen Patientin eingesetzt. Glücklicherweise sei daraus kein Kind entstanden, deswegen habe man die betroffenen Frauen auch nicht informiert. Im Nachhinein sei ihm klar, dass das ein Fehler gewesen sei, aber es sei ihm peinlich gewesen. Man biete Claire Corazolla gerne die Hand und offeriere ihr eine grosszügige Summe als Entschädigung für den Verlust der drei Eizellen.

Er war clever, dieser Doktor Brock. Ich glaubte ihm kein Wort; die Story mit der Lesebrille und den versehentlich eingesetzten Eizellen war von vorn bis hinten erfunden. So konnte es sich nicht abgespielt haben, das war unmöglich. Bei der Besichtigung der Klinik hatte Doktor Altmann Asim und mir gesagt, die Behälter für die Eizellen würden mittels Barcode registriert und zugeordnet. Und für das Aufsaugen der Eizellen aus der Petrischale sei die Biologin zuständig.

Trotzdem: Chapeau, Doktor Brock! Guter Versuch. Ich war gespannt, wie es weitergehen würde. Die Sache begann, mir Spass zu machen.

Ich setzte Kaffee auf und ging unter die Dusche. Danach fing es an mit den Anrufen: Corazollas, Jessica Langhardt, die Presse, alle wollten mit mir über den Artikel reden. Ein Anruf kam von einem Anwalt aus Zürich. Er vertrat die Wunschkinder-Klinik und machte ein lukratives Angebot. Bedingung war, dass Claire Corazolla ihre Aussage widerrief und den Strafantrag zurückzog.

«Ich werde mich mit meiner Mandantin besprechen», sagte ich und legte auf. Claire würde das Angebot nicht annehmen. Es ging ihr nicht um Geld, davon hatte sie selbst genug. Ausserdem – selbst wenn wir den Strafantrag zurückzogen, konnte die Staatsanwaltschaft weiter ermitteln. Da war schliesslich auch noch Jessica, die sichere Quelle. Vielleicht unterbreitete man ihr ebenfalls ein Angebot. Doktor Brock schien nichts unversucht zu lassen. Er stand auf verlorenem Posten.

Ich stellte mein Handy auf lautlos, ich hatte für den Moment genug telefoniert. Ich trank einen weiteren Kaffee und rauchte eine Zigarette am Fenster. Dann kleidete ich mich an. Ich hatte mir für den heutigen Tag vorgenommen, die erste Geliebte von Jan zu finden. Diese Linda oder Lea oder Lara. Lena vielleicht. Irgendwo in Winterthur.

Gestern Abend hatte ich Asim nach getaner Arbeit – das Kabuff war aufgeräumt, die Papiere waren ordentlich in Ordnern abgelegt, die Belege verbucht – von Jan und Norah erzählt. Ihn auf den neusten Stand gebracht.

«Verdächtigst du einen von Norahs Liebhabern?», hatte er gefragt. «Oder eine von Jans Geliebten?»

«Ich weiss nicht», hatte ich gesagt. «Ich glaube einfach, es war eine Person, die eine andere Person sehr geliebt hat.»

Womit wir auch wieder bei Paul angekommen wären. Bei Paul ohne Alibi. Bei Paul, der verrückt nach Norah war. Mit ihm musste ich mich nochmals befassen. Für heute reichte mir aber die Suche nach Linda. Oder ähnlich.

Ich stellte folgende Überlegungen an: Jan hatte seine Frauen – bei mir angefangen – in Bars oder Beizen kennengelernt. Er mochte Kneipen, unmoderne Bars, Orte, die nicht angesagt waren. Auf einem digitalen Stadtplan suchte ich nach Lokalen, die in Frage kamen. Ich seufzte. Das sah nach viel Arbeit aus. Entmutigt zündete ich mir eine Zigarette an und setzte mich auf die Fensterbank.

Es läutete an der Tür. Ich nahm an, es war Béjart oder Asim oder sonst jemand, der mir zum Artikel gratulieren wollte. Weit gefehlt.

Eine wutentbrannte Norah stand vor der Tür. Sie drängte sich an mir vorbei.

«Kannst du mir sagen, was das soll?» Sie wedelte mit einer Print-Ausgabe der Boulevardzeitung in meine Richtung. Ich konnte auf der Titelseite Ralph Meyers Artikel über die Wunschkinder-Klinik ausmachen.

«Was meinst du?»

«Na das!» Aufgeregt hielt Norah mir die Zeitung vor das Gesicht. «Du wirst da drin erwähnt! Was hast du mit der Wunschkinder-Klinik zu tun?»

«Claire Corazolla ist meine Mandantin», sagte ich. Das war kein Geheimnis. «Weshalb bist du so ausser dir, Norah?» Ich hatte immer noch meine Zigarette in der Hand und ging zum Fenster, um sie auszudrücken. «Willst du einen Kaffee?»

Norah wischte mein Angebot ungeduldig mit der Hand beiseite. «Du arbeitest für mich», sagte sie ruhiger.

«Und?» Irgendwie schien mir etwas zu entgehen. Ich hatte keine Ahnung, was Norah wollte.

«Du bist meine Anwältin, Moira. Weshalb rennst du in der Gegend rum und machst …» Wieder wedelte sie mit der Zeitung.

Mir ging ein Licht auf. «Ich bin deine Anwältin, Norah. Aber nicht exklusiv. Jeder Anwalt arbeitet gleichzeitig an mehreren Fällen, das weisst du. Von einem einzigen Mandat könnte ich nicht leben.» Norah war nicht dumm. Was steckte tatsächlich hinter ihrem Auftritt?

Sie sah mich finster an. «Ich hätte es wissen müssen. Ich hätte wissen müssen, dass du dazwischen funkst.» Sie sagte es zu sich selbst.

«Ich habe keine Ahnung, wovon du redest.» Ich hatte keine Geduld mehr. Alles an Norah war immer Drama. Mal heulte sie, dann wütete sie, dann war sie sanft wie ein Lamm. Es war anstrengend.

«Wolltest du sonst noch etwas, Norah?» Ich machte einen Schritt Richtung Flur.

«Du bist noch immer verliebt in Jan», sagte sie. «Gib es zu.»

«Jan ist tot, Norah.» Ich schüttelte den Kopf, machte keinen Hehl aus meinem Unmut. «Geh jetzt bitte, Norah. Ich habe zu tun.» Ich fragte mich nicht zum ersten Mal, ob es klug gewesen war, Norah als Mandantin zu akzeptieren. Vor ein paar Tagen hatten wir diese merkwürdige Unterhaltung in meinem Büro geführt, nun das hier.

Es klopfte an der Tür, eine willkommene Unterbrechung.

«Ist offen», rief ich.

Willy trat ein, ebenfalls eine Ausgabe der Zeitung in der Hand. Er sah von Norah zu mir.

«Ich störe», meinte er.

Ich winkte ab und bat ihn herein.

Willy begrüsste Norah, erkundigte sich, wie es ihr gehe. Norah zeigte sich charmant und trauernd. Ihre Wut von vorhin schien verflogen.

Da sollte einer schlau werden aus Norah. Mir war sie ein Rätsel. Weswegen war sie vorhin so ausser sich gewesen? Sicher nicht, weil ich neben ihr weitere Mandanten hatte.

«Norah», unterbrach ich ihre Plauderei mit Willy. «Norah, bist du in dieser Wunschkinder-Klinik gewesen?» Ich deutete auf die Zeitung.

«Nein», sagte sie überrascht. «Weshalb sollte ich?»

Das wusste ich nicht. Mir war eingefallen, was ich bei meinem Termin mit Asim gesehen hatte. Ich hatte gedacht, ich hätte Norah gesehen. «Bist du sicher?»

«Natürlich bin ich sicher.» Norahs Stimme war eine Spur ungeduldig. «Ich bin nicht da gewesen. Ich war nie in dieser Klinik.»

Ich schaute sie nachdenklich an. Erneut hatte sie eine Frage zweimal verneint.

Kurz darauf verabschiedete sich Norah. Sie entschuldigte sich für ihr Verhalten. «Ich habe deinen Namen in der Zeitung gelesen, und mein erster Gedanke war: Sie lässt dich im Stich. Sie hat keine Zeit mehr für dich.» Sie wischte verstohlen eine Träne weg.

Ich lächelte kühl.

Vom Fenster aus sah ich ihr nach, wie sie durch den Garten ging und zündete mir nachdenklich eine Zigarette an.

«Alles in Ordnung?»

Willy hatte ich vergessen. Er stand noch immer da, die Zeitung in der Hand.

«Alles bestens», sagte ich.

52

Die ersten Lokale, in denen ich nachforschte, waren Fehlanzeigen. Niemand hatte etwas oder jemanden gesehen, niemand wusste etwas. Ich hatte mich entschieden, im nahen Umkreis von Jans Haus anzufangen. So konnte ich mich nach und nach Richtung Innenstadt vorarbeiten. Mir war eine brillante Idee gekommen: Ich würde ein Bild von Jan zeigen und nach ihm fragen. Wer ihn kannte, der kannte vielleicht auch Linda, Lara, Lea. Oder Lena. Ich hatte nur ein Foto von Jan. Es war das, das ich aus seinem Haus mitgenommen hatte. Es war wirklich eine gelungene Aufnahme: Jans Haare waren vom Wind zerzaust, die Augen leuchteten. Erst erwog ich, Norah wegzuschneiden, liess es dann aber bleiben. Es wäre mir nicht richtig vorgekommen. Ich konnte sie mit der Hand abdecken.

Ich hatte mich der Zürcherstrasse entlang vorgearbeitet, schritt die Technikumstrasse entlang und hatte sicher fünfzehn Lokalen einen Besuch abgestattet. Ich war verschwitzt, meine Füsse schmerzten, und ich sah zum Fürchten aus. Ich schaute auf mein Handy. Es war kurz vor fünf.

Ich beschloss, noch drei Versuche zu wagen. Sollte sich auch dann nichts ergeben, tant pis. Ich konnte es an einem anderen Tag erneut versuchen. Vielleicht. Sehr erfolgversprechend war mein Vorgehen nicht. Ich sollte die Methode verbessern.

Aber jetzt würde ich mir erst einmal einen kühlen Weisswein gönnen. Beschwingt von diesem Vorhaben betrat ich das nächste Lokal: Die Lux Bar zu meiner Linken, eine sehr lange, schmale Angelegenheit. Jan hätte es hier nicht gefallen. Es war gewollt stilvoll mit viel Marmor und noch mehr LED-Leuchten. Aber wenigstens war es kühl. Vor Erleichterung seufzend hievte ich mich auf einen der klobigen schwarzen Barhocker. Draussen auf dem Vorplatz sass eine Gruppe junger Männer, aber hier drinnen war ich der einzige Gast. Ich warf einen Blick in die Karte und bestellte beim Barkeeper, einem Mittzwanziger mit schwarzem Brillengestell, ein Glas toskanischen Weissweins zum stolzen Preis von acht Franken. Er war das Geld wert. Nach dem ersten Schluck fühlte ich mich bereits besser, erfrischt.

Der aufmerksame junge Mann stellte mir ein Schälchen mit Knabbereien hin. Ich nahm die Gelegenheit wahr und zeigte ihm Jans Foto.

Er musterte mich neugierig.

«Ich bin Anwältin», beantwortete ich seine unausgesprochene Frage. «Ich suche nach jemandem.»

Das erklärte eigentlich gar nichts, aber er gab sich damit zufrieden. Er studierte das Foto, schüttelte den Kopf. «Ich kenne ihn nicht. Noch nie gesehen.»

Ich hatte es geahnt, trotzdem spürte ich eine leichte Enttäuschung. Meine bisherigen Anstrengungen waren umsonst.

«Aber sie, sie habe ich schon gesehen», fuhr der Barkeeper fort. «Sie ist ab und zu hier.»

«Ja?» Ich war überrascht und verschüttete beinahe meinen Wein. Mit dieser Antwort hatte ich nicht gerechnet, und ich wusste auch nicht, was damit anfangen.

Zum Glück redete der Barkeeper einfach weiter. «Trinkt immer Dry Martinis. Und ihr Begleiter Bier.» Er machte eine abfällige Miene, als er letzteres sagte.

«Kannst du dich erinnern, wie der Begleiter aussieht?»

«Gross, schlank, dunkle Haare. Unauffällig, aber ganz gutaussehend.» Das passte auf viele. «Er ist jünger als sie. Das ist mir als aufgefallen. Mindestens zehn Jahre jünger.»

Es wurde immer interessanter. Trotzdem war ich nicht sicher, was ich mit den Informationen anfangen sollte. Ich hakte nach. «Sind sie zusammen? Ich meine – sind sie ein Paar?»

«Definitiv. Sie knutschen nicht rum oder so. Aber für zwei Bekannte sitzen sie viel zu nahe beieinander. Und er verschlingt sie mit den Augen. Er ist hin und weg von ihr, das ist sicher.»

«Wie oft waren sie hier?»

Er zuckte mit den Schultern. «Kann ich nicht genau sagen. Ein paar Mal. Aber ich arbeite nicht jeden Tag.»

«Wann waren sie das letzte Mal da?»

Der Barkeeper zog ein Gesicht und wiegte den Kopf hin und her. «Vor zwei Wochen vielleicht. Drei maximal. Nicht allzu lange her.»

Vor Jans Tod also. Danach hatte Norah sich hier nicht mehr mit ihrem Bekannten oder Geliebten getroffen. Sie hatte ihn mir gegenüber auch nicht erwähnt. Schämte sie sich, Jan so kurz vor seinem Tod hintergangen zu haben? Oder war es zu Ende zwischen den beiden?

«Ich weiss übrigens, wie er heisst», unterbrach der junge Barkeeper meine Gedanken. «Sie hat ihn einmal mit seinem

Vornamen angeredet, als ich gerade die Getränke gebracht habe.» Er sah mich erwartungsvoll an.

«Und?»

«Luis. Er heisst Luis.» Er sah mich triumphierend an. Dann beugte er sich vor, sah mich verschwörerisch an. «Gib es zu, du bist nicht Anwältin, sondern Privatdetektivin. Geht es um eine schmutzige Scheidung, ja?» Seine Augen funkelten vor Neugier.

Ich lachte. Er war erfrischend, der junge Mann. Und er hatte ein gutes Gedächtnis.

Ich trank meinen Weisswein aus und legte ihm ein grosszügiges Trinkgeld hin zusammen mit meiner Visitenkarte, auf deren Rückseite ich meine Handynummer notiert hatte. «Ruf an, wenn dir noch was einfällt.» Ich tönte wie eine Kommissarin aus einem TV-Krimi. Ich musterte den Barkeeper eindringlich. «Es ist wichtig. Es geht nicht um eine Scheidung. Es geht um Mord.» Mit diesen Worten glitt ich vom Barhocker.

Der junge Mann sah mich entgeistert an.

Ich verkniff mir ein erneutes Lachen und ging durch den schmalen Raum zum Ausgang.

53

«Allmählich», sagte Paul Petersen, «allmählich geht mir das ziemlich auf die Nerven.» Er zog die beiden Silben des letztes Wortes in die Länge. Sein scharfer Ton wäre vielleicht einschüchternd gewesen, wenn Paul selbst nicht so übermüdet ausgehsehen hätte. Sein Hemd war zerknittert und hing ihm aus der Hose, er hatte einen ungepflegten Dreitagebart, und die Ringe unter seinen Augen waren so dunkel, dass sie aussahen wie schwarze Flecken. «Was wollen Sie schon wieder? Lassen Sie mich in Ruhe.»

«Darf ich kurz reinkommen?»

Unten hatte mich ein wohlmeinender älterer Herr, der zu einem Spaziergang mit seinem Rehpinscher aufgebrochen war, in das Haus gelassen. Ich stand für Paul ziemlich überraschend vor seiner Wohnungstür.

«Nein. Ich habe Ihnen alles gesagt, was ich zu sagen hatte. Eigentlich sogar mehr, als ich hatte sagen wollen. Ich möchte, dass Sie wieder gehen.» Paul machte Anstalten, mir die Tür vor der Nase zuzumachen.

Schnell stellte ich einen Fuss zwischen Tür und Rahmen. «Lassen Sie mich einen Moment hinein. Bitte, Paul.» Ich sah Paul in die Augen und drückte mit der Hand die Tür auf.

«Das geht zu weit», beschwerte Paul sich halbherzig, trat dabei aber einen Schritt zurück, so dass ich eintreten konnte. «Und?» Paul stand mit verschränkten Armen vor mir im Flur.

«Lassen Sie uns ins Wohnzimmer gehen», sagte ich.

Paul schien etwas erwidern zu wollen, seufzte dann aber mutlos und drehte sich um.

Ich folgte seinen schlurfenden Schritten. Es war sechs Uhr abends, draussen schien die Sonne, aber hier drinnen war es dämmrig, die Läden waren geschlossen. Deswegen dauerte es eine Weile, bis ich erkannte, dass das, was ich für Papiere und Unterlagen gehalten hatte, Fotos waren. Unzählige Fotos. Fotos von Jan und Norah, allein oder zu zweit, mit Paul und ohne Paul. Die Fotos lagen auf dem Salontisch, auf dem Sofa, am Boden. Ich wich instinktiv einen Schritt zurück, sah Paul unsicher an. Vielleicht war es keine gute Idee gewesen, herzukommen. Vielleicht war es sogar eine sehr schlechte Idee gewesen.

Paul schien mein plötzliches Zaudern nicht wahrzunehmen. «Bier?»

Ich schüttelte den Kopf.

Er holte sich eines aus dem Kühlschrank, es zischte beim Öffnen. Auf dem Salontisch lagen mehrere leere Dosen. Paul musste den ganzen Tag hier drin verbracht haben mit seinen Fotos und seinen Erinnerungen. Sein Verhalten war nicht gesund. Und meiner Meinung nach auch nicht normal; er schien geradezu besessen von Norah. Und von Jan.

Unauffällig kramte ich mit einer Hand in meiner Tasche nach dem Pfefferspray, den ich immer bei mir habe. Ich entspannte mich merklich, als ich ihn zu fassen bekam.

«Und?»

Ich sah Paul fragend an.

«Was wollen Sie?», fügte er ungeduldig an. Er musste das Trinken gewohnt sein. Seinem Reden war der Alkohol kaum anzumerken. Er war in der Küche stehen geblieben und unterhielt sich über den Tresen hinweg mit mir. Ich war nicht unglücklich, dass er Abstand hielt.

«Ich wollte mich mit Ihnen noch einmal über Ihr Alibi unterhalten», sagte ich.

«Was gibt es da noch zu sagen? Ich war hier, allein.» Er machte eine Geste, die die gesamte Wohnung umfasste. «Punkt. Ende. Aus.» Wieder setzte er die Dose an.

«Haben Sie sich eine Sendung am Fernsehen angesehen? Telefoniert?

Paul sah mich feindselig an. «Darum geht es. Nun soll ich also der Mörder sein.»

«Nein», sagte ich beschwichtigend, «ich möchte nur …»

«Sie sind nicht von der Polizei», unterbrach mich Paul. «Ich muss Ihnen gar nichts sagen.»

Tja, da hatte er Recht.

Er trank die Dose leer, zerknüllte sie in einer Hand und warf sie in die Spüle. «Wenn das alles war, dann gehen Sie jetzt bitte.»

Mist. Das hatte ich ganz falsch angefangen. Ich versuchte es nochmal. «Ich glaube nicht, dass Sie der Mörder sind, Paul. Aber ich will den richtigen Mörder finden.»

«Man hat ihn doch bereits. Hat in der Zeitung gestanden.» Pauls Sprache wurde langsam etwas undeutlich.

«Man hat jemanden verhaftet. Noch ist nicht sicher, dass er der Mörder ist. Und ich bin überzeugt, dass der falsche Mann verhaftet worden ist.»

Darauf antwortete Paul nichts, er stierte vor sich hin.

«Paul?»

Das holte ihn in die Wirklichkeit zurück. «Ihre Sache. Ich will damit nichts zu tun haben.» Er kam ins Wohnzimmer. «Und nun gehen Sie. Ich will allein sein.»

Alleinsein ist das letzte, was du brauchst, dachte ich. «Kennen Sie Luis?», fragte ich.

«Luis? Was für ein Luis?»

«Um die dreissig, dunkle Haare, schlank, gutaussehend. Ein Bekannter von Norah.»

«Keine Ahnung. Da müssen Sie schon Norah fragen.» Er kam auf mich zu.

Norah wollte ich nicht fragen. Aus irgendeinem Grund, und wenn es ein noch so unwichtiger war, hatte sie mir Luis verschwiegen. Bevor ich mit Norah sprach, wollte ich mehr über Luis herausfinden. Vor allem, nachdem meine letzten Gespräche mit Norah gelinde gesagt merkwürdig verlaufen waren.

«Luis war wohl Norahs Geliebter, kurz bevor Jan starb», sagte ich zu Paul.

«Gehen Sie.» Er zeigte mit dem Arm Richtung Tür. «Jetzt.»

Diesmal leistete ich seiner Aufforderung Folge. Ich wollte Paul nicht unnötig provozieren. Er war grösser und stärker als ich. Und alkoholisiert.

Er machte ohne ein weiteres Wort die Türe hinter mir zu. Ich hörte, wie er den Schlüssel drehte.

Dieser Ausflug nach Hegi war ja ziemlich für die Katze gewesen. Ich ging durch den Eulachpark Richtung Bahnhof Oberwinterthur, wo ich den 10er-Bus nach Hause nehmen würde. Mein Fahrrad stand immer noch vor Jans Haus. Ich hatte mich nicht aufraffen können, es zu holen.

Ich überquerte die Strasse mit der Erkenntnis, eine Stunde meiner Zeit wegen Paul vergeudet zu haben. Ich wusste nicht, was ich erwartet hatte. Mehr auf jeden Fall. Ich kam in die Unterführung. Ich nahm aus dem Augenwinkel eine Bewegung wahr und wollte mich umdrehen, aber da flog ich schon der Länge nach hin und schlug mit dem Gesicht aufs Pflaster. Ich spürte, wie mir Blut aus der Nase lief, und einen stechenden Schmerz an der Stirn. Dazu kam ein Druckgefühl, als würde jemand auf meinem Nacken knien. Ich kämpfte, um wieder hochzukommen, aber meine Beine versagten den Dienst, und obwohl ich versuchte, um Hilfe zu rufen, drang kein Laut aus meiner Kehle.

54

«Auch hier schon», sagte der Herr empört und schüttelte den Kopf. «Und das am helllichten Tag. Man ist nirgends mehr sicher.»

Er und eine junge Frau waren mir in der Unterführung couragiert zu Hilfe geeilt. Der Angreifer war bei ihrem Kommen geflohen. Beschämt dachte ich daran, dass ich noch vor ein paar Tagen alle als Feiglinge bezeichnet hatte, weil sie aus Angst nicht für andere eintraten. Wie hatte ich mich geirrt.

Ich fragte den Herrn, ob er gesehen habe, wer mich gestossen hatte, aber er verneinte.

«Der Mann ist an mir vorbeigerannt. Es ging alles sehr schnell.»

Auch die junge Frau hatte nichts gesehen. Sie fragte, ob sie die Polizei rufen solle. Ich lehnte ab.

«Wenigstens haben Sie Ihre Handtasche noch», versuchte der Herr mich zu trösten. Er vermutete einen Überfall.

Ich glaubte nicht, dass jemand an den Inhalt meiner Handtasche gewollt hatte. Ich war überzeugt, dass jemand es gezielt auf mich abgesehen hatte. Ein Einschüchterungsversuch. Oder ein Denkzettel.

Meine barmherzigen Samariter verfrachteten mich in ein Taxi – der nette Herr bestand sogar darauf, im Voraus für mich zu bezahlen –, das mich direkt nach Hause fuhr. Da ich mich ziemlich wacklig fühlte, war ich ganz froh, als ich Willy im Garten antraf. Er schlug bei meinem Anblick die Hände über dem Kopf zusammen, lotste mich in meine Wohnung und erschien kurz darauf mit einer Hausapotheke und einem gut gefüllten Glas Whiskey wieder in meinem Wohnzimmer.

«Trinken Sie das», befahl er und streckte mir das Glas hin.

Ich leistete der Aufforderung nur zu gerne Folge. Willy verarztete mich fachmännisch. Ich hatte eine Schulterprellung, aufgeschürfte Knie, eine Beule am Kopf und einen hässlichen Schnitt auf der Stirn.

Willy verlangte einen detaillierten Bericht über den Vorfall. «Sollten wir nicht doch zur Polizei gehen?», fragte er beunruhigt. «Irgendjemand will Ihnen offensichtlich Böses.»

Das war wohl so. Ich wehrte trotzdem ab. Ich musste erst in Ruhe nachdenken. Trotzdem fragte ich mich, wie weit der Angreifer hatte gehen wollen. Hatte er nur von mir abgelassen, weil sich Passanten näherten?

«Sie ruhen sich jetzt aus!» Willy packte seine Sachen und verabschiedete sich, nur um gleich noch einmal den Kopf zur Tür hereinzustecken. «Und in der nächsten Tagen gehen Sie nicht mehr allein irgendwelchen Spuren nach.»

Nun sass oder besser lag ich also auf meinem Sofa, starrte gelangweilt auf den Fernseher; irgendeine Serie flimmerte über den Bildschirm. Willy hatte mir netterweise eine Suppe und ein Fläschchen Wein gebracht, und so war es eigentlich ganz gemütlich. Oder ich hätte es gemütlich haben können, wenn ich nicht jedes Mal, wenn ich an den Überfall dachte, eine Gänsehaut bekommen hätte. Der Vorfall hatte mich mitgenommen.

Ich seufzte, leerte mein Glas und beschloss, ins Bett zu gehen. Der Tag war für mich definitiv gelaufen. Ich erhob mich steifbeinig und zuckte zusammen. Ich hatte einiges abbekommen. Mich an Stühlen und Wänden abstützend ging ich langsam ins Badezimmer. Ich schnitt meinem lädierten, blutverschmiertem Gesicht eine Grimasse, verzichtete aufs Zähneputzen, spülte meinen Mund mit Mundwasser und nahm zwei Schmerztabletten.

Auf meinem Futon konnte ich nicht schlafen, er war zu hart. Ich schleppte mich zurück zum Sofa. Ich war schweissgebadet, als ich endlich lag. Lange konnte ich keine Position finden, in der nichts wehtat. Irgendwann zeigten die Schmerztabletten und der Wein ihre Wirkung, und ich driftete in einen unruhigen Schlaf.

Ich träumte von Jan, nachdem er mir mehrere Nächte nicht im Schlaf erschienen war. Es war ein schöner Traum. Wir sassen auf einer Anhöhe, unter uns war Wasser, über uns der Himmel. Ausser uns gab es niemanden, nur wir zwei. Jan nahm meine Hand und lächelte mich an, wie er gelächelt hatte, wenn ich ihn glücklich gemacht hatte. Ungläubig, glücklich, stolz. Beim Anblick seines Lächelns fühlte ich mich, als sei alles möglich, als stünden alle verschlossenen Türen plötzlich weit offen. «Ich liebe dich über alles», sagte er zu mir.

«Ich dich auch. Ich liebe dich auch», sagte ich im Traum zu ihm. Was ich im echten Leben nie gesagt hatte.

Ich wachte auf, und alles fühlte sich gut an. Doch dann bewegte ich mich, und die Wirklichkeit holte mich rasend schnell ein. Ich setzte mich unter Schmerzen auf. Automatisch griff ich nach meinem Handy, um nach der Zeit zu sehen. Es war kurz nach drei Uhr früh. Ich hatte mehrere entgangene Anrufe und zwei Nachrichten auf der Combox. Automatisch wählte ich letztere an.

«Guten Abend, Frau van der Meer. Unser Anwalt hat Ihnen ein Angebot unterbreitet. Bislang haben Sie nicht darauf reagiert.» Es war die Altmann. Doktor Brock hatte wieder seinen Pitbull vorgeschickt. Ich wollte die Sprachnachricht überspringen, aber etwas an Altmanns Wortwahl liess mich innehalten. «Vielleicht sehen Sie das nach dem heutigen Abend anders. Oder müssen wir noch etwas Überzeugungsarbeit leisten? Melden Sie sich.»

Mich schauderte. Nach diesem Anruf war ich mir sicher: Doktor Brock und Doktor Altmann waren für den Überfall auf mich verantwortlich. Beweisen konnte ich es nicht. Was also sollte ich tun? Nichts, entschied ich. Weitermachen wie bisher. Mein Unbehagen schlug in Verärgerung um. Einknicken vor solchen Typen ging gar nicht. Ich speicherte die Nachricht und ging dann zur nächsten.

«Hallo, ääh, Moira, hier ist Benni.»

Ich erkannte weder Stimme noch Namen.

«Der Barkeeper aus dem ‹Lux›, du weisst schon. Du warst heute da, wir haben uns über Luis unterhalten. Ich habe ein bisschen rumgefragt. Ein Kumpel von mir kennt Luis.» Benni, du Goldschatz! Ich hätte ihn küssen mögen. «Komm morgen vorbei, dann kann ich dir mehr sagen. Gleiche Zeit wie heute würde ich sagen, da ist nicht viel los.» Es herrschte ein Momenten Stille. «Tja, das war's, was ich sagen wollte. Also bis morgen im ‹Lux›. Ciao.»

Von wegen Goldschatz: Entweder war Benni zu blöd, um zu checken, dass ich die wirklich wichtigen Infos zu Luis auch gleich auf der Combox hätte haben wollen. Oder aber er war ausgefuchster, als er aussah, und deichselte das Ganze so, dass er mich wiedersehen konnte.

Ich hatte bereits heute Nachmittag das Gefühl gehabt, einen starken Eindruck bei Benni hinterlassen zu haben. Es war gut möglich, dass Benni mich wiedersehen wollte und deswegen ziemliche Anstrengungen unternommen hatte, mehr über diesen Luis herauszufinden. Das Resultat wollte er mir persönlich präsentieren. Ich seufzte.

Ich musste mich gedulden bis morgen. Ich zündete mir einen Glimmstängel an, hievte mich unelegant hoch und humpelte mit der Zigarette im Mundwinkel in die Küche. Dort machte ich mir eine Tasse Kaffee. Ich setzte mich auf die Fensterbank und wartete, bis die Sonne aufging. Schlafen konnte ich für diese Nacht vergessen.

55

Den nächsten Tag verbrachte ich mit warten. Ich war zu müde, um an irgendetwas vertieft zu arbeiten und gleichzeitig zu nervös um schlafen zu können. Ich sehnte den Nachmittag herbei, ich wollte ins «Lux» gehen und mit Benni sprechen.

Willy hatte mir verboten, allein aus dem Haus zu gehen, also bot ich Asim auf. Béjart konnte ich nicht fragen, das wäre zu sehr Interessenkonflikt. Er arbeitete unter der Leitung von Kummer am selben Fall, und wie sie gesagt hatte: Ich kam ihr besser nicht in die Quere.

Asim reagierte gelassen auf mein lädiertes Aussehen, ich nahm an, Willy habe ihn im Treppenhaus darauf vorbereitet. Asim sah sich neugierig in meiner Wohnung um. «Hübsch hast du es», sagte er.

«Nun tu nicht so, also ob du...» Den Rest des Satzes verschluckte ich. Asim war tatsächlich noch nie bei mir gewesen. Unsere Freundschaft fand vor allem im «Alibaba» statt.

Im Wohnzimmer blieb Asim stehen, nahm ein Foto vom Bücherregal: «Das ist sie also.»

Ich nicke. «Das ist sie.» Es war ein Foto meiner Schwester Maria, das kurz vor ihrem Verschwinden aufgenommen worden war.

«Weshalb hast du es hier stehen? Hast du Angst, zu vergessen?»

«Nein. Ich habe Angst, eines Tages aufzugeben.»

Asim sah mich forschend an, dann nickte er: «Ich verstehe.»

Wir sprachen nicht weiter über Maria. Kurz darauf verliessen wir die Wohnung. Asim wollte mich stützen, aber ich winkte ungeduldig ab. Nach dem zweiten Treppenabsatz bereute ich das bitter, aber ich wollte mir keine Blösse geben, also litt ich schweigend.

Die Türen des «Lux» waren verschlossen, drinnen herrschte tote Hose.

Asim studierte das Schild. «Der Schuppen macht erst in einer halben Stunde auf.»

Na toll. Nach der vergangenen Nacht war ich einfach nur müde. Ich konnte mich nicht erinnern, jemals so müde gewesen zu sein. Dreissig Minuten hier an der Sonne rumstehen zu müssen, würde mir den Rest geben. Ich presste mein Gesicht an die gläserne Tür, spähte ins Innere der dunklen Bar. Im Raum hinter der Bar sah ich einen Lichtschimmer, also schlug ich mit der flachen Hand gegen das Glas. Tatsächlich kam Benni kurz darauf aus dem Hinterzimmer. Er erkannte mich und eilte durch die Bar zur Tür.

«Was ist denn mit dir passiert?» Benni zuckte zusammen, als er die Schramme auf meiner Stirn sah. «Das sieht ja schmerzhaft aus.»

Ich winkte ab: «Nicht der Rede wert.»

Asim sah mich von der Seite belustigt an. Er hatte nichts gesagt, hatte aber meine schlechte Verfassung durchaus wahrgenommen.

«Das ist Asim vom ‹Alibaba›», stellte ich vor. «Asim, Benni.»

Steifes Händeschütteln folgte, und Asim wurde von Benni argwöhnisch gemustert. So hatte er sich unser Rendez-vous wohl nicht vorgestellt: Ich meiner Schönheit beraubt und in Begleitung eines älteren Mannes.

«Ich passe auf die Lady auf», sagte Asim erklärend zu Benni und deutete mit dem Daumen auf mich.

Ich sah ihn mit gerunzelter Stirn an. Er musste hier nicht den Bodyguard geben.

«Du hast Informationen zu diesem Luis?»

Wir hatten uns an die Bar gesetzt, ich in der Mitte, flankiert von den beiden Männern. Ich schlürfte an einer Cola; ein Tropfen Alkohol und ich würde vom Hocker fallen und für hundert Jahre schlafen wie Dornröschen nach dem Stich mit der Spindel.

Benni nickte. «Ein Freund von mir…»

«Dann raus damit», unterbrach ich ihn wenig charmant.

Er stutzte, dann rückte er eifrig seine Brille zurecht. «Klar Mann, äh, ich meine …» Seine Wangen röteten sich, und er trank verlegen einen Schluck von seinem Wasser. Irgendwie war er süss, dieser Benni. Süss und sehr jung. «Also ich habe da diesen Freund, Luc. Ich habe ihm von dir erzählt, ich meine, du hast es ja nicht verboten oder so …» Wieder errötete er.

Ich nickte ihm ermutigend zu. Gleichzeitig überlegte ich, was er zu diesem Luc wohl gesagt hatte: ‹Hey, Mann, da war eine Anwältin in der Bar, die war echt scharf, und die sucht einen Typen, du glaubst es nicht. Wie in Law & Order, Mann, echt.›

«… und er hat gesagt, Mann, den Luis, den kenn ich doch, das ist dieser Typ, der malt.»

Ich war kurz abgedriftet, aber nun horchte ich auf. Ich setzte mich gerade hin. «Kannst du das wiederholen?»

Benni sah mich verunsichert an. «Welchen Teil?»

«Was du zuletzt gesagt hast.»

«Luc hat gesagt, er kennt Luis?»

«Und Luis malt?»

«Anscheinend.»

«Und weiss dein Luc auch, wo ich diesen Luis finden kann?»

«Das habe ich doch gesagt.» Benni musterte mich irritiert.

Ich musste in Gedanken ganz weit weg gewesen sein.

Neben mir gab Asim ein merkwürdiges Geräusch von sich, das er schnell in ein Husten umwandelte.

Ich drehte mich zu ihm und musterte ihn mit schmalen Augen.

«Verschluckt», murmelte Asim und deutete auf das Schälchen Knabbereien, das vor ihm stand.

Ich glaubte ihm kein Wort. Er sah verdammt belustigt aus.

«Ich habe nicht geschlafen», zischte ich ihm zu.

«Habe ich irgendwas gesagt?» Asim sah mich unschuldig an und warf sich eine weitere Handvoll Knabberzeugs in den Mund.

Ich setzte ein strahlendes Lächeln auf und drehte meinen Kopf wieder zu Benni. «Also wo kann ich diesen Luc, nein, entschuldige, diesen Luis finden?»

Wieder machte Asim dieses merkwürdige Geräusch.

Ich war wirklich unglaublich müde. So müde, dass meine kognitiven Leistungen stark beeinträchtigt waren. Wenn Asim sich darüber lustig machen wollte, nun gut. Irgendwann würde es ihm auch so gehen, und dann würde ich neben ihm sitzen und mir ins Fäustchen lachen.

56

«Auf keinen Fall, Moira.» Asim schüttelte den Kopf. «Auf keinen Fall fahren wir jetzt dahin.»

«Wir müssen, Asim. Es könnte wichtig sein.»

«Könnte, könnte … Wahrscheinlich ist gar nichts wichtig an diesem Luis. Und schau dich an.» Asim machte eine Handbewegung in meine Richtung. «Du bist erschöpft, kannst dich kaum auf den Beinen halten. Ich fahre dich nach Hause, und morgen suchen wir diesen Luis auf.»

«Asim, bitte. Ich bin fit genug.»

«Ja, so hast du ausgesehen da auf dem Barhocker.»

Ich wollte etwas Gehässiges erwidern, wurde aber vom Läuten meines Handys unterbrochen. Lisa war am anderen Ende, die Anwaltskollegin, die mich in dringenden Fälle vertrat. Sie hatte Neuigkeiten. Asim und ich gingen weiter, während ich telefonierte. Als ich endlich auflegte, waren wir bei Asims Auto angekommen.

«Rat mal, wer mich gesucht hat», sagte ich.

«Keine Ahnung», antwortete Asim lustlos.

«Na komm, gib dir etwas Mühe.»

Asim seufzte genervt. «Dieser Benni von vorhin hat dich gesucht. Du hast deinen Kopf auf seinem Tresen liegen lassen.»

«Wie witzig.»

«Du wolltest, dass ich rate.» Nun sah Asim wieder vergnügter aus.

«Also gut. Ich verrate es dir», sagte ich. «Ein Staatsanwalt aus Zürich hat mich gesucht. Und du glaubst nicht, weshalb: In Sachen verschwundene Eizellen.» Ich sah Asim triumphierend an. «Er will einen Einvernahmetermin mit Claire Corazolla abmachen.»

Er überlegte. «Das ist gut, nicht?»

«Das ist sehr gut. Und vor allem schnell. Den Strafantrag habe ich gerade erst gestellt. Vielleicht haben wir eine Lawine losgetreten. Vielleicht haben sich nach dem Zeitungsartikel andere Frauen gemeldet.»

«Meinst du?»

«Ich weiss nicht. Aber aus irgendeinem Grund will der Staatsanwalt vorwärtsmachen.» Plötzlich war mir schwindlig. Aufregung und Übermüdung in Kombination mit Schmerzen und Medikamenten zeigten ihre Auswirkungen.

Asim sah mich bleich werden und öffnete schnell die Autotür.

«Setz dich.» Er bugsierte mich auf den Beifahrersitz. Ich leistete keinen Widerstand mehr, sondern liess mich von Asim nach Hause chauffieren.

«Meinst du, es hat damit zu tun?», fragte Asim unvermittelt, als wir auf der Höhe des Spitals waren.

Ich schaute zum Fenster hinaus auf die Grossbaustelle. Die ganzen schönen Bäume waren gefällt worden. «Was hat womit zu tun?»

«Die Attacke auf dich. Hat das mit der Klinik zu tun, mit diesen Eizellen?»

«Ich nehme es an», sagte ich. «Doktor Altmann hat mir gedroht.»

Asim fuhr schweigend weiter, parkierte dann vor der Doppelgarage, die zu Willys Haus gehörte.

«Hast du es Guido erzählt?»

Ich schüttelte den Kopf.

«Weshalb nicht? Du solltest den Überfall der Polizei melden.» Er tutete ins gleiche Horn wie Willy, aber ich hatte meine Gründe.

Als Anwältin hatte ich viel mit der hiesigen Polizei und den Staatsanwälten zu tun. Ich trat als Strafverteidigerin ziemlich taff auf. Wenn ich plötzlich Opfer war, dann waren die Rollen vertauscht. Das ging mir gegen den Strich.

«Ich überlege es mir», sagte ich, um Asim ruhig zu stellen. «Und jetzt gehe ich hoch und leg mich hin.»

«Ich komme mit.»

«Nein.» Ich schüttelte wieder den Kopf. «Das schaffe ich allein.»

«Sicher?»

«Ja.» Ich öffnete die Tür und stemmte mich mühevoll hoch. Dann sah ich noch einmal zu Asim ins Auto. «Bis morgen.»

Er nickte.

Ich erklomm den Weg zum Haus hinauf Schritt um Schritt, langsam wie eine Schnecke. Es war noch nicht einmal sechs Uhr, aber ich konnte nicht mehr; ich war fix und fertig. In meiner Wohnung entledigte ich mich schnell meiner Schuhe, fiel aufs Sofa und war sofort weg.

Ich träumte, ich läge an einem Kiesstrand. Ich hörte das beruhigende Rauschen der Wellen, die Sonne wärmte mich, Möwen kreisten über mir. Meine Füsse wurden nass, das

Wasser kam näher und näher, die Wellen wurden höher. Ich wollte aufstehen und weglaufen, aber es ging nicht. Ich konnte mich nicht bewegen. Panisch schlug ich um mich. Plötzlich fiel ein Schatten auf mich. Mein Vater stand da und betrachtete mich mit grossem Interesse.

«Ich bin wirklich gespannt, wie du da rauskommen willst», sagte er.

«Ich verstehe nicht», sagte ich. «Was habe ich getan?»

«Du hast dich auf die Suche nach der Wahrheit gemacht», sagte er, «und nun musst du es zu Ende bringen.»

Ich wachte auf. Im Wohnzimmer war es dunkel. Mein Schläfchen hatte länger gedauert als beabsichtigt; nun lag ich sicher wieder wach bis zum Morgengrauen. Ich war verschwitzt und verspürte nagenden Hunger. Benommen wischte ich mir mit einem Zipfel meines Shirts den kalten Schweiss von der Stirn. Dann tastete ich auf dem Couchtisch nach meinem Handy. Es war kurz vor zwölf Uhr. Ich hatte einen entgangenen Anruf. Mein Vater hatte versucht, mich zu erreichen.

57

Am nächsten Tag, dem siebzehnten seit Jans Tod, fuhr ich mit Asim zu der Adresse, die Benni mir genannt hatte. Im Auto war ich noch wortkarger als sonst. Von Asim darauf angesprochen, schob ich meine Müdigkeit vor. Was teilweise auch stimmte, ich hatte eine weitere schlaflose Nacht hinter mir. Doch auch der gestrige Traum hatte mich noch immer im Griff. Und dann dieser Zufall, dass mein Vater ausgerechnet dann angerufen hatte, als ich von ihm geträumt hatte. Ich hatte ihn nicht zurückgerufen. Entweder war sein Anruf nicht wichtig gewesen, sonst hätte er mir eine Nachricht hinterlassen. Oder aber er hatte mir im Traum bereits alles gesagt, was er hatte sagen wollen.

«Wie gehen wir vor?», durchbrach Asim meine Gedanken.

Ich schaute ihn fragend an.

«Bei diesem Luis. Hast du einen Plan?»

Ich schüttelte den Kopf.

«Du musst dir doch ein Vorgehen überlegt haben.»

«Wir gehen hin, ich läute, frage ihn nach seiner Beziehung zu Norah, nach der Ehe von Jan und Norah, was er von Jan gehalten hat, so ungefähr.»

Asim murmelte etwas.

«Was?»

«Klingt vielversprechend», sagte er. «Hast du mit Norah gesprochen?», fragte er nach einer Weile.

«Noch nicht. Erst spreche ich mit Luis. Dann mit Norah.»

Nachdem wir eine Weile gesucht hatten, fanden wir die richtige Hausnummer. Luis wohnte an der Wildbachstrasse in einer kleinen Remise, die versetzt hinter einem Haus stand; wahrscheinlich hatte sie früher als Nebengebäude oder Wirtschaftsraum gedient. Es war hübsch hier; die Remise war aus Backstein und stand in einem lauschigen, verwilderten Garten. Anstelle einer Klingel gab es einen Türklopfer in Form eines Löwenkopfs.

Bevor ich ihn betätigen konnte, wurde die Tür schwungvoll aufgerissen, und ein Mann stand im Türrahmen. Er starrte uns entsetzt an, er hatte nicht mit Besuch gerechnet. Er war auf dem Sprung, trug eine volle Einkaufstasche in der Hand. Das musste er sein: gross, sehr schlank, mit dunklen Haaren.

«Luis Weber?»

Luis' Augen schienen noch grösser zu werden, er nickte. Benni hatte gesagt, er sei gutaussehend, doch das konnte ich nicht bestätigen. Luis war zu blass, zu hager. Irgendwie sah er aus, als habe er gerade eine schwere Krankheit durchgemacht. Ich tippte auf Alkohol. Viel Alkohol. Ich erkannte die Anzeichen.

«Ich bin Moira van der Meer», sagte ich. «Norahs Anwältin. Norah Krüger. Ich würde mich gerne mit Ihnen unterhalten.»

Luis war nun weiss wie ein Leintuch. Er sah sehr jung aus, und dieser Eindruck wurde verstärkt durch die lose Kleidung, die er trug. Er sah aus, als trüge er die Sachen seines Vaters.

«Wie geht es Norah?», fragte er.

«Dürfen wir reinkommen?», entgegnete ich.

Er zögerte. «Eigentlich wollte ich gerade ...» Dann besann er sich anders und trat einen Schritt zurück. «Wenn es nicht zu lange dauert.»

Wir traten ein. Die Remise war auch im Inneren eine wahre Augenweide. Es war ein einziger grosser Raum, halb Atelier, halb Wohnraum. Eine schmale Leiter führte nach oben in den Schlafbereich.

«Schön haben Sie es», sagte ich.

Luis nickte, aber es schien ihm im Moment ziemlich egal zu sein. Er stellte die Tasche auf den Boden. Glas klirrte.

Asim setzte sich auf die Couch, die mitten im Raum stand.

«Erzählen Sie mir von Norah», sagte ich zu Luis.

Er schien unschlüssig, also half ich etwas nach. «Wir wissen von Ihrer Affäre.»

Noch immer schien er nicht zu wissen, was er mir anvertrauen sollte und was nicht. Er murmelte, er werde Wasser holen.

Ich schaute mir in dieser Zeit die Bilder an, die im Atelierbereich standen. Es waren abstrakte, farbige Angelegenheiten, denen ich nicht allzu viel abgewinnen konnte. An einer Wand lehnte ein unfertiger Akt in Rot, Blau und Gelb.

«Ist das Norah?», fragte ich.

Luis, der Asim gerade ein Glas Wasser servierte, sah zu mir. «Sie erkennen sie?».

«Natürlich», versicherte ich. Das war gelogen. Der blaue Körper mit den runden gelben Brüsten konnte irgendeiner Frau gehören. Ich hatte geraten und ins Schwarze getroffen.

«Wollen Sie es nicht vollenden? Es ist gut.» Das war schon wieder gelogen.

Luis zuckte mit den Achseln, aber ich merkte, dass er sich freute. «Ich weiss nicht. Dass war vor…» Er brach ab und biss sich auf die Lippen.

«Vor was?»

Luis schüttelte den Kopf.

Ich wunderte mich, was Norah an diesem Jüngling gefunden hatte. Was hatte Luis Norah zu bieten gehabt? Mein Auge fiel auf eine etwa zehn Zentimeter hohe Skulptur einer nackten, bronzenen Frau, die halb hinter einem welken Blumenstrauss verborgen auf einem Tischchen stand. «Die ist schön», sagte ich. Diesmal meinte ich es. Ich hob die Skulptur hoch, fuhr mit den Fingern den glatten Rundungen entlang.

Luis kam zu mir, nahm mir die nackte Frau aus der Hand.

«Die ist sicher wertvoll.»

Luis antwortete nicht, sondern stellte die Figur zurück an ihren Platz. «Ich muss bald gehen», sagte er.

Ich wechselte einen Blick mit Asim. Irgendetwas war gerade passiert. Ich hatte nur keine Ahnung, was. Ich ging zum Sofa, stiess unterwegs mit dem Fuss gegen Luis' Einkaufstasche, wieder klirrte Glas. Ich bückte mich, warf einen Blick in die Tasche. «Ganz schön viele leere Flaschen», sagte ich. «Harte Woche gehabt?»

Luis kratze sich nervös an der Nase. Seine Hand zitterte.

«Erzählen Sie mir von Norah», kam ich auf mein ursprüngliches Anliegen zurück und setzte mich zu Asim. «Wie lange ging das mit Ihnen beiden, war es ernst, gab es andere, haben Sie Jan kennengelernt? Ich muss alles wissen.»

Luis war offensichtlich unbehaglich zumute. «Weshalb fragen Sie nicht Norah?»

«Ihr geht es nicht gut. Ich will sie nicht beunruhigen.»

Luis seufzte. «Norah und ich haben uns vor einigen Monaten bei einer Vernissage kennengelernt. Es war Liebe auf den ersten Blick. Ihr ging es genauso. Ich wusste, dass sie verheiratet war, aber die Ehe bestand nur noch auf dem Papier. Norah wollte sich scheiden lassen und dann …» Endlich redete er. Aber was er da sagte, ergab keinen Sinn. Norah wollte sich nicht scheiden lassen.

«Hören Sie mir zu?» Luis unterbrach sich und sah mich argwöhnisch an.

Meine Gedanken kreisten um etwas. Um etwas, das mir bekannt vorkam, von dem ich schon einmal gehört hatte.

Luis machte einen Schritt vor. «Hören Sie, ich muss jetzt wirklich gehen. Und ich sehe nicht, wozu das alles gut sein soll.»

Plötzlich sprang ich auf. «Du willst wissen, wozu das alles gut ist, Luis, ja?» Ich machte einen Schritt auf ihn zu, packte ihn am Kragen seines Shirts. «Ich zeige dir, wozu das gut ist, Luis.» Ich drückte Luis unsanft auf einen Stuhl. Er schien den Tränen nahe, wehrte sich aber nicht.

Asim sah mir interessiert zu, machte aber keine Anstalten einzugreifen.

«Was wollen Sie eigentlich von mir», sagte Luis weinerlich.

«Hier werden keine Geschichten mehr erzählt», schnauzte ich Luis an. Er wollte aufstehen, aber ich drückte ihn wieder auf den Stuhl. «Du hast dich in eine Sache hineinziehen lassen, die eine Nummer zu gross für dich ist. Mach es nicht noch schlimmer.»

Seine Augen waren feucht, aber er versuchte, stark und unbeeindruckt auszusehen. Ich schlug ihm mit der flachen Hand auf den Kopf. Luis stiess einen Laut der Überraschung aus; schmerzhaft war der Schlag nicht gewesen. Aus dem Augenwinkel sah ich, wie Asim sich halb erhob.

«Luis», sagte ich, «es ist an der Zeit, sich wie ein Mann zu benehmen.»

Er fing an zu weinen.

Ich liess ihn. «Diese Skulptur da, die hast du aus dem Haus von Jan und Norah mitgehen lassen.»

Luis' Kinn sank tiefer auf seine Brust, er schwieg weiterhin.

«Diese Skulptur», ich ging zum Tischchen und hob sie hoch, hielt sie vor Luis hin, «die hat bei Jan und Norah im Schlafzimmer gestanden. Am 25. August ist sie verschwunden. Weisst du, weshalb ich dir das Datum so genau sagen kann, Luis? Weisst du das?» Ich beugte mich vor und sah ihm in die Augen. Er sah überall hin, nur nicht in mein Gesicht. «In der Nacht vom 25. auf den 26. August wurde Jan ermordet. Erschossen mit drei Schüssen. Die Skulptur hier wurde von Norah als gestohlen gemeldet. Sie hat sie detailliert beschrieben. Sie ist registriert als Diebesgut.»

Tränen kullerten über Luis' Wangen, und seine Nase lief.

Ich konnte kein Mitleid aufbringen. «Du wirst auf keinen Fall damit durchkommen», sagte ich. «Also sprich mit mir.»

Luis kniff die Lippen zusammen und starrte für eine lange Minute auf den Boden. Ab und zu zog er die Nase hoch. «Ich war's», sagte er plötzlich. «Ich wusste, es war falsch. Aber ich konnte nicht anders. Er … Ich war mit Norah bei ihr zu Hause, ein paar Tage vor … vor alldem. Jan, er kam nach Hause und hat uns überrascht, mich und Norah. Zusammen. Er …» Luis stockte. «Er war nicht sauer oder so. Er hat nur gelacht. Er hat mich ausgelacht. Er hat sich vor Norah über mich lustig gemacht. Ich sei ein Bürschchen, eine Null, und meine Malerei sei banaler Scheiss. Ich bin gegangen, aber ich habe mir geschworen, dass ich zurückkomme. Ihn alleine erwische.» Luis schlug sich die Hände vor das Gesicht. «Ein paar Tage später habe ich den Einbruch vorgetäuscht.» Seine Stimme war undeutlich. «Ich habe ein paar Sachen mitgenommen. Die da», er deutete auf die Skulptur, «die erinnert mich an Norah.» Er starrte die Wand an, es flossen noch mehr Tränen.

«Du hast ihn erschossen.»

Luis nickte. «Es war keine Absicht. Es ist einfach passiert, ehrlich.»

Das war ganz gut gewesen. Aber noch nicht gut genug. «Erzähl mir die Wahrheit», sagte ich.

Er wandte sich mir zu. «Aber so ist es gewesen», sagte er. «Ich habe gesagt, was passiert ist.»

«Nein», wiederholte ich. «Erzähl, wie es wirklich war.»

58

Ich war ganz ruhig. Ich schwieg und rührte mich nicht. Auch Asim machte keine Bewegung. Es war, als wollten wir mit unserem Schweigen Luis dazu bringen, zu reden.

Ein tiefer Seufzer entwich ihm, seine Brust hob und senkte sich.

«Du bist so jung, Luis», sagte ich. «Und du scheinst wirklich ein netter Kerl zu sein.» Das meinte ich ehrlich. Luis war ein netter Kerl. Irgendwie war er an die falsche Frau geraten. «Weisst du, niemand wird dir Glauben schenken. Nie im Leben. Die Story, die du erzählt hast, ist gelogen. Das wissen wir beide. Jans Tod ist nicht einfach so passiert. Erzähl mir alles.»

«Scheisse», sagte Luis, und wieder flossen die Tränen.

Ich beugte mich vor, suchte seinen Blick. «Nimm nicht alle Schuld auf dich, nur weil du sie liebst.»

«Scheisse, Scheisse, Scheisse», sagte Luis wieder und wieder. Er wiederholte es wie ein Mantra.

«Du kannst sie nicht retten», flüsterte ich, ohne den Blick abzuwenden. «Du kannst sie nicht retten, auch wenn du das möchtest.» Ich wusste nicht, ob das stimmte. Aber es klang gut. «Was ist passiert?», fragte ich sanft.

Luis schniefte und schien sich nach einem Wunder umzusehen. Nach einem Wunder, das ihn von hier fortbrachte, in ein anderes Leben. Er zitterte.

«Ich brauche etwas zu trinken», sagte er. Er sah aus, als würde er gleich vom Stuhl kippen. Asim stand auf und hielt Luis sein unberührtes Glas Wasser hin.

«Er braucht etwas Stärkeres», sagte ich. «Bleib hier.» Ich ging in die Küche. Im Wohnbereich hatte Luis es geschafft, einigermassen Ordnung zu halten. In der Küche sah es aus wie in seinem Leben: Es war unordentlich und dreckig, leere Flaschen standen in einer Ecke, der Mülleimer quoll über und liess sich nicht mehr schliessen. Luis hatte seit Jans Ermordung die Hölle durchgemacht. Ich fand eine angebrochene Flasche Wein und goss ein Glas ein.

Luis trank gierig. «Ich war bei Norah zu Hause. Jan kam, als ich da war», sagte er. Er hatte sich entschlossen, zu reden. Wahrscheinlich erhoffte er sich Erleichterung. «Er kam rein. Wir sassen im Wohnzimmer und haben, naja, wir haben rumgemacht. Wir waren oft da. Norah hat das total scharf gemacht. ‹Stell dir vor, es gäbe nur noch uns beide›, hat sie gesagt. ‹Wir hätten das alles für uns.›» Luis nahm noch einen Schluck Wein. «Jan kommt also rein, und er hat uns gesehen, und er wurde verdammt wütend. Ich meine, ich wäre auch ausgeflippt an seiner Stelle, ich kann das verstehen. Aber er war wirklich wütend. Und Norah auch. Die beiden haben sich angebrüllt. Jan hat gebrüllt, er habe es gewusst, er habe es immer gewusst, dass sie die ganze Zeit rumvögle, obwohl sie gesagt habe, sie würde damit aufhören. Und sie hat zurückgebrüllt, er habe alles kaputt gemacht. So ging es hin und her.» Luis sah mich an. «Du weisst ja, was die Leute so sagen, wenn sie wütend sind.»

Er duzte mich nun auch, aber das war in Ordnung. Ich nickte. Das wusste ich wirklich. Manchmal braucht es nur ein Wort. Ein Wort, und alles ist zu Ende.

«Sie brüllen also rum und plötzlich, plötzlich ist Jan ganz still. Seine ganze Wut schien auf einmal wie verflogen. Da war nichts mehr übrig. Keine Wut, keine Leidenschaft. Aber Norah schrie immer noch. ‹Du blödes Arschloch, ich hasse dich, verdammt, ich hasse dich.› Und er hat sie bloss angeschaut.» Luis schwieg für eine Weile. Er schien alles noch einmal zu durchleben. Dann trank er sein Glas leer.

Ich nickte Asim unauffällig zu. Er verstand, ging in die Küche und kam mit der Weinflasche in der Hand zurück. Ich füllte Luis' Glas erneut. «Und dann?», fragte ich.

Luis wischte sich mit der Hand die Nase ab. «Jan sieht Norah einfach an. Und dann sagt er: ‹Ich kann nicht glauben, dass ich so was wie dich mal geliebt habe.› Dann ist er gegangen.»

«Ich kann nicht glauben, dass ich so was wie dich mal geliebt habe», wiederholte ich.

Luis nickte und barg den Kopf in den Händen.

«Das war es also», sagte ich. «Das war der Grund.» Ich merkte, wie ich den Atem angehalten hatte. Nun wich die Anspannung von mir. Ich kramte meine Zigaretten hervor, steckte zwei an und reichte eine an Asim weiter. Die zweite bot ich Luis an. Er zögerte, nahm sie dann. Ich zündete für mich noch eine an. Ich setzte mich zu Asim aufs Sofa, Luis gegenüber. Wir rauchten. Luis war kein Gewohnheitsraucher. Er zog immer nur kurz an der Zigarette und stiess den Rauch aus, ohne zu inhalieren. Irgendwann stand Asim auf, kam mit einem Behälter für die Asche zurück.

Ohne dass ich Luis dazu auffordern musste, erzählte er weiter. «Norah hat geschäumt. Sie hat tagelang von nichts anderem mehr gesprochen. Dieses ‹so etwas wie dich› hat sie wahnsinnig verletzt. Irgendwann ist es mir zu viel geworden. Ich habe es nicht mehr ertragen, dieses ewige Gerede über den bösen Jan.» Luis lachte ein unlustiges Lachen. «‹Es tut mir leid›, hat Norah gesagt. ‹Ich kann nicht anders. Es ist, als hätte er mich mit einem Bann belegt. Erst wenn Jan ganz weg ist, bin ich wirklich frei.› So hat es angefangen.» Luis barg den Kopf wieder in den Händen. «Wieder und wieder hat sie mir erzählt, wie toll alles werden würde, wenn Jan nicht mehr da wäre. Was für eine Zukunft wir beide zusammen hätten, ich als Künstler, Norah als meine Geliebte und Mäzenin. ‹Geld habe ich dann mehr als genug›, hat sie gesagt. ‹Du kannst nur noch malen, du musst nichts anderes mehr tun. Und mit mir an deiner Seite wirst du erfolgreich sein, das garantiere ich dir.› Dann hat Norah geseufzt und in die Ferne gestarrt. ‹Wenn nur Jan nicht mehr wäre.›» Luis trank von seinem Wein. Seine Augen waren rot geädert, sie lagen tief in den Höhlen. Er sah furchtbar aus. «Irgendwann habe ich selbst an nichts anderes mehr denken können. Wir haben geredet und geredet, und der

Plan, Jan zu töten, wurde immer konkreter. Norah hat mir von den Einbrüchen erzählt, und wir haben beschlossen, es auch wie einen Einbruch aussehen zu lassen.»

«Hat Norah dir gesagt, du sollst Jan umbringen?»

«Sie musste nichts sagen.» Er trank noch mehr Wein. «Ich liebe Norah. Ich bin verrückt nach ihr, auch jetzt noch. Ich wollte nichts weiter, als mit ihr zusammensein und malen. Das war mein Traum.»

Dieser Traum war gründlich in die Hose gegangen. Ich musste mich zusammenreissen, um mir nicht an den Kopf zu langen. Naivität sollte Grenzen haben. «Woher hattest du die Waffe?»

«Norah hat sie mir gegeben. Ich glaube, sie hat Jan gehört.»

Immerhin. Wenn nicht wegen Mittäterschaft, so würde Norah sich zumindest wegen Gehilfenschaft verantworten müssen, selbst wenn Luis alle Schuld auf sich nahm. Und davon ging ich aus. Deswegen hatte Norah ihn ausgesucht. Er war ihr blindlings ergeben.

«Wo ist die Pistole jetzt?»

«Ich habe sie in die Töss geworfen. Unten, in der Nähe des Reitplatzes. Ich dachte, das sei sicher. Da finde sie niemand, sie gehe auf Grund oder treibe ab oder so.»

Da mochte er Recht haben. Die Suche nach der Mordwaffe würde die Staatsanwaltschaft übernehmen.

«Du hast Jan damit erschossen.»

Es war keine Frage. Trotzdem nickte Luis. «Ich bin in der Nacht zu seinem Haus gefahren und habe etwas entfernt parkiert. Ich bin durch den Garten gekommen, Norah hat mir vorher alles gezeigt. Die Spuren an der Hintertür habe ich ebenfalls schon vorher hinterlassen; ich wollte in der Nacht keinen Lärm machen.»

Ich musste leer schlucken angesichts dieser eiskalten Planung. Ich sagte nichts, ich wollte Luis nicht unterbrechen.

«Norah hat mir den Schlüssel gegeben. Sie hat gesagt, Jan würde immer laut Musik hören, wenn sie nicht zu Hause sei. Ich bin durch die Hintertür ins Haus rein und dann… Jan hat tatsächlich Musik gehört und ein Buch gelesen. Er hat mich nicht kommen hören. Erst als ich direkt vor ihm gestanden bin, hat er mich bemerkt. Ich habe ihn erschossen.»

Ich merkte, wie erleichtert Luis war, es endlich auszusprechen.

«Ich habe ihn erschossen», wiederholte er. «Und dann… Es waren wie kleine Explosionen. Dann hat es eine Sekunde gedauert. Ich meine, am Anfang waren es nur Löcher in seinem Hemd, und dann kam das Blut. Seine Augen waren offen. Ich glaube, er hat noch ein paar Sekunden weitergelebt. Oder vielleicht hat er nur lebendig ausgesehen.» Luis starrte vor sich hin. Er zog an seiner Zigarette, von der nur noch der Filter übrig war. Er liess ihn achtlos auf den Boden fallen. Asim bückte sich danach.

«Ich habe die Musik abgestellt. Ein paar Sachen eingepackt. Möglichst kleine, aber wertvolle. Schmuck. Kunstgegenstände. Es sollte echt wirken.»

«Wo ist das alles?», fragte ich.

«Das habe ich auch in die Töss geworfen. Ausser der da.» Er deutete mit dem Kinn zur Bronzestatue.

Deswegen flog nun alles auf. Norah würde sich schwarz ärgern über ihren Beau.

Er fing wieder an zu weinen. «Ich kann es nicht glauben», sagte er. Sein Gesicht war nass und gerötet. «Ich kann es nicht glauben.» Luis sah mich an. «Ich vermisse sie so sehr. Ich möchte sie so gerne sehen. Ich habe sie nicht mehr gesehen, seit sie mir die Waffe gegeben hat. Sie hat gesagt, wir müssen warten. Geduld haben. Nicht einmal anrufen darf ich sie.»

Ich blickte aus dem Fenster in den lauschigen Garten. Ich konnte Rittersporn ausmachen und Löwenmäulchen. Die Sonne schien wie an jenem Tag, als ich zu Norah gerufen worden war. Ich fragte mich, wessen Schuld grösser war. Ihre? Oder seine? Ich stand auf und schlug Luis, so fest ich konnte, auf die linke Wange. Und dann auf die rechte. Dann wandte ich mich Asim zu.

«Ich brauche frische Luft.» Draussen zündete ich mir eine Zigarette an. Ich setzte mich unter einen knorrigen Apfelbaum, lehnte mich an den Stamm. Ich liess mich von der Sonne bescheinen. Ich spürte, dass etwas zu Ende ging. Aber es war noch nicht vorbei. Ich rief Staatsanwältin Kummer an.

59

Die Kummer kam in Begleitung von Béjart. Bevor ich sie zu Luis führte, informierte ich sie draussen über die Details von Luis' Geständnis.

«Sie glauben ihm?», fragte die Kummer.

Ich nickte.

«Ich verlasse mich auf Sie.» Es klang wie eine Warnung.

Wieder nickte ich.

Die Kummer trat ein paar Schritte zur Seite und rief die Spurensicherung an.

«Was ist denn mit dir passiert? Du siehst schrecklich aus.» Béjart musterte mein Gesicht.

«Charmant wie immer», sagte ich spitz. Ich hatte vergessen, dass Béjart mich seit dem Überfall nicht zu Gesicht bekommen hatte. Der Schnitt auf meiner Stirn war unübersehbar, und die Beule hatte sich blaugrün verfärbt.

Béjart runzelte die Stirn. «Lenk nicht ab.»

Ich seufzte. «Das ist eine lange Geschichte.»

«Du wirst sie mir erzählen.»

«Nicht jetzt.»

Béjart grunzte etwas. «Du bist in letzter Zeit häufig mit ihm unterwegs», sagte er dann und deutete mit dem Kinn auf Asim, der soeben im Türrahmen erschienen war, eine Zigarette in der Hand.

Ich schaute Béjart forschend an. «Eifersüchtig?», fragte ich.

Er erwiderte meinen Blick. «Ja», sagte er.

Wir sahen uns lange in die Augen.

«Ein Team ist unterwegs hierher, eines macht sich auf zum Reitplatz.» Die Kummer hatte ihr Telefonat beendet. «Los, Guido, gehen wir rein.» Sie sah mich an. «Gute Arbeit.»

Unter der Tür drehte sie sich nochmals um. «Wissen Sie, wo Frau Krüger ist?»

Ich schüttelte den Kopf. Ich hatte keine Ahnung. Weder wo Norah war, noch wer sie war.

Asim fuhr mich nach Hause. Ich öffnete das Fenster auf meiner Seite und streckte die Hand hinaus. Der Luftzug fühlte sich angenehm an.

Asim sah mich von der Seite her an. «Diese Norah», sagte er, «die ist wie eine Spinne. Sie sitzt da und spinnt ihr unsichtbares Netz, und ehe man sich versieht, hängt man fest. Und wenn sie nichts mehr mit einem anfangen kann, dann wird man aufgefressen.»

Da war was dran. Die schöne, zarte Norah. Alle waren verrückt nach ihr, alle wollten in ihrer Nähe sein. Jan, Rebecca, Paul. Luis. Meine Schwester.

«Auch du hängst in ihrem Netz, Moira», fuhr Asim fort. «Was will Norah von dir?»

60 Die nächsten Tage vergingen wie im Flug. Einerseits war ich erleichtert, weil Jans Mörder gefasst war. Andererseits liess mich die Entwicklung, die der Fall genommen hatte, nicht kalt. Ich hatte Mitleid mit Norah gehabt, ich hatte sie irgendwie gemocht. In ihrer Einsamkeit, in ihrer Verlorenheit hatte ich mich wiedererkannt. Aber das hatte sie wohl alles nur vorgetäuscht, um mich einzuwickeln. Sie hatte mich manipuliert. Mir ein schlechtes Gewissen gemacht, weil Jan in mich verliebt gewesen war. Ich hatte keine Ahnung, wer die wirkliche Norah war.

Sie wurde ebenfalls verhaftet. Zu Beginn des Falles hatte ich gedacht, sie auch dann vertreten zu können, wenn sie verantwortlich für Jans Tod wäre. Ich musste feststellen, dass dem nicht so war. Norah war mir zuwider. Ich war sicher, dass Norah die Ermordung von Jan von langer Hand geplant hatte. Sie hatte gewartet, bis sie einen Typen wie Luis an der Angel hatte. Sie hatte ein Zweithandy mit einer Prepaidnummer; die Telefonate und SMS mit Luis hatte sie darüber abgewickelt und es nach Jans Tod entsorgt. Béjart hatte diese Information durchsickern lassen. Norah hatte den Streit mit Jan provoziert: Jan sollte Norah vor Luis beleidigen, sie sollte das Opfer sein. Sie hatte sich ein Alibi besorgt, die trauernde Witwe gespielt. Sie hatte die Staatsanwältin belogen und mich auch. Sie hatte den Verdacht auf andere gelenkt. Ich hatte mich von ihr täuschen lassen, hatte kurzzeitig Rebecca und Paul im Visier gehabt.

Ja, Norah hatte an alles gedacht. An fast alles. Am Ende hatte Luis die Sache vermasselt. Jemanden zu töten war einfacher, als anschliessend das Wissen darüber zu ertragen. Luis konnte nicht damit umgehen. Er musste reden. Damit hatte Norah nicht gerechnet.

Luis nahm die Schuld auf sich. Er hatte Jan erschossen.

Norah würde trotzdem verurteilt werden. Ob als Anstifterin oder Gehilfin, das war nicht mehr meine Angelegenheit. Ich mochte mich nicht mehr mit Norah abgeben. Ich informierte sie schriftlich, dass ich mein Mandat als ihre Anwältin niederlegte. Sie bekam eine Pflichtverteidigerin zur Seite gestellt.

Trotzdem kam ich nicht von Norah los. Aus irgendeinem Grund hatte sie mich rufen lassen, damals, als sie Jans Leiche gefunden hatte. Bei Norah geschah nichts einfach so. Asim hatte Recht: Norah wollte etwas von mir. Ich wusste nur noch nicht, was.

Am Samstag, zwei Tage, nachdem ich die Wahrheit über Jans Tod erfahren hatte, fand das Abendessen bei Willy statt. Das Essen, zu dem meine Mutter und ich eingeladen waren. Es verlief wider Erwarten ganz gut. Willy musste ein ernstes Wort mit Celina gesprochen haben. Sie trank weniger als sonst und gab sich Mühe, nicht mit mir zu streiten.

Ich erzählte, dass Norah mitschuldig an Jans Tod war.

«Ich habe also Recht gehabt», sagte meine Mutter. «Ich habe dir gesagt, dass mit dieser Norah etwas nicht stimmt.»

Eigentlich hatte sie gesagt, Norah sei nicht gut für mich. Aber ich wollte kein Korinthenkacker sein und liess es auf sich beruhen.

Über Maria sprachen wir an diesem Abend nicht. Und auch nicht über meinen Vater. Es herrschte ein stillschweigendes Übereinkommen, diese Themen zu meiden. Stattdessen sprachen wir über meine Arbeit, über Neuigkeiten aus aller Welt und über Bücher. Meine Mutter war erstaunlich belesen. Das hatte ich nicht gewusst. Es war ein netter Abend. Mehr nicht. Aber auch nicht weniger.

Nach dem Essen half ich Willy, das Geschirr in die Küche zu tragen.

«Was ist das zwischen Ihnen und Celina?», fragte ich ihn. «Weshalb kümmern Sie sich um sie?

«Sie müssen sich keine Sorgen machen, Moira», antwortete er.

«Ich mache mir keine Sorgen. Ich will es nur wissen.»

Willy griff nach den Tellern und kratzte Essensreste in den Abfalleimer. «Wir sind Freunde. Ich passe ein bisschen auf Celina auf, das ist alles.»

Ich lehnte mich an die Küchenzeile. «Das ist nett», sagte ich. «Und weshalb machen Sie das?»

«Sie lassen nicht locker.» Willy räumte das Geschirr in die Spülmaschine. Dann richtete er sich auf. «Ich mag Celina. Ich weiss, sie ist Ihnen vielleicht nicht die beste Mutter gewesen. Aber ich habe andere Erinnerungen als Sie. Ausserdem tut es mir gut, eine Aufgabe zu haben. Es lindert meine Einsamkeit.»

«Sie sind nicht einsam, Willy. Sie haben Charlie. Und mich. Und auch sonst viele Freunde.»

Willy lächelte mich an. «Wir alle sind manchmal einsam, Moira. Das wissen Sie selbst nur zu gut.»

61

Einige Tage nach Norahs Verhaftung wurde Jans Körper freigegeben. Seine Eltern organisierten seine Beerdigung. Ich ging hin und setzte mich in eine der hinteren Kirchbänke. Norah wurde von zwei Polizistinnen in die Kirche geführt und von allen gemieden wie eine Paria. Sogar Rebecca und Paul ignorierten sie, setzen sich demonstrativ woanders hin. Norah hatte Mut. Kaum einer würde es in dieser Situation wagen, an der Beerdigung teilzunehmen. Vielleicht wollte sie ein Statement abgeben. Vielleicht sollte ihre Anwesenheit heissen: Schaut her, ich bin es nicht gewesen. Dieser Luis, der war es. Die Nachricht kam nicht an.

Siebenundzwanzig Tage nach Jans Tod konnte ich Abschied von ihm nehmen. Ich hatte seit Jahren kaum Kontakt zu ihm gehabt. Trotzdem fehlte er mir nun, und ich fühlte eine Leere in mir. Eine weitere Stelle, die sich mit Einsamkeit füllen würde. Ich dachte an mein Gespräch mit Willy. In meinem Herzen gab es zu viele solcher Stellen. Mein Vater und meine Mutter. Maria.

Ich dachte daran, wie ich vor Jan geflohen war, vor seiner Liebe. Einmal hatte er mich gebeten, ihn auch manchmal anzurufen. «Immer rufe ich an. Und immer verschwindest du ganz schnell nach einer Nacht mit mir.»

Es war kein Vorwurf, sondern eine Feststellung. Er hatte Recht. Meist rief er mich an. Und ich ging, wenn ich das Gefühl hatte, genug Zeit mit ihm verbracht zu haben. Ich musste weg, weil wir uns mit jedem Gespräch, mit jeder Stunde, die wir zusammen waren, näher kamen. Ich musste weg, weil er Dinge sagte wie: «Wie habe ich nur jemals ohne dich sein können?»

«Ich werde dich häufiger anrufen», sagte ich. «Ich verspreche es.» Ein paar Tage später räumte ich meine Wohnung und buchte den Flug nach San Francisco, ohne es ihm zu sagen und ohne ihn je wieder anzurufen. Unter keinen Umständen, nie im Leben wäre ich in der Lage gewesen, Jan zu sagen, dass ich ihn liebte. Erst Jahre später sah ich Jan eines Abends wieder im Salzhaus. An jenem Abend, als Norah zur Tür hereinkam.

Nach der Abdankung wurde Norah aus der Kirche hinausgeführt. Sie ging an mir vorbei, wandte den Kopf und sah mich an. Sie flüsterte mir etwas zu. Ich konnte es nicht verstehen. Mir war, sie habe «Maria» gesagt. «Ich weiss etwas über Maria.»

62

Ein paar Tage später besuchte ich Norah im Gefängnis. Obwohl sie in Untersuchungshaft sass, bekam ich die Erlaubnis. Es ist manchmal nicht schlecht, auf gutem Fuss mit einer Staatsanwältin zu stehen.

Ich traf Norah in einem kalten, hässlichen Besucherraum. Sie sah müde aus, müde und gedemütigt. Als ich eintrat, weinte sie schon. Ich nahm ihr gegenüber Platz.

«Ich habe ihn so geliebt», weinte sie. «Ihn so zu lieben, hat mich verrückt gemacht. Ich konnte es nicht mehr ertragen.»

Und ich konnte es nicht ertragen, wie sie dasass und sich in Selbstmitleid suhlte. «Du hast ihn umbringen lassen», sagte ich. «Das hat mit Liebe nichts zu tun.»

«Er hat dich immer viel mehr geliebt. Ihr hättet zusammen sein sollen, nicht wir. Nichts davon wäre passiert, wenn du ihn zurückgeliebt hättest.»

«Also bin ich Schuld?», fragte ich.

Norah sah mich mit grossen, verweinten Augen an. Eine Tränenspur lief ihr über die Wange. Sie sah wunderschön aus in ihrem Kummer. Es liess mich kalt.

«Sei nicht so hart zu mir, Moira», sagte Norah. «Ich habe solche Angst. Ich habe solche Angst, es macht mich ganz verrückt.»

«Das hättest du dir früher überlegen sollen», sagte ich. «Ich kann nichts für dich tun.»

«Ich will auch sterben.» Norah weinte wieder. «Ich will nicht hier im Gefängnis hocken, allein. Ich will so nicht leben. Bitte, bitte hilf mir.» Sie griff über den Tisch nach meiner Hand.

Ich entzog sie ihr. «Du hast es dir anders vorgestellt», sagte ich. Ich wartete keine Entgegnung ab. «Du hast dir vorgestellt, du würdest bis in alle Ewigkeit die arme Witwe sein. Die Witwe, die Jans Vermögen erbt. Die als grosszügige Mäzenin von jungen Künstlern auftritt. Damit du nicht zu einsam wärst, hättest du dir selbst ein Kind geschenkt. War nicht das der Plan?» Ich sah plötzlich klar. Nichts steht losgelöst. Alles gehört zusammen. So auch meine beiden Fälle, der Fall der vielen Zufälle und der Fall der verschwundenen Eizellen. «Damals in der Wunschkinder-Klinik. Das warst du. Ich habe mich nicht geirrt. Hast du dich erkundigt, wie das läuft mit der künstlichen Befruchtung, wie viel man zahlen muss, um eine fremde Eizelle zu erhalten? Wolltest du dir eine fremde Eizelle einsetzen lassen?»

Norah sah mich nicht an.

«Hast du Jan umbringen lassen, weil er keine Kinder wollte?»

Norah drehte den Kopf. «Du verstehst nichts», sagte sie. «Ich habe Jan wirklich geliebt.»

Ich verstand sehr wohl. Sie hatte Jan geliebt. Aber irgendwann hatte er ausgedient. Oder sie hatte ausgedient. Jan hatte genug von ihr, die Liebe war längst erloschen. Witwe zu sein war besser. Besser, als verlassen zu werden. Abserviert, kinderlos und finanziell abhängig: Norah hatte sich dagegen entschieden. Jan musste sterben.

Ich würde nie genau wissen, wie es sich abgespielt hatte. Ich würde nie mit Sicherheit wissen, weshalb Norah Jan tatsächlich hatte ermorden lassen, und ob sie die Frau in der Wunschkinder-Klinik gewesen war. Es würden Fragezeichen bleiben.

«Du darfst mich nicht allein lassen», sagte Norah. «Du musst mich besuchen kommen. Du musst für mich dasein.»

«Weshalb sollte ich das tun, Norah?»

«Du weisst, weshalb.» Sie sah mich an. Ihr Blick war durchtrieben.

Es gibt keine Zufälle. Nur Zeichen, die wir nicht deuten können. Blinde Flecken, die man sich nicht zu sehen traut. Nichts steht losgelöst. «Was weisst du über Maria», fragte ich.

«Ich weiss nichts», sagte sie.

«Du weisst etwas.»

«Vielleicht», sagte Norah. «Vielleicht auch nicht.» Ihre Augen waren gross und unschuldig. «Wenn du mich besuchen kommst, dann erzähle ich dir etwas über Maria.»

Ich verspürte Übelkeit und schluckte leer.

Norah lächelte mich siegesbewusst an. «Du kommst mich besuchen. Du bist für mich da. Und irgendwann werde ich dir alles erzählen. Alles, was damals passiert ist. Ich werde dir sagen, wo Maria ist.»

Ich würde kommen. Ich hatte keine andere Wahl. «Ich besuche dich», sagte ich mit gepresster Stimme.

Norah lehnte sich zurück. Sie sah schon wieder viel besser aus. «Warte nicht zu lange», sagte sie.

Ich wusste nun, was Norah von mir wollte. Ich war ihre Absicherung für schlechte Zeiten. Sie hatte mich nach Jans Tod rufen lassen für den Fall, dass sie am Ende allein dastand. Ich sollte sie vor der Einsamkeit bewahren. Sie hatte alles bedacht.

Bald darauf ging ich. Draussen wartete Béjart. Ich hatte ihn darum gebeten; Alleinsein schien mir heute keine gute Option. Alleinsein hiesse, mich bis zur Besinnungslosigkeit zu betrinken, um den Schmerz zu ertragen. Das wollte ich nicht. Nicht mehr. Ich bin Mmesoma. Ich gehe den guten Weg. Ich versuche es.

«Frag nicht», sagte ich. «Halt mich einfach fest.»

Das tat er. Danach löste ich mich von ihm, zündete mir eine Zigarette an und hakte mich bei ihm ein.

«Lass uns gehen», sagte ich. Ich streckte mein Gesicht der Sonne entgegen, genoss die Wärme und die Helligkeit nach dem düsteren Gefängnis. Ich würde tun, was Norah verlangte. Ich würde sie besuchen. Ich würde für sie da sein. Es war, wie mein Vater gesagt hatte. Ich hatte mich auf die Suche nach der Wahrheit gemacht. Nun musste ich es zu Ende bringen.

Epilog

Zeitungsartikel vom 1. Februar 2017: «Kinderwunsch-Prozess: Ex-Mitarbeiter belasten Mediziner schwer»

Verschwundene Eizellen, eine goldene Kassette mit brisantem Inhalt: Am Bezirksgericht Zürich haben mehrere Zeugen im Prozess gegen einen Reproduktionsmediziner ausgesagt. Sie schildern Details über verbotene Praktiken, die in der mittlerweile geschlossenen Klinik wohl an der Tagesordnung waren.

In sich zusammengesunken, den Blick meist starr auf die Hände gerichtet, sitzt er auf der Anklagebank: Doktor B. Seine ehemaligen Mitarbeiter zeichnen das Bild von einem Chef, der keine Widerrede duldete und der sie dazu anstiftete, bei seinen kriminellen Praktiken mitzuhelfen. Nur ein Mal blitzt an diesem Prozesstag Doktor B.'s Persönlichkeit auf, als er die Biologin L. aus dem Labor zurechtweist, die im Zeugenstand vor ihm sitzt: «Ich bin einer der führenden Experten in der Schweiz, Sie haben einen dummen Fehler beim Auftauen der Eizellen begangen!»

Die Biologin und seine enge Mitarbeiterin Doktor A. haben ihn zuvor schwer belastet. Doktor A. sagte aus, Doktor B. habe Eizellen von Kinderwunsch-Patientinnen für andere Frauen genutzt. «Er hat mich und auch die Biologin mehrmals angewiesen, gute Eizellen verschwinden zu lassen. Diese wurden dann in Stickstoff eingefroren und in einer goldenen Kassette gelagert.»

Richterin Hahnhart fragte Doktor A: «Waren die Patientinnen damit einverstanden, dass ihre Eizellen in einer speziellen Box gelagert wurden?» Doktor A. antwortete: «Ich denke nicht, denn sie wussten nichts davon.»

Die Eizellen aus der goldenen Kassette seien für die Übertragung auf andere Frauen bestimmt gewesen, sagte Doktor A. aus.

Doktor B. hatte gut verdient an diesen illegalen Übertragungen von fremden Eizellen. Mit der Zeit wurde er unvorsichtig, deswegen flog sein Tun auf.

Dr. B. gab an, aus altruistischen Gründen gehandelt zu haben. «Für einige Frauen ist eine Eizellenspende die einzige Möglichkeit, ein Kind zu bekommen. Und nicht alle können sich diese Prozedur im Ausland leisten.»

Eizellenspenden sind in der Schweiz verboten.

Mehrere Mitarbeiter waren involviert, hatten Beihilfe geleistet oder wussten zumindest Bescheid. Es sollen auch finanzielle Anreize geschaffen worden sein. Durch die persönliche Beteiligung wurden die betroffenen Mitarbeiter davon abgehalten, die illegalen Machenschaften publik zu machen. Erst als die Patientin Frau C. Strafantrag stellte, weil einige ihrer Eizellen auf mysteriöse Art und Weise verschwunden waren, kamen die Praktiken ans Tageslicht.

Neben einer Verurteilung wegen Verstössen gegen das Fortpflanzungsmedizingesetz droht dem Kinderwunsch-Arzt ein Berufsverbot. Die Staatsanwaltschaft hat dieses beantragt. Der Verteidiger des Arztes hingegen betonte gegenüber den Medien, dass sein Mandant lediglich wegen sechs Fällen von Fremdeizellenübertragungen angeklagt sei.

«Andere Fälle sind nicht nachweisbar. Mein Mandant wollte einfach nur Kinderwünsche erfüllen. Es ging ihm nie ums Geld. Die Patientinnen haben sich in Kenntnis des Verbots zur Behandlung entschieden. Man muss aber auch wissen: Im Ausland ist die Eizellenspende erlaubt.»

Doktor B., Wohltäter oder Krimineller? Das Gericht wird darüber befinden müssen.

Von Eva Ashinze im orte Verlag

Eine junge Frau nigerianischer Abstammung stürzt bei Winterthur-Wülflingen von einer Autobahnbrücke und wird von mehreren Autos überrollt. War's Suizid oder Mord? Anwältin Moira van der Meer tritt auf den Plan, um diese Frage zu beantworten.

Eva Ashinze · **Der Fall Maria Okeke**
200 Seiten, ISBN 978-3-85830-184-0

Weitere Krimis im orte Verlag

Der Tod eines Zürcher Unternehmers im Engadin könnte ein banaler Unfall gewesen sein, doch auffällige Kratzspuren im Gesicht des Toten erwecken den Verdacht, er sei absichtlich verursacht worden. Kommissar Caminada führt die Ermittlung im eleganten Umfeld des Hotels Waldhaus in Sils Maria.

.

Duri Rungger · **Tod am Silsersee**
206 Seiten, ISBN 978-3-85830-219-9

Zwei Kunstexperten treffen sich in Zürich und stellen bald fest, dass sie mehr verbindet, als ihnen lieb ist. Im Zusammenhang mit einem Mordfall interessiert sich die Polizei für sie, und nun wird die Situation gleichermassen spannend und verwirrlich.

.

Duri Rungger · **Der afrikanische Janus**
200 Seiten, ISBN 978-3-85830-185-7

Ein Krimi aus der Zeit des Zweiten Weltkriegs, der in der Grenzregion Basel spielt. In einer Zeit geprägt von Angst und Misstrauen. Wer hält zu den Nazis und wer nicht? Und wer hat den Jugendlichen am Grenzzaun umgebracht?

.

Armin Zwerger · **Über die Eiserne Hand hinüber**
200 Seiten, ISBN 978-3-85830-186-4

Eva Ashinze, 1975, wurde in Winterthur geboren. Aufgewachsen ist sie in einem Pfarrhaushalt an verschiedenen Orten in der Schweiz. Sie studierte Rechtswissenschaften in Zürich und legte später das Anwaltsexamen ab. Sie war als Lehrbeauftragte, bei Gericht und als Anwältin tätig. Heute lebt und arbeitet sie in Winterthur. Sie ist verheiratet und hat zwei Kinder.